ちくま文庫

沙羅乙女

獅子文六

筑摩書房

目次

「沙羅乙女」

獅子文六

我家の平和

日曜日はいけない。

町子も、父親も、弟の吉郎も、この日の朝に限って、一緒に、餉台《ちゃぶだい》を囲まなければならない。

「誰だ、今朝の飯を炊いたのは」

癖の強い半白の髪と、よく似通った鼠の矢鱈縞の浴衣を、肩まで捲くり上げて、セカセカと箸をとった圭介が、そういった。

「…………」

誰も、何とも返事をしない。口一杯に飯を頬張った父親の言葉が聴きとれなかったわけではないらしい。

「また、ガスで炊いたな」

と、ギョロリと、鯥《むつ》のような、大きな眼玉を剝いてみせたが、町子は知らん顔で、胡瓜《きゅうり》の新漬に、歯切れのいい音を立てた。今朝は、彼女が飯を炊いたのである。日曜日以外は、父親が炊く。父親も姉も炊かない時には、吉郎が炊く。つまり親子三人、誰も御飯炊きができる。それが家風といえば、家風かも知れない。

「まるで、味がちがう。一口食やア、すぐと、わかるんだからな」

父親は、まだ、文句をいっている。一言で済むところが、三言にも四言にもなる性分なのである。顎骨の張ってるのは、我の強い徴《しるし》であろう。唇の薄いのは、口の達者な証拠であろう。しかし、顔全体の感じに、毒々しいもののないように、時と場合によっては、妙に素直な父親なのである。早い話が、七年前に母親が死んだ当座、飯の火加減、水加減が、あまり口喧《くちやか》ましいので、そんなら自分でお炊きなさいといえば、諾々《だくだく》として、以来、一手にそれを引き受けてる。

それはいいが、飯炊きを始めた頃、生来の工夫癖が始まって、ブリキを曲げたり、泥を捏《こ》ねたり、たちまち、異様な竈《かまど》を造りだした。紙屑を燃料に使うのが創意で、遠山式国益竈《こくえきかまど》と、名前まで考えて、一儲けするつもりでいたが、疾《と》くに、他人の実用新案登録が済んでいた。それで腹を立てて、物置へしまい込んだのを、此の頃、また持ち出して、使っているのである。なるほど、紙屑で、フックリ御飯を炊けるけれど、煙が濛々《もうもう》と立って、眼と喉が痛くなる。日曜日だけは、父親を休ませる気の町子も、吉郎も、つい、便利なガス焜炉へ、手が動くというわけだ。いや、それればかりではない。姉と弟は、父親の発明癖そのものに、大きな反感を懐《いだ》いてる。長い間、そのために、どれだけ苦しめられたことか。

「吉郎。ゆうべは、晩《おそ》かったな」

圭介は、三杯目の茶碗を受けとって、新しい叱言《こごと》に移った。

「晩かないよ」

「晩いとも」

これだから、日曜はいやだという風に、吉郎は、十六の少年に似合わぬ、巨《おお》きな鼻へ、皺を寄せた。そして、わざと、父親に背を向けて、

「姉さん、あの映画、やっと観たぜ——夜学の帰りに」

だが、今度は、町子が横を向いて、返事をしない。


町子は、大概のことに、飽き飽きしてる。父親の口喧ましさにも、弟の小生意気さにも、日曜日にも、飯と味噌汁の味にも、咲き出した空色の朝顔にも、いい加減ウンザリしてる。新しい、面白いことは一つだってありはしない。


と、いって、溜息をついたり、夕暮れに涙を流したりする身分ではないから、セッセと働いてるうちに疲労という幸福が、多くのことを拭《ぬぐ》い去ってくれる。その上、考えたって始まらないという、哲学も持ってる。第一、一家を支えてゆかねばならぬ大きな責任がある。生活費の問題ばかりではない。父親にしたって、弟にしたって、みんな彼女の魂に縋って、生きてるようなものではないか。

「姉さん、聞いておくれよ。ついに、銀幕対面を遂げちゃったんだよ」

吉郎は、姉が黙っている気持なぞには、委細お関《かま》いなしに声変りの最中の、紙の破けるような声を出した。

町子は、やはり、返事をしないで、旧式な、四角い餉台の縁《へり》へ、及び腰で、手をかけた。

吉郎も仕方なしに、いつもの習慣どおり、姉と一緒に、それを撮《か》いて台所まで持ってゆく。

ザーッと、水の音。茶碗のカチ合う音。

町子が、コットン紙のような、乳色の肌を、二の腕まで露わして、洗い物を果物籠の古いのへ載せる傍から、吉郎が、拭巾で、キュッキュと、拭きとる。

「とても、可愛いぜ、姉さん。なんしろ、眼がね」

と、吉郎は、まだ、やってる。彼は外国映画のディアナ・ダービンという少女に、惚れてるのである。どこから探してくるのか、彼女の写真版を切り抜いて、本函の横に貼りつけたりする。その癖、評判の彼女の映画を観たのは、昨夜が、初めてらしい。

「煩《うるさ》いね、鼻吉！」

町子は、耐《たま》りかねて叱りつけた。自分も色恋の話は好きでないが、弟がそれに触れると、矢も楯も耐らなくなる。それは、世間普通の姉の心理と、よほど違うようだ。半分は、母親の気持が、手伝ってるのである。

吉郎は、一ぺんに悄気《しよげ》て、黙ってしまった。父よりも、姉が怖い。齢が八つも違うせいもある。高等科を卒えて、いまの会社へ給仕に出るまで、悉く面倒をかけたせいもある。だが、そればかりではない。

「もういいんだよ、吉イちゃん」

町子は最後に、箸を洗って、自分で、拭き始めた。実は、禁句の「鼻吉」という語を用いたのを、後悔してるのである。吉郎の鼻は、父にも母にも似ず、子供の時からいやに高かったが、この二、三年急に伸び出して、まったく顔の均斉を破っている。あんまり鼻の巨きいのは、低能の徴だと、どこかで聞いて、町子は胸が暗くなった。しかし、父親は、遠慮会釈もなく、「鼻吉、鼻吉」と、綽名で呼びたがるのを、彼女は快く思っていなかった。それを、腹立ち紛れに、自分で、いってしまったのである。

「うん、もっと、手伝うよ……。時に姉さん、ご機嫌直ったかい。そんなら、いい話があるんだけどな、塙《はなわ》さんのことで」

吉郎は、お世辞を使うようにいった。

「塙さんのこと？」

「うん。あの人、今度、昇給なんだぜ」

「なんだ、そんなこと！　でも、よかったわね」

「それから、今日の日曜、秋川渓谷へ、遊びに行くんだって」

「そう。いいわね」

「帰りに、寄るかも知れないって」

どこへと、訊くものはない。町子の店へ寄るというのだ。

商売の性質上、町子が客とお馴染みになるなんてことは、滅多にない。塙真次郎は、稀なる例外の一人である。少くとも、これほど懇意になったお客は、彼一人である。彼は、ある大学の経済学部を出て、中野のアパートから、丸の内の大東京銀行へ通ってる。町子と識《し》り合《あ》いになったのは、彼が新宿支店にいた当時である。偶《ふ》とした話の緒《いとぐち》から、この春、吉郎を丸の内の本店の給仕に、世話して貰うことになって、急に、町子と彼との間は親しみを増したのである。たった五分か、十分のことではあるが、塙が店へ寄って、立ち話をする時間は、町子にとって、明るく、愉しいのである。齢は二十八、特に美男ということはないが、彼の服やネクタイの趣味と同じように、眼鼻立ちも、小ザッパリと気が利いてる。テニスが好きだというだけあって、背が高く、肩幅もある。それで、気が優しくて、品が悪くないとすれば、いまの若い女性に、嫌われる道理はない。町子も、勿論、好感をもっている。塙真次郎の話が出れば、自然、舌の動きが、滑かになってくるということは、吉郎も、既に、観察している。そこで、

「嬉しい？」

と、姉の顔を覗き込んで、ニタリと、笑ってみせた。

「バカ！」

と、町子は、脱ぎかけた割烹着の手を止めて、弟を睨めた。顔に紅葉なぞは、すこしも散らさない。そんな、風流な処女ではないのである。それよりも、一寸白い歯を見せれば、すぐ図に乗る弟を、窘《たしな》めて置かねばならない。

「下らないことをいう暇に、表でも掃いたら、どう？」

「僕が掃くと、お父さんが、文句をいうよ」

「じゃア、自分の靴下でも洗濯するといいわ」

吉郎は、膨れッ面をして、茶の間へ、入って行った。

ジリジリと橙色《だいだいいろ》に、隣宅の羽目板が陽に燃えてる。九時過ぎたばかりなのに、もうこんなだ。今日も、さぞ、暑いことだろう。町子は、台所の上り框《がまち》に腰かけて、一息入れた。

（塙さんは、今頃、リュック・サックでも担いで、秋川の縁を、歩いてるか知れない。結構なことだ。あたしは、今日は、いつもより、二時間早くお店を開けなければならない）

そう思って、彼女は、膝の上へ、頬杖を突いた。すると、縁側の方で、父親の怒気を含んだ声が、

「町子！」

「おい、町子。聴えんのか」

「聴えてます」

「そんなら、なぜ返事をせん」

「はいッて、いってるじゃありませんか」

「いったって、聴えんじゃないか」

まるで、漫才のようなことを、いい合って、父と娘は、縁側で、対峙した。

「なに御用？」

わざと、キチンと坐って、町子は父親の顔を眺めると、

「いや」

と、それまでの高飛車な調子は、どこへやら、急に鼻白んだように、庭の朝顔を見たりす

るのが圭介の癖である。

「いや……。着物のことだがね、あの帷子《かたびら》が着られるなら、今日、着て出たいと思ってさ」

「とっくに縫い直して、簞笥に蔵《しま》ってありますわ。でもおかしい……。此の間お父ッつァんの眼の前で、抽斗《ひきだし》へ入れたのに」

「そうだったかね」

「そうよ」

町子は、父親の様子に、胡乱《うろん》なものを感じた。口喧ましくて、専横な癖に、いざとなると、へんに遠慮をしたり、顧みて他をいう彼の性質を、町子は、いやなほど知っている。今も、何かいいたいことがあって、人を呼び立てて置きながら、顔を見たら、いいそびれたに違いない。

「お父ッつァん、また、出願料が欲しいンじゃないの」

先回りをして、町子がいった。

特許なら十円、新案なら五円——すこし手重いものなら、弁理士に頼むから、その謝礼を入れて、二十円三十円と、町子は、よく父のために、用立てた。そのお蔭で、圭介は専売特許二つと、実用新案七つを持っている。但し、どれもこれも、考案ばかりで、実施価値のあるものが少い。それも、資本家を探し回る気でもあれば、まだいいのだが、いわば発明のために発明をするので、公告が済めば、ケロリと忘れて、新しい考案に移ろうとする。結局、特許公報に名を出すのが、道楽のような、発明家なのである。一番始末の悪い発明家なので

ある。で、町子は、

「そうでしょう？」

と、もう一度、念を押して、出願料のことを、臭わせた。ここまでいえば、

「実は、そうなんだ。毎度済まんが……」

と、キマリ悪そうに、正体を顕わすのが、いつもの落ちなのに、今日の圭介は、すこし違っていた。

「金なぞいらんよ」

「あら、そう。じゃア、なに？」

「……だから、帷子のことさ」

「嘘ばっかり」

町子は、せせら笑った。

「なに、嘘？」

「わかってるじゃないの」

「親をバカにする気か」

と、圭介は、たちまち敦圉《いきま》いたが、睨める瞳の光りは、弱かった。

（秘密があるな）

町子は、そう直感しないわけに行かない。

その秘密がなんであるか、もとより、町子に見当のつこう筈はなく、それきりにしてしまえば、よかったのだが、父親の痩我慢が、妙に今日は神経に障って、

「男らしくもない、胡麻《ごま》かしなんかして……」

と、口が過ぎた。

「なに？」

父親の声が、荒くなると共に、眼の中の怯《ひる》んだ色が消えてしまった。およそ、世の良人達は、妻から「男らしくない」といわれた時に、最も腹を立てるが、町子は娘の身ながら、主婦同様の位置を、家庭内で持っている。一種の娘細君である。そのせいか、圭介は、ひどく腹を立てた。

「もう一ぺん、いってみろ」

娘に、沁々《しみじみ》、話したいことのあったのも、彼は、スッカリ忘れて、顔に青筋を立てて、息を弾ませている。

「まア、なんだって、そんなに、ムキになるの。みっともないわ」

「大きに、お世話だ。少しばかり働きがあると思って、いい気になるな」

「ベツに働きもないから、イイ気にもならないわ」

「なっとる」

「お生憎様」

「口の減らん奴だ。そんなら、いって聞かせてやるが、親に対《むか》って、なぜ無用の楯をつく。

親を親と思わん証拠じゃないか」

「もういいわよ、お父さん」

珍らしくもない、親子喧嘩だ。月に幾度やるのだか知れない。強情な点では、町子も、たしかに親の血を曳いてる。それを、熟々《つくづく》、自分でもいやだと思う時がある。

「自分ばかり、苦労してるような面を、するなというんだ。いい気になりアがって……」

父親が絡んでくると、口調まで下卑てくるのが、町子は悲しかった。

「一体、今まで、後妻も貰わないでいるのは、誰のためだと思ってるんだ」

ああ、耳が塞ぎたい。父親の言葉のうちで、一番、不愉快な言葉は、これである。口論をすると、最後に持ち出す言葉が、きっとこれである。

「そんなに貰いたければ、勝手にお貰いなさいな」

と、毒口が、唇《くち》に出かかっているのを、町子は、グッと嚥《の》み込んで台所へ立って行った。父親と喧嘩するくらいなら、早く、店へ行った方がいい。それにもう時間でもある。弁当を詰めなければならない。

蠅帳のなかに、鮭が入れてあるが、それを焼く勇気もなく、オカズは佃煮で我慢することにした。

「フン。暗い日曜日じゃ」

茶の間へ寝転がってる吉郎が、読んでいた朝刊を捨てて、そんなことをいった。

「ナマいうんじゃないよ、鼻吉！」

と、町子も思わず甲高い声を出したが、ポロポロと、涙が、飯の上に零《こぼ》れた。

煙草屋さん

三軒茶屋から玉川電車、渋谷から省線で、新宿までの順路を、町子は、もう五年も、通っている勘定だ。

それ以前には、やはり省線を、東京駅東口で降りる生活を、三年ほど、続けていた。日本橋の百貨店の、食堂ガールを、勤めていた時代だ。――青山の女学校を、二年まで行って、父親の窮乏が、急に加わったので、自分が稼がねばならなくなったのである。稼ぐといっても、日給八十銭では、どうにもならないが、月謝と学用品の費用が、要らなくなっただけでも、家計の扶《たす》けにはなった。

食堂ガールは、とても骨の折れる商売で、料理場とテーブルの間を、梭《おさ》のように往復する歩行距離を、或る百貨店研究家が計算したが、一日ざっと十二哩《マイル》だそうである。初めはとても草臥《くたび》れる。しかし、十六、七の少女達は、遠足にでも行った気になるのか、その方はじきに慣れて、やかましい店則の礼儀作法や気むずかしい女客に、神経を使うのが、一番苦痛になってくる。

だが、それもいつか、苦痛でなくなる頃には、彼女等の背丈が、メキメキと伸び出して、短いスカートの下から出た脚が、黒い靴下を破らんばかりに、肉づいてくる。もう一人前の女である。彼女等は少女期とお別れを告げると共に、自分の職業ともサヨナラをしなければならぬ。食堂ガールは、少女に限るのである。店を退いて、嫁に行く者もあるし、女店員として、売場の方へ回る者もあるが、町子は、その岐路に立った時、どっちの道へも行かなかった。母親が死んで、父と弟という二人の「男」を残された彼女は、まだ十九歳にしかならない癖に、世話女房の役を買って出る気持になっていたのである。このマセた娘は、勿論嫁に行く気は持たず、といって働かねば食えぬ身の上だから、いろいろの職業を考えてみた。彼女は、少くとも半日は、家庭で暮せる職業を選びたかった。その間に洗濯や針仕事をする必要がある。

いっそ、女給になろうかと、彼女も、度々考えた。この職業は、午前中の時間を、解放されるからだ。でも近所の二階を借りて、渋谷のキャフェへ出ている女の様子を見ると、顔色が壁のように蒼褪めて、正午までは、いつも寝床を離れないようだ。よほど疲労する職業に、違いない。それになんといっても、処女の虫が好く商売ではなかった。

そこへ、降って湧いたように、今の仕事の話が、飛び込んできた。定収はないが、たった五円の家賃で一軒の店が持てる。新規開店だから、権利金というようなものも、要らない。午後二時から夜の十時半まで、店を開いていればよろしい。売上げはソックリ当人のもの——但し、若い、感じの悪くない娘が、店へ立って欲しいというのが、先方の条件である。その土地に珍らしい、高級な大レストオランができるに就いて、付属の煙草店を設けることを、営業主が望んでいた。いわば、大魚の背に吸着した寄生魚のような店だが、町子は躊躇なく、それを志願した。五年前のことである。

町子は、裏通りの入口から、汚い、コンクリートの階段を降りて、昼間の光線と、お別れを告げた。劇場の奈落のように、裸の壁が、裸の電球に照らされた、殺風景な通路を抜けて、つきあたりの暗い、緑色に塗ったドアに、半分手探りで、鍵を入れた。

ドアを開けると、ムッと流れ出る温気《うんき》と、紙函の臭い——約一坪ほどの狭い店内に、昨夜から点け放しの電燈の熱が、一ぱい、籠っている。すぐに、鉄のブラインドを上げて、まだしも新鮮な地下室の空気を、呼び入れたいのだが、町子は、まず帯を解いて、釘へ引っかけたブルースを、着物の上に着なければならない。しかし、帯を解いて置くと、夏は、よほど楽である。

舶来煙草だけは、鍵をかけた内棚へ入れてあるのを、ガラスの飾棚《ケース》へ形よく列《なら》べ直し、「チェリー」や「暁」の補充分を大函から移して、それから仕切台の下に隠した小鏡を覗いて、髪を一寸撫ぜて鼻の頭を少しパフで叩いて、やっと開店の準備ができあがる。とても重い、鉄のブラインドを押し上げて、飾棚を仕切台へ押し出して、ヤレヤレと、椅子に坐る時には、腋の下から脇腹へ、ビッショリと、汗を感じる。

「『チェリー』二つ、願います」

威勢のいい声で、女ボーイのトミ子が、胸から上を、仕切台の向うにあらわした。レストオランダ「ルナ」という店でも、百貨店食堂と同じように少女を使ってるのである。

「暑いわね」

町子は、お釣銭と煙草を、トミ子の出した銀盆へ列べながら、そういった。自分の前身に引き較べて町子は、いつも、女ボーイ達には優しくするのである。

「ほんと。おまけに、日曜でしょう——もう五つ組も持ってるんだから、耐ンないわ」

小さな鼻の頭に、汗を掻いてる顔が、頓狂で可愛らしい。

「でも、あんた達のところは、冷房が利くから、まだいいわ」

「そうね。煙草屋さんも、ラクじゃないわね」

生意気なことをいって、エプロンの大きな結び目を、ピンと張った後姿を見せながら、帰ってゆくのを、町子は微笑んで、見送った。

此処では、誰も彼も、町子のことを「煙草屋さん」と呼んでいる。遠山さんとも、町子さんとも、いう者がない。町子は、結句、それが気安かった。間口約四尺ばかりの店頭——というより、店窓《ショウウィンド》のガラスを除いたに過ぎないような、このささやかな店の中に入っていれば、別世界に住んでるようなものである。売台の厚い仕切板は外界から、町子の体を完全に護ってくれる。手でも握ろうとする男があったら、スッと体を引けばそれまでだ。細帯一つの上に、ブルースを着てる姿も、下半身が見えないから、誰にも発見されない。

（トーチカって、こんなものじゃないか知ら）

町子は、真面目になって、そんな事を、考えたことがある。

町子の眼界は、白布に映った幻燈のように、四角に、劃《くぎ》られている。店が入口階段の下の、大食堂と酒場へ岐《わか》れる通路の角にあるので、どちらへ行く人の姿も、眼に入るわけだ。人間が通る時だけ、映像は活動写真になるが、午後二時過ぎの閑散時には、まったく静かな幻燈にかえる。大きな衝立《ついたて》の端に、棕櫚《しゅろ》の鉢植が置いてあって、その葉越しに、大食堂の約二十分の一の部分が、覗かれる。白い卓布も、塩胡椒入れの銀器も、椅子の背布も、ジッと休息を貪っているようで、動いているものといっては、天井で大鵬《おおとり》のような翼を舞わせている、扇風機だけだ。空気は悪いが静かなことだけは地下室の有難味である。

町子はこの時間が好きで、良く吉郎の靴下を編んでやったり、女子大学講義録を読んだりして、時を送る。今日も婦人雑誌を読もうと思って、弁当と一緒の風呂敷に包んできてるのだが、ふと、

(お父ッつァんは、どうかしてるのじゃないか知ら)

と、今朝の出来事が、頭へ浮かんできたら、読物をする気もなくなった。

親子喧嘩は、常のことで、根にもつわけは一つもないが、父親の表情の蔭に嗅いだ、秘密の臭いが気にかかるのである。

(何か、あたしに秘《かく》している)

そう思わないわけに、行かない。

口数が多いだけに、腹の中のものはみんな吐き出してしまう圭介なのである。拗ねたり、臆したりすることはあっても、本心は、藻の蔭の金魚のように、見え透いてるのが、いつも

の父親なのである。それが、今日は――

「金なぞ、要らんよ」

と、キッパリいった声は、確かに、嘘ではなかった。従って、例の特許出願に関係のある事件ではないことは推察できる。

性懲りもなく、下らぬ発明に凝るのが、実の娘に対しても羞《はず》かしい。それで、隠し立てをする。その気持なら、よく解っている。しかし、それ以外に、何があるというのだ。娘が主婦として、父と一緒に暮すのを、連れ添うという言葉が許されるなら、もう七年も、連れ添った仲ではないか。

（変だわ。たしかに変だわ。何を秘してるんだろう）

そういえば、この半月ぐらい前から、父親の素振りに異常なところが、無いとはいえなかった。いつもより、お喋りの度が過ぎるかと思うと、妙に黙り込んでしまったり、人の眼色を窺ったり――なるほど、思い当ることが、いろいろある。

（秘し立てするなんて、随分だわ）

町子は、腹が立ってきた。いくら考えても、父の秘密の正体が、つかめないからである。

「ウッ、眠てえ。――『光』を一つ下さい」

白い帽子、白い服の男が、いつか、店頭へ立っていた。

「野村さん、『バット』じゃないの」

「ええ。みんなが、光を喫うからね」

野村さんと呼ばれた男は齢の頃二十六、七、糊の利いたコック帽の下から、巴旦杏《はたんきょう》のような、円い弾力のある顔を見せて、屈託のなさそうな笑みを浮かべた。地下室の、それも一番奥のコック部屋で働いていながら、彼ほど血色のいい男も少い。コックとしては、三番目か四番目だそうだが、洋菓子職人として腕がいいらしく、自分も将来、料理よりもその方で身を立てたいと、町子に洩らしたこともある。

「閑《ひま》になると、却って暑くて、懶《だる》くていけねえ」

野村は、早速、「光」の函を開けて一本、口に啣《くわ》えた。

「野村さんが、『バット』を廃めるなら、もう置くのを止そうか知ら」

町子は、わざと、真面目な顔でいった。

「え？　ほんとかい……、でも、そうだろうなア。ここのお客で、『バット』なんか喫う奴は、あんまり無えだろうからなア」

なんでも、すぐ、真に受けるのが、野村のもちまえであった。

「あら、嘘よ。立派な紳士だって『バット』買ってく人、いくらもあるわよ。ここの支配人さんだって、『バット』よ」

「へえ、支配人がね。——思ったより、旨くねえや。やっぱり、『バット』にするかな」

鼻から、もの凄い勢いの煙を、二本吹き出しながら、野村がいった。

「まア、気が変り易いのね」

町子は、声をあげて、笑った。

コック部屋や、酒場部の男達は皆、町子の店へ、煙草を買いにくるが、見るから女蕩《たら》しの形相を備えたのや、粗野猥雑なことを、平気で口にする連中ばかりで、町子は、ひどく虫が好かなかった。殊に彼等がまだ年端も行かない女ボーイを、脅したり、誘惑したりするところなぞ見ると、ムラムラと、義憤を催して、彼女の所謂トーチカの中から、跳び出して行きたくなる。

しかし、野村という男だけは、少し頭がボンヤリしているのか、仲間の気風と、まるで違っていた。よほど煙草が好きとみえて、日に二度は、きっと、町子の店へ来るが、子供ッぽい舌の回り方で、話しかける言葉は、いつも明るく毒がなかった。町子も、野村だけには、笑顔を見せた。

「野村さん、いいお嫁さんお世話しましょうか」

そんな冗談を、自分の方から、もちかけたこともある。

「冗談じゃねえや。僕は、願を掛けてるんだよ。そいつが叶わなけりゃア……」

赤い顔をして、ドギマギと、その時、野村は答えたが、願というのは、何の事やら、初めから冗談のつもりの町子は、気にも留めなかった。

「煙草屋さん、一ン日、いくらになる？」

仕切台へ、袖を捲くって、逞しい腕を横たえて、野村は、不躾けなことを訊いた。

「いくらって、売上げのこと？」

町子は、可笑しくなった。でも、野村の顔が、あまり真面目なので、

「そうね、まア、二十円から二十五円」

「案外、儲かるんだね」

「あら、売上げだけよ。儲けは、その九掛よ。舶来煙草は、一割二分だけど、滅多に売れないわ」

「すると……、そうか。一日、店へ立っていて、それぽっちか。情けないんだね」

野村は、仔細らしく、首を振った。

「そういうあんたの月給は、いくらなの」

「僕かい……そいつは、どうでもいいや」

町子は、彼が店から毎月四十円貰ってることを、知っている。わざと揶揄《からか》ってみる積りで、そんなことを、訊いたのである。齢は二つ三つ、野村の方が上だが、町子はこの青年が、弟の友達のような気がする。

「情けないんだねの方の、口じゃない？」

「よせよ。それより、君、大村屋の売上げを知ってるかい――一日の？」

「知らないわ。いやに、人の店のことばかり、気にするのね」

「一万円だぜ。なんと、一万円だぜ」

「ほんと？」

これには、町子も、驚いた。

大村屋は、この殷賑街《いんしんがい》の草分けで、有名なパン屋。階上に、喫茶部なぞも置いてるが、さまで広からぬその店で、一日一万円の売上げがあるとは、信じられぬくらいである。

「驚いたろう……。だから、この洋菓子商売って奴は、大きいんだよ。男一代の大事業になるんだよ。九掛なんて、しみったれた儲けと、わけが違うんだからね」

昂然と、眉を揚げたが、それがへの字型だから、いささか愛嬌がある。

「一体、あの大村屋の主人てえ人は……」

野村は、滔々と大村屋創業の歴史を、述べ始めた。それから、この土地に支店をもってる梅屋や、コロンビアなぞの有名な洋菓子舗についても、同じことを語った。それらの創業者が、いかに窮迫の中から身を起し、いかに奮闘力行して、今日の位置を築いたかを、月日や場所の名までハッキリと、語ってみせるのであった。恐らく実業雑誌の記事を、そのまま暗誦したに違いない。

「そりゃア、そういう人達は、みんな運がよかったのよ。きっと、いい人相をしてると思うわ」

町子は、そういう話に身が入らなかった。十六の歳から今日まで、世の中で働いた経験によると、下積みの人間は、どこまで行っても、下積みの人間。エスカレーターへ乗ったようなもので、一躍、人の頭を跳び越そうたって、出来ない相談である。自分の乗っている踏段を死守するのが、精一杯だ。成功物語は、みんな、好運な時代の夢物語に過ぎない気がする。

「運？　バカいってらア」

野村は、町子の鼻先きへ体を乗り出した。

「人間は、やろうと思えば、なんだって、できるんだ。煙草屋さんのようなことをいってたら、僕アいつまで経っても、『ルナ』の雇人だ。出世したところで、精々チーフ・コックだ。こんな店に、男子の一生を、献《ささ》げられるかッてんだ」

野村が昂奮すれば、するほど、町子は、可笑しくなった。けれども笑ってばかりもいられない――頭から冷水をブッ掛けて、迷夢を覚ましてやりたいという親切だか、お節介だかが湧いてくる。

「あんまり、空想を描くもんじゃないわ」

町子が、沁々とそういったのは、頭の中に、父親の圭介の歪んだ映像があるからである。父親が実直な人間だったら、彼女の一家は、今ほど零落しないで済んだのである。父親が絶え間のない、発明の空想に追われて、自分の一生を台なしにしてしまったばかりでなく、母親を苦しみのうちに死なせ、弟を給仕に出させ、町子をこの狭い店の中に、終日立たせるのである。

空想、空想家――みんな、町子の嫌いな字ばかりだ。

「空想なら、空想にしとき給え。僕ア、ちゃんと、計画が立ってるんだ。この店で何年働いて、どれだけの仕事を覚えて、それから、どういう風に自分の店を出すか、スッカリ、腹にあるんだ。自分の店の建築や、名前まで、ちゃんと考えてあるんだぜ」

野村は、血色のいい頰を、一層燃え立たせて、シカと、両腕を組んだ。その様子が、子供染みて、滑稽ではあったが、クリクリした、黒い瞳が、水のように澄んでるのを、町子はうつくしいと思った。煙草を買いにくるお客で、こんな眼をしてる男は、一人もなかった。学生にしろ、若い会社員にしろ……。

「ヤマトって、いうんだ。いい名だろう」

野村は、稍《やや》こ、声を落して、いった。

「あんたの店の名？　随分、平凡ね」

「平凡なもんか。覚え易くって、いいよくって、そいで大きな名前がいいんだ。いやに洒落た名は、発展した時に困るからな」

と、案外、筋道の通ったことをいう。

「名前ばかりできたって、野村さん、一体、資本はどうするの。仮りにも、一軒の店を持とうというのは、生易しいお金じゃないわよ」

町子は、いよいよ、追求する。

「知ってるよ。だから、準備をしてらアね」

「あら、感心。貯金してんの」

「まア、貯金みたいなものさ」

「お店の積立て？」

「なアに、無尽と勧業債券さ」

町子は、声をあげて、笑い崩れた。野村は、なにか、それに抗弁するつもりで、口をとがらせた時に、ドヤドヤ四、五人の男連れの客が、階段を降りてきた。

「『暁』あるかね」

そのうちの一人が、町子の店へ来たので、野村はあわてて、コック部屋の方へ去った。

四時を過ぎると、急に、客が繁くなった。

井《い》の頭《がしら》あたりの帰りらしい、親子連れや、日曜の買物にきたらしい、中年夫婦などが、大食堂へ、続々入ってゆくのを見送るのは、町子にとって、愉しかった。自分の売上げには、なんの関係もないが、そういう客達が、好きであった。嫌いなのは、週日《ウイークデー》の二時頃に、書物バッグを提げ、ベチャクチャ喋りながら、跳び込んでくるバット・ガール達と、それを取り巻くサボ学生共――

今も、町子が、両親の手にブラ下って、叱言をいわれてる男の子の、可愛い夏服姿に、見惚れてると、

「ちょいと『ミス・ブランシュ』ある？」

店の前に、糸杉の樹が生えたように、スックと立った長身の体を、卵色のスポーツ・ドレスに包んで、黒い日除《ひよけ》眼鏡の中から、町子を見下したお客さん。

「は、只今、切らしておりますが……」

町子は、一寸、外人かと思ってドギマギしたくらいで、この女客に、なんとなく圧迫を感じながら答えた。

「じゃア、『ゲルベ』は？」

突ッ掛ってくるような、鋭い、強い声だ。濃い白粉《おしろい》の上に、クッキリと赤い唇紅、黒い眼鏡──まるで、新しいトランプのように、鮮かな顔だ。

「中凾ばかりになりましたが、よろしゅうございますか」

「頂戴」

と、いう声と共に、五円紙幣が、指先きで弾かれたように、町子の胸の前へ、降ってきた。

町子は、唇を噛みながら、「ゲルベゾルテ」の二十五本入りと、つり銭を売台へ載せた。それを、引っ奪《たく》るように、鰐皮の大きなハンド・バッグに納い込むと、彼女はクルリと身を返して、衝立の彼方へ去って行った。

プンと国産ではない、ジャスミンの残香……。

（バカにしてるわ）

町子は、心の中で、呟いた。一体に、煙草を買ってゆくような女は、態度がゾンザイだが、今の女のようなのは、少なかった。あんな風にお紙幣《さつ》を投げ出すなんて、酔漢のお客かなんかでなければ、する所業《わざ》ではない。よっぽどお金の邪魔な人か、さもなければ、よっぽど煙草屋の娘を、軽蔑してるんだ。どっちにしても、町子には、反感の種だ。しかし、美人だ。今になって思い出しても、まだ美人だ。美人の癖に、裕福そうで、腕力まで強そうなあの女は、一体、何が欠けてるというのだろう。同じ女に生まれながら、少し、虫が好過ぎるというものだ。

（でもいいわ。人間だと思わないで、一割二分だと思えば……）

船来煙草の口銭は一割二分、「ゲルベゾルテ」中函の十八銭余は、「バット」を二十二函売らないと、稼げない。町子は強いて、算盤《そろばん》を弾いて、今の女に対する反感を、忘れようとした。

「ヤア、今日は」

その時、塙《はなわ》真次郎が、疲れたような顔を、ムッと現わした。

「あら」

町子は、嬉しかった。弟から、伝言は聞いていたが、当てにはしていなかったのである。

「とても、暑かった」

塙は、品のいい、微かに静脈の浮いた額を拭いて、笑った。

「早く、冷たい物でも、喫《あが》っていらっしゃいよ」

「なに、いいんですよ」

「秋川渓谷って、どんな処ですの。面白うございまして」

「渓谷というほどのこともないです。ただ、河ッ縁《ぷち》を、歩いてきました」

そういえば、塙は、町子の想像したように、リュック・サックなぞ背負ってないばかりか、紺のポーラの背広を着て籐のステッキを提げただけで、勤めの帰りの姿と変らなかった。

町子は、自分の大仰な考えが、可笑しかった。

「なにを、笑ってるんです」

そういって、自分も笑い、売台へ斜めに肘《ひじ》を突く姿勢――それは町子にとって、懐かしい記憶だった。去年の今頃は、まだ彼は、この階上の大東京銀行支店に、勤務していたから、午餉《ひるげ》の時や退出の帰りに、毎日こうして、町子の店で、話して行ったのである。初めは、食堂の行き帰りに、寄ったものだが、終《しま》いには、町子の店だけで、帰ってしまうことも、度々あった。尤も、煙草は、いつでも、買って行った。いつでも「チェリー」、二度値上げがあっても、やはりインテリ煙草の「チェリー」を喫《の》んでるのは、塙さんの頼母《たのも》しいところを、語るように思われた。

そのチェリーを、今も、一本抜き出して、塙は、

「吉郎君、なかなか、よく働いてますよ」

「そうでしょうか。家では、生意気なことばかりいって、ほんとに困ります」

「すこし饒舌家だけれど、愛嬌があっていいですよ。皆にも可愛がられていますよ」

「すぐ、図に乗りますから、どうぞ、そのお積りで……。でも、塙さんだけは、ほんとに、崇拝してるようですわ。ホホホ」

町子は、冗談のような形で、真実のことを述べた。

「揶揄《ひやか》さないで下さい。尤も此の頃午休みに、リーダーの解らないところを教えるようになってから、俄然サーヴィスがよくなって、矢鱈に、お茶を持ってきますがね。ハッハハ」

「まア、いろいろと、お世話になって……」

町子は、真顔になって、礼をいった。

「お世話なんか、ちっともしないけれど、僕はあの先生が、妙に可愛いんです。弟みたいな気がしてね」

と、いって、塙は、それが諷する意味に気づき、ハッと顔を赧《あか》らめた。嫌味なことをいったと思うのと、町子に対する羞恥と、両方だろうが、とかく敏感に気を回し過ぎるのが彼の癖だった。そんな表情をするものだから、今度は町子が、「あら」という顔つきになって、眼を伏せなければならない。

稍《やや》ゝあって、

「あの、お郷里《くに》のお母様の話は、どうかおなりになりまして？」

と、町子の方から口を切った。べつに、そんなことを訊きたくもないが、モジモジして、黙り合っているのが、苦痛だったからである。

「あの儘《まま》にしてあります。煩く手紙で催促してきますが、返事をやらないんですよ」

「まア、お可哀そうに……」

町子は、笑いながら、眉を、顰《しか》めた。

一月ほど前に、塙が店へ訪ねてきた時、その話を聞いたのである――関西に住んでいる彼の母親が東京へ出てきて、どうしても息子と一緒に、暮したいという。アパートとか、アパートとかいうような所に、二十八にもなった男が、一人で住んでいては、ロクなことはないから、一軒家をもてと、いうのだそうである。

「だって、呼んでお上げになったら、いいじゃありませんか。きっと、その方が塙さんのためにも、いいと思いますわ」

町子は、その時にもいった意見を、もう一度述べた。

「冗談じゃない。お婆さんと二人暮しなんて、クサリますよ」

と、戯《ざ》れめかして、塙が答えた。

「そんなこと、仰有《おつしや》るもんじゃありませんわ。とても、お寂しいからなんですわ。うちの父なんか、あたしや吉郎が側にいてさえ、なんだか、妙に寂しそうな顔をしてることがありますものね」

「でも、お宅のお父さんは、陽気な方じゃないんですか。吉郎君はそういってましたぜ」

「やたらに、口喧ましいんです……。でも、腹の底では、とても寂しがり屋なんですわ。それを、できるだけ、慰めてあげようと思っても、あたし達の力じゃ、駄目なんですの」

「なぜです。実の娘や息子が……」

「いいえ、子供達がいくら手を伸ばしても、手の届かない親の心の隅があると思いますわ。それに、齢もいけないんです。父が七十か八十にでもなっていれば、却って始末がいいんでしょうけれど、まだ六十に二年、間があるんですからね。おまけに、齢よりも、気が若いんですし……」

町子は、父親のことだと、雄弁になる。

「というと？」

「お解りになりません？　父は、まだ、独身生活が、諦め切れないんですわ」

「あ、なるほど」

「その癖、あたし達のことを考えて——あたし達に継母を持たすまいと思って、強いて、思い止まっているんです。それで、寂しくなるんです。ところが、あたしは、父が、早く後妻を貰ってくれればいいと、どれだけ思ってるか知れません。吉郎だって、もう大きいんですし、父の心配するようなことは、決してありはしないんですの。でも、そんな話を一口でもいおうもんなら、父は、真ッ赤になって、怒って……」

　ちょうど、そこへ一人の女ボーイが、「朝日」と「ホープ」を、客の註文で買いにきたので、話が途切れたが、彼女が去ると、塙真次郎が、

「面白いなア。僕の場合と、まったく、正反対なんだから……」

　と、静かに、笑った。

「あら、どうしてですの」

「だって、僕の母が、東京へ出て来たいという一番大きな目的は、僕を結婚させたいことなんですからね。母の望みは、二人暮しじゃなくて、実は、三人暮しなんですよ。最近の手紙で、漸く、それが解りました」

　塙は、それを、委《くわ》しく説明した。

　彼の実家は、父親が歿《ぼっ》して、姉の婿が一手に、商売の方をやっているので、母親は楽隠居

ということになっているが、多少、婿と折合いの悪いところもあって、よく不平を零していた。彼女は、六十に近い齢であるが、甚だ矍鑠《かくしゃく》たるもので、店のことでも、家庭のことでも、まだ充分に、采配を振れる自信をもっている。それを、婿や姉に封じられたのが、最も不平の種であるらしい。

「でも、それを表面にいい出すわけに行かんから、僕のことをカコツケに、不平をいうんですよ。誰も、真次郎のことを、関ってやらないという風にね。なアに、姉だって、義兄だって、特に冷淡な人間というわけじゃアない。此の間も姉は、京都のある令嬢の写真を送ってきて、貰わないかと、いってきたんです」

「まア、京都のお嬢様なら、お綺麗でしょう」

「さア……。とにかく、気に入らなかったから、それを断ってやりましたが、母はどう勘違いをしたか、自分で東京へ出馬して、自分で僕の細君を選定して、自分も一緒に住みたいという、恐るべき料簡を起したらしいのですよ」

「ホホ」

「東京で、大いに采配を振るいたいんだろうが、こっちがやりきれない。町子さんのお父さんの話を聞いても、そう思うが、どうして近頃の親というものは、こう手が掛かるんでしょうね」

「ホッホッホ」

塙と話してる時間は、ほんとに、愉しい。心から笑う気になる。

「でも、結構じゃありませんの。お母様が、そうお思いになるのは、自然ですわ。あたしの家の場合と違って」

町子は、微笑んで、いった。

「いくら自然でも、古風過ぎますよ。お姑《しゅうと》さんが新家庭に頑張るなんて、明治時代の風景ですよ。第一、誰も、嫁に来てが、ありゃアしない」

「あら、そんなことありませんわ」

町子の声は、少し真剣過ぎたようだ。挨拶なら、挨拶らしく、もっと軽くいえばよかった。

（まるで、あたしがお嫁に行きますといわんばかりだわ）

町子は、頬が火照った。

結婚か！　結婚なんて、考えるだけで、可笑しいやら悲しいやら——それは、コックの野村洋菓子舗開店の計画と同じように、遠い、頼りない夢物語ではないか。二十四といえば、上流中流の家庭でこそ花嫁の年齢に、相応しいが、貧しい人々の間では、既に、晩咲きの花である。婚期が過ぎてゆく焦躁を町子とても、感じないわけではない。しかし、自分が結婚したら、父はどうするのだ。弟はどうするのだ。二人の身の回りの世話はどうするのだ。いやそれよりも、毎月の生活費をどうするのだ。一家の収入の大部分は、町子が負担しているのである。

（それに、塙さんとは、身分が違うわ）

町子は、そうも考えねばならない。塙真次郎は立派な教育を受け、一流銀行に勤め、関西の実家には相当の資産がある。その上誰にでも好かれる素直な、スマートな青年だとしたら、これは提燈《ちょうちん》に釣鐘というか、焼芋に古伊万里の皿というか、てんで調和を失っている。そんな結婚を、夢にも考えてはいけない。こうやって、時々、店に遊びにきてくれるだけが、望外の喜びと思って感謝しなければいけない。

町子は塙の誤解を惧《おそ》れて、頬は火照り、身は竦《すく》んだ。

「どうしたんです」

塙の声に、なんの拘泥《こだわ》りもなかった。

「なんでも……」

町子は、伏眼で、答えた。

「さア、腹へなんか詰め込んできて、また、帰りに寄りますかな」

塙は、いつになく、モジモジしてる、町子の態度に慊《あきた》らなかった。

「ええ、そうしていらっしゃい」

町子は、救われたように感じて、明るく返事をした。

塙は、軽く会釈して、食堂の方へ、大股に歩いて行った。

と――

「あら、塙さん！」

「やア、これは……」

「あんた、随分ね」

「なぜです」

「軽井沢へ来るって、ちっとも来やしないじゃないの」

店の中へ、響いてきた声に、町子は耳を立てた。そうして、飾棚の側へ身を寄せて、その方を偸《ぬす》み視た。ちょうど食堂の入口のところで、塙が、中から出てきた女の客と、邂逅《めぐりあ》ったらしい。棕櫚の葉と、塙の背の蔭で、女の姿は、よく見えない。

「日出子さんこそ、軽井沢へ行ってらしたんじゃなかったんですか」

「一寸《ちよつと》。昨日、帰ってきたの。いいところで、逢ったわね。さア、どこかへ行きましょう。こんなとこ、駄目よ」

と、塙の腕を執るようにして歩きだした女の顔を見て、町子は驚いた――あの無礼な、新しいトランプのように鮮かな令嬢だったのである。

発明仲間

「居るかい……。暑いこっちゃのう」

と、格子戸を開けると、バタバタ、扇の音をさせて、白絣《しろかすり》に紗《しや》の羽織を着た老人が、大きな声を出した。

「いよう。まあお上り」

圭介は響きに応ずるように、これも負けぬ大声で、玄関へ、立ち現われた。

「上らんでも、ええよ。すぐに、出掛けようじゃないか」

「まア、そう急《せ》かんでもいい」

「ハッハハ。弱身を見せまいと思って……」

「バカをいいなさい。とにかく、一服してからにしよう。まだ、二時を打ったばかりだ」

「では、ご免」

と、カンカン帽を脱ぐと、湯気の立ちそうな禿頭《はげあたま》で、その癖、小鬢《こびん》の髪も口髭も、いやに黒いのは、染毛剤の厄介になってるのかも知れない。

これは、福田老人といって、圭介の発明仲間でもあり、また無二の親友でもある。齢はいくつも違わないのに、圭介は彼のことを、「老人」という名で、町子や吉郎に話すのである。

「防空演習用具の考案が、だいぶ新聞に出とるな」

と、福田老人がいった。尤も彼等の間で新聞というのは、「朝日」とか「大毎」とかいう類いのものではない。月三回発行、郵便で送ってくる「発明新報」のことである。

「フン。縁日商人共が……」

圭介は、噛んではき出すようにいった。

「そういったものでもない。遮光幕の裏側に、反射塗料を使って、室内を平常より明るくする考案などもあるようじゃ」

「それが、猿智慧さ。遮光幕なぞを考えるより、電波か光線で敵の飛行機をブチ落す方が、いくら早道か知れん」

「ハッハハ。そりゃア、早道に違いないが、今のところ、冒険小説家の発明じゃて」

「バカをいいなさい。各国共、秘密にやっとるかわからんが、研究のヤマは見えとるそうだ。近い将来に、きっと実現するから、見とりなさい」

「とかなんとかいって、貴公も、内々そんな謀叛気を起してるんじゃないか。金も、学問もない癖にドエライ事ばかり、考えよるからの。いつかの空中自転車みたいに……。ハッハハ」

「あの時分は、まだ素人だったよ」

圭介は、照れて、顔を赧《あか》らめた。以前、圭介が考案した、気球に足動プロペラを付けた空中自転車の発明は、特許審査官を笑倒させたそうだが、同時に、福田老人が圭介を揶揄する時に、一番有効な武器ともなっている。空中自転車を持ち出されると、圭介は一言もないのだ。

圭介の発明は、とかく実用放れがしていけないが、福田老人の方は、反対に、すこぶる着実である。この二十年あまり、玩具の新案以外に、一切手を出さない。火の出る機関銃だの、歩いてお辞儀をする人形だのを考えて、玩具工場に権利を売りつける。金額は小さくても、数が多いから、小遣銭には困らない。

そこで、福田老人と圭介とは、なんかにつけて、意見の衝突を来たすのだが、いわゆる喧嘩友達というのか、内実は、すこぶる仲がいいのである。

圭介は鰥夫《やもめ》で福田老人は細君はあるが子供はなく、両方とも、家庭に不足がある。愚痴を零《こぼ》し合う時に、二人の気持が、一番ピッタリする。老人の方では、老妻が、圭介を女にしたよりも、もっと口喧ましくて、齢に似合わぬ焼餅をやいて、ヒステリーで、我儘でと、一々、文句をいうが、圭介は、それでも無いよりマシだよと、慰めだか、自分の愚痴だか、わからぬことをいう。

二人は、碁も、将棋も、釣もやらない。恐らく発明という道楽がなかったら、二人は人生を退屈して、死を急いだかも知れない。道楽といったら、圭介などは、ムキになって怒るだろうが、少くとも福田老人の方は、鮒でも釣り上げるような気で、発明ともいえない小さな発明を、コツコツ生みだすのを、娯しんでいる。それに、第一、老人には過ぎるほどの小遣銭になる。いわば、趣味と実益を兼ねた道楽で、止められないのも、無理はないのである。

圭介は、大発明がしたくて堪らない。衣食のために節を屈して、実用新案を狙ったこともあるが、本来は、世人をアッといわせる発明で、新聞にデカデカと、名を謳われてみたい。彼は、藁《わら》から銀をとったり、海水からガソリンをとったりするのが、ほんとの発明だと考えている。いつかは、そういう発明をやって、大金を儲け、町子や吉郎に、安楽な生活をさせてやりたい——いや、きっとさせてやれると、信じている。その空想があるからこそ、長い間の貧乏も、娘に稼がせる気まずさも、忘れられるのである。彼の発明道楽は、むしろ空想道楽といっていい。

幾歳《いくつ》になっても、圭介の空想は止まない。福田老人なぞも、若いうちは藁銀党の方だったそうだが、五十を越したら、スッカリ、空虚な着想を嫌うようになった。圭介のように、齢と共に、誇大な傾向が強くなる男も、珍らしい。発明に手を出す前から、彼の山気は強かった。中国地方の、或る高等学校の二部を、中途で止めて東京へ出てきてから、圭介は株屋の店員なぞを勤めたこともある。好況時代には、青山南町で相当の屋敷に住み、女中が二人いたことなぞ、町子も微かに憶えている。

だが、株で失敗《しくじ》り、発明に転じて、かれの窮乏は、輪をかけることになった。そのころ、まだ市外だったこの上馬《かみうま》の、四間の小貸家へ移ってから、十年近くなる。すべては、彼の空想道楽の禍いである……。

「まア、茶でも、淹れよう」

圭介は、そういって、立ち上った。今日は週日で、町子も今しがた、店へ出たばかり、吉郎も朝から家にいない。

「町子にか？　いや、まだ、話しておらん」

「茶なぞ、いらんよ。それより、あの話を娘さんにしてみたかい」

圭介は、中腰になって、福田老人の、前に、茶碗を置きながら、いった。

「なぜ、話さんのじゃよ。悪い話ではあるまいし……」

怪訝そうな、福田老人の顔。

「そうとも。ちっとも、悪い話じゃない。——と、思いながらどうも、切り出しにくくてな」

「貴公にも、似合わんじゃないか。ハッハ」

「実は、此の間の日曜に、一家の顔が揃ったから、まず、娘に話してみる積りで、わざわざ、側へ呼んだのだ。すると……いかん。顔を見ると、いかん。どうも、娘に詰問されてるような気がして、しまいには、無性に、腹が立ってくる」

　圭介は、苦り切った調子で、いった。

「貴公、じきに、癇癪を起すのは、悪い癖じゃよ。どうせ、一度はいわにゃならんことだから、なんなりと話したらええ」

「それはわかっとる。また、娘が、一概に、反対をするわけがないということも、わかっとる。それでいて、娘の顔をみると、どうもいかん。我ながら、不思議だ」

　照れたように、圭介は、自分の腕を、撫ぜた。

「そういうものかのう。わしは、親子というものは、夫婦よりも隔てのないものと、思うとったが」

　福田老人は、自分に子供がないから、不可解に堪えない表情をする。

「子供も、十五、六までは、自分の物の気がするが……」

　と、いって、圭介は、急に投げ出すように、

「いっそ、これは、破談に願おうか」

「なにをいうかい。折角、話を此処まで持ってきて……。それじゃア、わしの面目は、丸潰れじゃ」

福田老人は、慌てて、抑えるような手つきをした。

此の間うちから、福田老人が、圭介へ後妻の話を、持ち込んでいるのである。圭介が、よく孤独の寂しさを零すし、また、昼間は、男一人で留守番などしてる姿をみると、ほんとに気の毒に思って、以前から、福田老人は、親友の縁談を心掛けていた。今度の話は、相手の齢からいっても、趣味やその他の条件からいっても、圭介に、お誂え向きに思われたので、先日来、しきりに奔走しているところであった。

だが先方は未亡人、こっちも二度目の上に、齢の手前からいっても、改まった見合いはおかしかろうと、今日、福田老人が圭介を連れて、何気なく、先方の家へ遊びにゆく約束になっていた。福田老人とその未亡人とは、今まで、数回の面識があったからである。

「今更、そんな事をいうもんじゃない。娘さんには後から話せばええ。さア、早く支度をせんかい。もう三時じゃろうが……」

福田老人は、扇子を畳んで、帯に挿した。

着物だけは、此の間、町子が縫い直した、紺の越後上布――これは、好況時代に上物を奮発したから古《ふ》りたりといえども、まだ見られるが、絽羽織《ろばおり》の色は焼け、人造パナマの縁は波打ち、止せばいいのに、寒竹のステッキなぞ突いたものだから、圭介の姿は、大道易者が商売に出かけるよう。

「大いに、粧《めか》したのう」

と、福田老人に揶揄《からか》われて、圭介は羞かしくもあり、寂しくもあった。その昔の遠山圭介なら、かかる場合、少くとも自動車ぐらいに乗って出るのだが――

「何か、持って行かねば、悪かろう」

渋谷で、玉川電車を降りた時に、圭介は、そういった。

「それは、わしが心得とる」

福田老人は、圭介に自腹を切らせずに、駅前の店で、菓子折を需《もと》めた。

「乗物に、乗るがものはない。四、五町じゃから……」

先きに立って歩き出す福田老人の後から、圭介はとかく遅れ勝ちに、横断路を越えたり、横町を曲ったりした。

（気が咎める理由は、少しもない）

と、思いながら、彼の気持は冴えなかった。亡妻のお里は、自分が後添いを貰ったって、恨むような女ではない。町子は、父親の身の回りを世話する人間ができれば、却って、安心して嫁に行けるのだ。吉郎だって、不足をいうべき筋があるとは、考えられない。別に、誰に遠慮もないわけだ。それなのに、どうも気怯《きおく》れがする。此の間、町子に打ち明けられなかったのも、同じ気持からだ。

（女の臍繰《へそく》りを、当てにしてるように、見えるからか）

そうも、圭介は考えた。

その未亡人というのは、福田老人の話では、小金を貯えていて、やはり、発明に趣味を持っていた。圭介の持っている或る特許に出資して、実施権を貰ってもいいといってるような話も、聞いていた。もしそうなれば、出資者と夫婦になるようなもので、大変都合はいいが、世間の眼から見たら、慾に絡んだ卑劣漢と、思われるかも知れない。

（少しぐらい、卑劣に思われたところで……）

実際、圭介ほどの齢になると、そんなことは、大した問題にならない。それに、貧乏の期間が、あまりにも長かった。大抵の事なら我慢して貧乏と縁を切りたい。こう考えてくると、圭介の気が咎める理由は、一つもないのだ。

「あの家じゃよ」

福田老人は、宇田川町と書いた町角を曲ると、二軒目の二階屋を指《ゆび》さした。小ザッパリした門構えで、貸家なら四十円以下ではあるまい。

「ご免」

福田老人が大きな声を出すと、玄関の用心栓を抜く音がして、十五、六の婢《おんな》が格子戸を開けた。

明け放した二階八畳に、生温かいながらも、風はよく入る。御殿簾《ごてんすだれ》が揺れ、床の七言絶句が動く。秋草なぞが、活けてある。違い棚に、厳《ご》ついブロンズの置時計があるが、彼女の良人《おっと》が、生前に貰った、何かの記念品に、相違ない。小婢が、氷片の浮いたコーヒーを持ってきて、扇風機にスイッチを入れた。女主人は、なかなか顔を現わさない。

「ええ家じゃろう、一寸《ちょつと》……」

と、福田老人が囁いたが、圭介は黙って頷いただけだった。麻の夏座布団の上で、持参の扇子をパチパチいわせながら、彼は、自分の羽織の焼けた色を、気にしていた。こんな、座敷らしい座敷へ通されたのは、近頃珍らしいことだし、上馬町の破屋《あばらや》と較べて、この住居が、女主人と自分との懸隔《かけへだて》を語ることにもなり、どうせこんな縁談は、纏《まと》まる筈がないと、セセラ笑いたい気持に、なるのであった。

（まア、婆さんの面でも見物して帰るか）

そんな、不貞腐れたことを、心に呟いてる時、階段を上る軽い足音がして、

「これはこれは、まア、お暑いところを……」

と、接客業者のような、明るいハキハキした声と共に、青い縞物に白地の帯を、キチンと締めた姿が、入口に現われた。

チラと横眼で見た圭介が、おや、人違いかなと思った位、つくりも若ければ、顔も若い女だ。四十二というのに、精々、三十五、六にしか見えない。

「ほんとに、まア、よくお越し下さいまして」

と、わざと、圭介の方は見ずに、福田老人の前へ、固肥りの、両手を突いた。

「いつも、御無沙汰ばかり……一度、上らにゃならんと思うとりまして、つい、暑いもんじゃから……ハッハハ」

「いいえ、あなた、手前こそ……。ほんとに、なんと酷《きび》しいお暑さでございましょう。さア、どうぞ、お当て遊ばして……」

と、座布団を薦める時に、福田老人は、徐《おもむ》ろに、後を振りかえり、

「実は、奥さん、甚だ不躾けじゃが、友人の遠山君を連れて参りました。わしとは、長年の親友での……。発明に、半生を献げた男です。ちょうど今日、二人して、お門を通りましたもんで……。どうぞご別懇《べっこん》に……ハッハハ……」

と、白々しいことをいって、大声で笑い、見合いにして見合いに非《あら》ざる所以《ゆえん》を、仄《ほの》めかす積りらしい。

「初めまして……。遠山圭介と申します」

と、いささか固くなった結果、圭介の挨拶は、ひどくブッキラ棒に聴えた。

「庄崎トリでございます。ご高名は、かねがね、福田さんから承わっております。穢苦《むさくる》しい所へようこそお運び下さいました」

未亡人の方は、憎いほど、落ちついて、淀みのない口上だ。

お菓子が出、西瓜が出たりしているうちに、圭介の拘泥《こだわ》った気持もいくらか解けてきて、福田老人と庄崎トリの会話の中へ、ポツポツ口を挿《はさ》むようになった。

それに、未亡人の弁舌は、驚くほど達者で、圭介の沈黙を、否応なしに、破らずに措かないのである。

「ねえ、遠山さん。いかがなもんでございましょう——女の身として発明なぞに凝りますのは、生意気でござんしょうかね」

大胆に、圭介の顔を直視して、嬌声といいたいほどの、艶ッぽい声——

「生意気ということもないでしょう」

「そうでございましょうか？　そりゃアもう、女のことでございますから、機械だの、薬品だのには、手が出ませんけれど、女は女として、家庭用品なぞで、お役に立たないとは申せませんからね」

「ご尤もです。なにも、エジソンや、本多博士ばかりが、発明家とは限らんですからな。現に、この福田老人のような、玩具専門の発明家もおるです」

「これこれ、わしを引合いに出さんでもよかろう……。だが、奥さん、女の発明も、バカにならんですぞ。『完全日覆《ひおおい》』の発明者——あの女なぞ、自分の特許製品を造る工場の技師長になって、素晴らしい収入だそうじゃ」

「そうだそうですね。それから『文化帯芯』のＨ・Ｔ子さん——あの方も、沢山、特許や新案を取っておいでになりますわ。それに、お二人とも、とても美人でいらっしゃいますわ」

「美人という点なら、奥さんも人後に落ちん方じゃ」

「あら、いやな福田さん……。でもわたくし、あの女達のような、立派な発明はできないにしても、自分の趣味として、この仕事を、生涯捨てない積りでおりますの。まるで酔狂のように、人様は申しますけれど、こんな面白い仕事は、他にはございませんよ。わたくし、お風呂へ入ってる時でも、いい考案が浮かびますと、素ッ裸で飛び出して、よく女中に笑われますわ。ホッホホ」

「遠山君。庄崎さんは、新案を一つ取っておられるんじゃぜ。いま出願中のものも、お有りになるんじゃ」

「ほう、どんな物を……」

「いいえ、ほんの、下らない……、蟻のつかない砂糖入れの考案なんでございますけれど、どうせ通りは致しませんよ。でも、許可があるか、無いか、それを待つだけでも、愉しみでございますわ。どうせ、用のない、寂しい生活なんでございますから……」

と、黒々と結った束髪の中心を見せて、彼女は俯いた。

圭介は、話が途切れたので、

「さア、そろそろ……」

と、初めての訪問に、長居を惧れて、福田老人を促すと、

「まア、いいじゃございませんか、遠山さん。敵の家へ入らっしても、口ぐらい濡らしてお帰りになるもんですわ。ちょっと用意致しましたから、一口召上って……」

彼女は、ポンポンと、手を鳴らした。

圭介と、福田老人は、いい気持に酔って、八時頃、庄崎未亡人の家を出た。

御馳走も、気が利いていたが、それより、彼女の話し上手、薦め上手に、思わず盃を重ね

て、初対面の圭介の方が、福田老人よりも、酒が回った。

「あア、酔った」

圭介は、臭い息を、夜風に吐き散らして、大きな声を出した。偏屈で、傲慢な彼が、初めて行った家で、饗応を受け、しかも、これほど酔うなんて、平常にあるまじきことである。

「どうじゃ……。マンザラでも、あるまいがの、ハッハハ」

福田老人も、ゲッと鰻の蒲焼の噯《おくび》を出しながら笑った。

「若いのに、驚いたよ。小皺一本、見えんじゃないか」

「相当、塗っとるからの。だが、若い。たしかに、若い」

「四十二といったね」

「うん、酉じゃ。そこで、オトリさんじゃ」

「まず、化物の類さ」

「なんとかいいよる。あんな化物になら、いつ食い殺されてもええ……。ところで、どうじゃ?」

「どうじゃとは?」

「恍《とぼ》けんでもええ。返事はどうじゃというんじゃ」

「ハハ」

圭介は、紛らすように笑った。

「白状せい。否も応も、あるまいがの」

「そうも、行かんよ。齢の違いは、まアいいとして、生活程度のケタが違い過ぎるからな」

「じゃから、それは、此の間もいうたとおり、貴公が入夫の形になればええんじゃ。もともと、あの女は一人娘で、亡夫というのは、養子なんじゃからの」

「この齢をして、婿に行くのかい。ハッハッ」

「そういう形式上のことは、話し合いで、どうにでもなるじゃろう。とにかく、貴公を、優秀な発明家と買い被っておるんじゃから、買い被らせて置けばええじゃないか」

福田老人は、遠慮のないところを、いって、

「要するに、彼女も寂しいんじゃ。貴公も、ショボショボしとるし、割れ鍋に閉じ蓋を、合わせるだけのことじゃよ」

「いや、どうも、話が、少しウマ過ぎるんで……。仮りに、僕が承知したところで、先方がなんというか知れん」

「それは、明日にでも、わしが行って、聞いてくるが、今夜のようすでは、大乗気のようじゃったぞ」

圭介は、それに、返事をしなかった。

いつか、道玄坂下の雑沓の中へ出ると、彼は、急に立ち止まっていった。

「おい、もうちっと、飲もうじゃないか」

「まだ、飲むのか」

と、驚く福田老人を引っ張って、彼は、九州酒と書いた、些《ささ》やかな酒場へ入って行った。

翌朝、圭介は、宿酔《ふつかよい》で頭が上らなかったので、飯はガスで、町子が炊いた。

「お父ッつァんたら、ひでえんだぜ。鍵を置いてくのを、忘れちゃうんだもの。昨夜、帰ってから、とても困っちゃった」

吉郎は、眠い眼を擦《こす》り擦り、姉に、訴えた。家を閉めて出る時には、お隣りへ、裏口の鍵を預けて行く習慣になってるのを、父親は昨日に限って、スッカリ失念したのである。よほど、冷静を欠いていたに違いない。

吉郎は、朝飯を食うと、じきに勤めに、出て行った。町子は跡片づけをしてから、茶の間の出窓へ凭れて、ボンヤリ、なにか考えていた。

九時過ぎになって、ヤッと、圭介は寝床を離れた。

「ご飯、あがります?」

と、娘に訊かれて、

「いや、お午《ひる》と、一緒でいいよ」

彼は、コソコソ、顔を洗って、酔い醒めの水をガブガブ飲んで、縁側へきた。そうして、いつものように、新聞を展げたが、読んではいなかった。

(町子の奴に、どう話したらいいかな)

彼は、そんなことを、考えていた。町子は裏口で、洗濯の音を、立て始めた。

圭介は、鼻の先きへ、なんかの匂いが、コビリついてるような気がして、ならなかった。

庄崎未亡人の体から、白粉の匂いだか、髪油の匂いだか、扇風機の風に乗って、彼の鼻へ流れてきたのは事実だが、その匂いとも、異ってるように、思われた。それは、圭介が、暫らく嗅いだことのない、暖かい、優しい、それから、あんまり長く嗅いでは、心に疚しいような、甘い匂いだった。

（すこしハキハキし過ぎてるが、気質の悪い女ではなさそうだ）

庄崎トリの印象を、圭介は、牛が反芻するように、何度も、舌で味わってみた。亡妻のお里は、従順一点張りの、灰色の幕のような女だったが、庄崎トリは、柘榴石《ざくろいし》のように、鋭く、輝いていた。それだけ、眼に沁みる勘定だ。

（なにしろ、趣味が同じというだけでも……）

彼は、自分の心を納得させる材料を、努めて捜していた。

（町子や吉郎は、決して、不幸になる筈はない……）

彼は、午飯を食べる時にでも、娘に、今度の話を、切り出そうと、考えた。今日はこの前の日曜と違って、気分が和やかだから、癇癪を起すこともあるまいと、思った。

やがて、午餉《ひるげ》の膳を囲んだ時、圭介は、努めて、優しく、娘に話しかけた。

「なア、町子……」

「なによ」

町子は、ひどく不機嫌な顔を上げて、父親を見た。なにか屈託のあることを、アリアリと語っているが、父親はそれを見究めるよりも、自分のことに没頭していた。

（どうも、話し難いな。福田から返事がきてから後でも、遅くはあるまい）

朝の語り合い

町子は、この頃、いつも、不機嫌である。

と、いって、そこは女のことだから、圭介のように、呶鳴ったり、眼を剝いたりはできない。ただ口寡《くちずく》なに、ボンヤリしているのである。

（冗談じゃないわ。嫌味ッたらしい！）

そういって、彼女は、自分を叱ってみる。独り、クヨクヨもの想い――なんて、そんな柄でもなく身分でもない。生活という、手にある強敵を控えて、この上、心の重荷を背負わされたりしたら堪ったもんじゃない。

（さア、なにもかも忘れて、ハリキリハリキリ！）

と、今度は、自分を、励ましてみる。

そうして、勇んで、店へ出て行くのだが、ふと、スッキリした洋装の女客が、眼の前を過ぎて行ったりすると、

（おやッ！）

と、胸に、衝撃を受ける。

「ルナ」は、料理の他に、洋菓子も、ソフト・ドリンクスもやっているから、女客も相当ある。彼女等の大部分は、申し合わせたようにスマートな洋装で、髪を縮らせている。ドレスの布地にスフが混っていても、スタイルだけは舶来染みたお嬢さん達である。

町子は、そういう女客が、どうも、好きになれない。彼女等は殆んど喫煙家で、町子の店で、よく買ってくれるのだが、ちっとも有難いとは思わない。これは、閑もあり、金もある娘達に対する、町子のヒガミであろう。だから、自分でも、善いことだとは、思っていない。それに、毎日、彼女等を、見過ぎるほど見ている。いい加減、慣れっこになってる筈だ。

それが、此の頃、急に眼に触って困るのである。

「あら、塙さん！」

「やア、これは……」

その声が、耳について、離れない。この前の日曜日の夕、食堂の入口で、塙真次郎を摑まえて、親しげに話していた、あの外人のような、背の高い、洒落たスポーツ・ドレスを着た令嬢の姿を見てから、町子は、とかく、洋装の女が、チラと眼に入ると、彼女ではないかと、疑うのである。

（あれから、塙さんと二人で、どこへ行ったのだろう。どんな話を、したのだろう）

余計なお世話であるが、気になって仕様がない。

「さア、どっかへ行きましょう。こんなとこ、駄目よ」

と、彼女は、塙にいっていた。こんな処とは、ずいぶん失礼な言葉だ。こんな処に、煙草を売る娘もあれば、汗水垂らして、銀座に負けない菓子を製造しようと努力している、コックの野村もいるのだ。あんまり、バカにして貰いたくない。

(今度、煙草を買いにきたら、売ってやるの、止そうか知ら)

そうまで、町子は、考えることもあったが、彼女はその後、一度も、姿を見せなかった。

彼女ばかりなら、いい。塙真次郎も、サッパリ、やって来ないのである。


いつか、土曜日がきた。

塙真次郎が、「ルナ」へ顔を現わす日を、統計にとってみたら、土曜日が一番多いにちがいない。まだ、階上の支店にいる時もそうだったが、丸の内へ行ってからも、土曜日の帰りに、よく寄った。銀行員は、半ドンの特典が、あるからだろう。

「塙さん、この頃、どう？　無事？」

と、朝飯の時に、吉郎に訊いてみたら、

「うん。どうして？」

と、弟から反問されて、町子は、それ以上深入りをしなかった。迂闊なことをいうと、色気のつきかかった弟は、またどんな気障《きざ》な冗談をいわぬとも限らない。

(今日あたり、ヒョッコリお出でになるかも知れないわ)

と、町子は、心の中で思ったが、

(でも、あのお嬢さんと、お約束でもあれば……)

と、すぐ後から、妄想の炎が、燃える。

（ええ、面倒臭い！）

しまいには、われながら、自分の心をもてあまし、腹が立ってくる。塙さんが、あの高慢ちきなお嬢さんと、仲がよくたって、悪くたって、それがどうしたというのだ。塙さんは自分に、恋愛のレの字も、囁いたわけでもあるまいし、自分もまた、塙さんに惚れてる積りはない。第一に恋愛だの結婚だのと、いい気になっていられる自分ではないのだ。

そこで町子は、ガムシャラに家の中の仕事を始めて、出勤前の時を送ろうとした。大掃除の日みたいに、押入れの奥まで、掃いたり拭いたり、汗みずくになって働いてみたが、やはり気持は、サッパリしなかった。それに、父親が此の頃妙に優しくなって、娘の顔色を窺うような様子が見えるのも、町子の気に食わない。父親は父親らしく、もっと堂々としているがいい。あれはきっと、いつか直覚したように、心に秘密があるからだ。しかし、町子は、自分自身が、クサクサしているので、それを突きとめる気にもならなかった。

父親と、無言の食事を済ませて、町子は、いつもより早目に、家を出た。二、三町行ったところで、

「やア、お出掛けかの」

福田老人に声をかけられて、ビックリした。

「はア」

「親爺さん、ご在宅かね」

「はア、おります」

福田老人は、ニコニコ笑って、町子の家の方へ、歩いて行った。

店へ着いて、和服の上にブルースを着て、いつもの通り、椅子に腰かけて、正面の四角い眼界を眺めた。三時になり、四時になった。塙真次郎は、やっぱり姿を現わさなかった。

五時近くになって、郵便配達が、階段を降りてきて、ウロウロしている。郵便は裏口のコック部屋に配達される、例なのに。

「遠山町子さんて、貴女ですか。速達！」

町子は驚いて、立ち上った。

一寸、御話ししたいことがあります。済みませんが、明日の朝八時頃、新宿駅公衆電話のあたりへお出で下さいませんか。お店へ行かれるまでの時間を、お割き下されば結構です。万事お目に掛って……。

塙　生

こういう手紙を受取って、町子は暫らく、茫然とした。

塙から手紙を貰ったことは、初めてだし、他所《よそ》で男と待ち合わせたりすることも、初めてである。塙は今日来なかった代りに、こんな、意外な手紙を寄越した。

（行こうか？　よそうか？）

それを、町子は、店の中でも、帰りの電車の中でも、寝床の中でも、考え続けた。

町子は、世間を知り過ぎた処女であるから、羞恥や警戒で、躊躇するのではなかった。まして塙真次郎のように、品のいい、分別のある青年と、二人きりの時間や場所をもったところで、なんの危険があるとは思われなかった。

町子の惧れているのは、自分自身の心かも知れない。

翌朝五時に、彼女は、眼を覚ました。秋風のような、涼しい空気が流れ、空は染みつくように青かった。町子は、遠足へ行く子供のように、快活になった。

（とにかく、行ってみよう！）

今日は、煙いのを我慢して、国益竃で御飯を炊いた。お弁当も、塙さんと逢うのに、真逆《まさか》、抱えても行かれないから、新宿でパンでも買うことにした。

お膳立をして置いてから、鏡台の前で、クリームを塗ってると、父親が起きてきた。

「ほう。バカに早いな」

「ええ、ちょっと、八時までに、お友達と約束がありますから……」

「そうかい。わしも、一寸、お前に話があったんだが……。なに、今日でなくてもいい」

「なんですの。今仰有いよ」

「いや、急ぐことでもない。まアゆっくり、遊んでお出で」

父親は、此の頃、気味の悪いほど、機嫌がいい。

父親と二人で、朝飯を済ませて、急いで着物を着換え、玄関へ出ようとすると、日曜で、存分に寝坊した吉郎が起きてきて、

「姉さん、いやに、粧《めか》したね。ランデ・ヴウじゃねえのか」

「バカ！」

町子は、弟に威厳を保とうと思っても、今日は駄目だった。足速やに家を飛び出して、三軒茶屋の停留所までくると、彼女は、パラソルを忘れたことに気がついた。

自分では慌てたつもりもないのに、やっぱり慌てていたのかと、町子は羞かしく思った。だが、とりに帰れば、またなんとか、鼻吉が揶揄《ひやか》すだろう。町子は諦めて、電車に乗った。


「お待ちになりまして？」

町子は、駆け寄った。

「いいえ。ほんの少し……」

塙は、公衆電話の蔭から出てきて、薄鼠のソフトに、軽く手を掛けた。寝不足でもあろうか、顔がなんとなく、疲れていた。

「よっぽど、止めようかと、思ったんですが……」

「なにをですの」

「あんな、速達をあげるのを」

塙は、済まなそうに、いった。

「あら、ちっとも、関いませんわ。それより……」

それより、塙はどうして、そんな元気のない様子をしているのか、何か変った事でも起きたのではないか、それが訊きたかったのだが、町子は、躊躇した。

日曜の朝で、降車客は少いが、ハイキングにでも行くらしい服装の人達が、駅の玄関に溢れていた。人待ち顔に、広場の方を眺めてる若い女も、一人や二人ではなかった。

「こんな処で、立ち話もできませんから、どうでしょう……。井の頭あたりへ、行って見ませんか」

塙は、いつもより、よほど丁寧な言葉使いで、そういった。

「ええ、結構ですわ。十二時までに、店へ行けばいいんですから」

町子は、塙を励ますように、ハキハキ答えた。

切符は塙が買った。

それを渡される時、町子が「済みません」といったら、塙が「いいえ」と答えた。考えてみると、二人きりで外出するなんて、今日が初めてである。科白がイタにつかないこと夥しい。

電車は、空いていたのに、二人は二尺も間隔を置いて、坐った。従って、吉祥寺へ着くまで、話らしい話は、殆んどしなかった。

町子は、それを物足りなく思うと共に、次第に塙がなんのために、自分をこうして呼び出したかを、冷静に考える気持になった。

(ことによったら、吉郎が、馘首《くび》になるようなことでも、仕出来したんじゃないか知ら)

そんなことまで、町子は、考えた。だが、いくら塙さんが気が弱いにしても、それをいうだけに、わざわざ井の頭まで、自分を引っ張り出す必要はないし、また、今朝見た吉郎の顔は、なんの疚しさも無げに、明るかった。

（訝《おか》しいわ！）

塙は、相変らず無言で、一歩々々、自分の靴の尖《さ》きを瞶《みつ》めるように、恩賜公園へ下る坂を降りて行った。町子も、仕方がないから、まるで別れ話でも持ち上った女のように、シオシオと、その後に蹤《したが》った。

さすがに、朝のことで、杉の下の小径に、人影が少なかった。池の面を洗うようにして、涼しい風が吹いてきた。草だか、樹だか、いい匂いがした。

二人は、無意味に、池を半周した。

「少し、憩《やす》みましょうか」

塙が、漸く口を利いた。店を開けたばかりの、腰掛茶屋の前で。

店頭は、縁台が列べてあったり、椅子が置いてあったりするが、奥は、粗末ながらも、床の間のついた座敷などがあった。

塙は、靴を脱いで、そこへ上った。

「とても、静かですのね」

町子は、塙が相変らず、口を噤《つぐ》んでいるので、そういって、微笑みかけた。

「ええ」

ほんとに、静かな座敷だった。路の方は、唐紙の蔭になって見えず、庭は、すぐ眼の前から崕《がけ》になっていて、雑草が、青々と生えていた。どこかで、水の吹き零れる音のするのは、掘抜き井戸でもあるのだろうか。

塙は、黙然として、徒らに、「チェリー」を煙にしていたが、突然、顔をあげていった。

「いつか『ルナ』で僕と話をしていた女――あれは小岩井日出子といいます」

思いがけない時に、思いがけないことをいわれたので、町子は、一方ならず驚いた。しかも、塙は、ジッと眼を伏せ、堅く口を結んで、真剣な顔つきをしているのだ。

「はア」

「湯島の小岩井病院の娘です。そして、僕の親友の、小岩井誠の妹です」

矢継早に、塙がいった。

本郷で小岩井病院といえば、誰でも知っているほど、内科の大きな病院だ。それから、塙の親友、小岩井誠というのは、たしか理学士で、町子も、塙の口からその噂を聞いたことが、一、二度あったようだ。

すると、あの黒眼鏡の、礼儀を知らない令嬢の素姓も、わかったようなものだが、塙が、なぜ、急に、物々しい態度で、彼女の話をもちだしたのか、町子には、腑に落ちなかった。

「日出子さんとは、五、六年前から、識り合っていました。だが、その時は、まだ彼女は、ほんの子供でした。それから、彼女は外国へ行って――洋画が好きで、パリへ修業に行ったんです。パリの親戚の外交官の家へ預けられて――この春、帰ってきました。彼女は、彼地《あちら》で、テニスを覚えてきました。さすがに、女流テニス選手の多い国で、腕を磨いてきただけあって、なかなか上手なんです。大学時代に、選手補欠まで行った僕と、どっちつかずの好敵手なんです。僕も、テニスは大好きだし、そこで、目黒の小岩井家のコートで、土曜の午後や日曜に、よく彼女と顔を合わせるようになったんです。尤も兄さんの誠君が一緒の場合も、多かったが……」

　そこへ、茶店の婆さんが、誂えたものを運んできたので、塙は一寸、口を切った。

町子は、サイダーの口金を開けたり、水蜜桃の皮を剝いたりして塙に薦めながら、腹のなかで考えた。

（そういえば、この春から、塙さんの足が、よほど遠のいていた。それは、本店へ転任のためばかりではなかったらしい）

　塙は、サイダーのコップに、申訳のように、チョッピリ口をつけて、すぐ語り始めた。

「そうやって、交際してくるうちに日出子さんの僕に対する態度が、だんだん変ってきたんです。ただの、兄さんの親友に対する態度では、なくなってきたんです。早くいえば、僕を情友《アミ》として取扱うような様子を、アリアリと、見せてきたんです。

　正直に、白状します。僕も、決して、悪い気持はしませんでした。なんしろ、あの、一度見たら、忘れることのできないような、蠱惑的な美貌です。それから、外国仕込みの明るい、自由な、才気走った応対です。僕は、まるで、知らない花園へでも引っ張り込まれたような気になりました。僕は酔っ払ったような気持で、彼女の魅力を、忘れることができませんでした。

一時は、彼女に、結婚を申込もうかと、決心しかけたこともあります。家柄からいえば、僕の家が多少劣るかも知れないが、絶対に不釣合いというわけでもありません。それに、子供の時から知ってる仲だし、親友の妹という関係でもあるし、いろいろの条件が揃っています。そして、僕が申込みをしたら、一も二もなく承諾するだろうということは、彼女の態度でわかっていました。

けれども、いざその決心をしかけると、どうも、僕は躊躇するんです。不決断ということは、僕の性質かも知れませんが、そればかりではないようなんです。僕は、ほんとに彼女を愛してるかどうか、それが気になってならなかったんです。恋愛というものなら、対手《あいて》を愛すると同時に、尊敬というものがなくちゃアならない。ところが、僕は彼女を、尊敬どころか、非難してさえもいるのです。彼女は、大胆というか、我儘というか、まったく恐れというものを知らない女なんです。彼女のする事は、一々僕の眼に余ることばかりです。僕は、そういう性格の女を好まないのです。好まないばかりでなく、恐怖を感じるのです。僕はいろいろ反省してみました。僕は彼女を愛してはいなかったのです。

つまり、恋愛じゃアないんです。卑しい情慾なんです。それ以外に、ないんです。彼女の魅力は考えてみると、みな不純なものばかりでした。僕は、それに気がついて、彼女との結婚を断念したばかりでなく、彼女と遠退こうと努力しました。しかし……、もう一度、正直に白状します。それは、とても苦しい、効果のない努力でした。

そのうちに、僕は、パリ帰りの或る男から、思いがけない彼女の噂を、聞かされました。彼女は彼地《あちら》にいる時、非常に不行跡で、フランス人や日本人画家との間に、度々醜聞を流したことを誰知らぬものもないというのです。僕は、彼女の不純な印象を思い合わせて、自分の予感が的《あた》ったような気がしたと同時に、これで完全に彼女を思い切れる動機を与えられたと思って、寧ろ喜んだくらいです。なぜなら、僕は自分の妻は絶対に清純な処女でなくてはならぬと思ってるんですから――そのために、自分の清純も、保っているんですから。

僕は、自然に、彼女から離れることができました。彼女は夏の初めから、軽井沢のホテルへ行っていました。ところが、此の間の日曜、偶然、『ルナ』で逢って、それから……」

まア、自分のちっとも知らない間に、そんな事情があったのかと、町子は驚いて、熱心に耳を傾けた。殊に、あの日曜の、あれからの物語に就いては、一番、気にかかるのである。

「……結局、僕という人間が、ダラシのない証拠にしかならないんですが、あれから、ニュー・ロトンド、仲通りのバー、最後に、向島の、料亭だか待合だかわからぬような家にまで、日出子さんに、引っ張られて行ったんです。彼女は、とても酒が強いんだが、僕は殆んど駄目です。すっかり、酔い潰れてしまって……」

「まア」

「……とにかく、一時過ぎには、中野のアパートへ帰ってきましたが、翌日から、彼女に対する嫌悪と執着とが、同じような強い力で、僕を引き裂こうとするんです。嫌だ嫌だと思いながら、酔った眼に映った彼女の燃えるような唇、射竦めるような瞳、逞しい白い腕が、忘れられないんです……」

それを聴いて、町子は、驚いた。

（まア、男ッて、そんなものか知ら。女なら、嫌な人は、どこまでも嫌なのに……）

でも、ハニカミ屋の塙が、そういうことを率直に告白するのは、よくよくの事であろうと、察しないではいられなかった。

「……一度、思い切った後だけに、今度は、却っていけません。まるで、彼女に抵抗力がなくなったような気がするんです。それと、同時に、彼女が一層恐ろしくなってきました。あれは恐ろしい女です。外国で、どういう思想にカブれてきたか知らないが、恋愛だの、性道徳に対して、まるで権威を認めません。或いは、僕等の想像の及ばない性道徳をもってるのかも知れないが——例えば、僕が純潔ということに就いて語れば、彼女は腹を抱えて笑います」

「まア」

と、答えたが、町子は、塙の気持に、すぐと蹤《つ》いては行けなかった。一概に、純潔というけれども、いろいろある。高い塀と、深い窓の中で、上流の娘が誇ってるような純潔もある。職場に立って、四方八方から伸びてくる誘惑の手の中で、必死に保ってるような純潔もある。ただ、神経的に、純潔という言葉を口にするのを、彼女は嫌いだった。

「あの日曜の晩、危く、僕は純潔を失うところでした。酒の酔いと、彼女の大胆な誘惑とのために、僕は殆んど彼女の前に、降服しかけたのです。むしろ、あまり酔い過ぎたために、助かったのかも知れません。しかし、まだそれほど酔わないうちに、僕は彼女から、或る約束をされたのを、覚えています」

「まア、どんな約束を？」

　さすがに、町子は、胸を躍らせた。

「婚約に似たものを……。それから、昨日の土曜日に、必ず僕が軽井沢へ行くことを」

　町子は黙って聴いていた。

「僕は昨日銀行の帰りに、丸の内郵便局から彼女に断りの電報を出すと同時に貴女のところへ、速達を書いたのです……。町子さん。僕を救ってくれませんか。僕を危険から救ってくれる人は、貴女以外にないと思うんです……」

「あら救うなんて……」

　町子は、ドギマギした顔で墒を見た。

「いいえ、貴女なら、きっと、僕を救ってくれます。僕を救う力をもっているのは、貴女だけです」

　墒は伏眼ながら、力強く、いい切った。結んだ唇が、幽かに震えてるように、思われる。

「でも……。一体、どうすれば、あたしが貴方を、お救いできますの」

　町子も、息詰まるような気持で、そう訊いた。意外な言葉を掛けられて、判断に苦しんでいるが、それよりも、墒の思い詰めたような顔が暗示するものに、彼女の胸は、波打った。

塙は、暫らく、無言でいた。やがて、勇を鼓したように、

「僕と、結婚して下さればいいんです」

パッと、夜空にイルミネーションが点いたように、また、耳の端で万雷の拍手を聴いたように、町子は面眩《おもはゆ》く、面食らった。何か、重大なことを聞かされると、予期していながら、ひどく狼狽《うろた》えた。体の底から、カーッと、血が騰《のぼ》ってきて、耳朶《みみたぶ》まで、火照ってきた。

「突然、こんな事をいうと、貴女は、ヘンに思われるかもしれません……。或いは、日出子さんの誘惑を逃れるために、僕が貴女を利用するという風に、考えられるかも知れません。だが、決して、そんなことはないんです。日出子さんという女が、僕の前に現われなくても、いつかは、僕は貴女に、こういう申込みをしただろうと、思うんです……。僕は、初めて貴女の店へ、『チェリー』を買いに行った時から、貴女が好きでした。新宿支店にいた時は、毎日、貴女とお話ができたのに、本店へ変った当座は、どれだけ寂しく思ったか知れません。日出子さんは、ちょうど、そういう僕の心の空虚につけ入って、姿を現わしたようなものです……」

塙は諄々《じゅんじゅん》として語った。だが、町子は、その半分も、耳に入れてはいなかった。

結婚！　結婚！　その二字が、鼠花火のように、複雑な火花を飛ばして、回転する。

「……貴女のような人となら、僕はいつまでも、平和に、愉しく、家庭生活を送れるという気がします。貴女は浄《きよ》い心と、シッカリした意志をもっています。ちょうど、すべてが、僕と反対です。だからいいんです。きっと、完全な調和が生まれます……。それに、母だって、

貴女なら、嫁として、必ず満足するだろうと思います。母は旧弊だから、日出子さんのような女は、一瞥《ひとめ》見て反対するでしょう。仮りに、母が賛成したところで、僕は、日出子さんとは、断じて、結婚したくありません。あんな、放恣な、驕慢な、そして淫蕩な女を、細君にもったら、僕の将来は破滅です。まるで豹ですよ。あの女は……」

口を究めて、塙は、小岩井日出子のことを罵った。

「でも……。そのお方と、お約束のようなことをなすったんじゃありません？」

町子は先刻の塙の言葉を、思い出した。塙は慌てて、

「約束！　いや、僕は約束に似たものを、と、いったんです。そんなものは、いつだって取消せます。取消す必要さえ、ないかも知れません」

町子は首を垂れて、深い思案に、沈んだ。

生まれてから、こんなに真剣にものを考えたことはないかも知れない。その癖、自分の体が、キルクが水に浮いているようで、考えることに、とりとめのないのが、腹の立つほどだった。

(塙さんは、そんなに、あたしのことを思って下さるのか)

鏡のない国へ生まれたのではないから、町子は、大凡《おおよそ》、自分の容貌の価値を知ってる。鼻吉ほど、怪異《グロテスク》な顔つきではないにしろ、どこに取柄といって、自惚れられない目鼻立ちだ。鼻死んだ母親は、お前は眼と口つきがいいと、褒めてくれたが、親の慾目に違いない。その証拠に、人から美人といわれたことは、一度だってありはしない。

それなら、気質でもいいかというと、塙さんのいうことは、一々買い被りで、相当ヒネくれた自分の根性を、我ながら、よく知ってる。十六の歳から、生活と闘ってるうちに、こんなになってしまった。父親と、絶え間なしに喧嘩するのも、みんな、その根性がさせる業だ。最後に、一番大きな問題は、自分の境遇だ。提燈に釣鐘の身分の相違は、勿論のことだが、仮りに塙さんが、専売局の配達員か「ルナ」のコックぐらいの階級の人としても、自分は、やはり、結婚を諦めねばならぬではないか。せめて、父親が、独立の生計を立ててくれぬ限り、塙さんにしろ、誰にしろ、結婚は、出来ない相談ではないか。

（でも……）

今まで、結婚ということを、フッツリと諦めていた町子も、対手が塙真次郎で、しかも、当人の口から、こうハッキリと話を持ち出されてみると、どうせいわねばならぬ拒絶の言葉が、惜しまれて、容易に口に上らなかった。

（もう、二十四にもなって……。今でも、晩いくらいだのに……）

と、心の襞《ひだ》に匿《かく》した嘆きが、湧いてくると同時に、

（いけない……。当てのない幻を描くもんじゃない）

と、いつもの町子の心が、静かに、起き上ってくる。

町子は、落ちついた微笑みを取り戻した。

「塙さん……。あたし、とても、あなたと、ご夫婦になれるような女じゃありませんわ」

「なぜです。そんなことがあるもんか」

塙は、言下に、答えた。町子は、自分の容貌や性格や身分のことをいうと、却って気障《きざ》だから止めて、

「あたしね……、結婚統制を受けてますのよ。ホッホホ」

町子は、強いて、笑った。そうして、簡単ながら、包み隠さず、一家の境遇や事情を語った。

「……せめて、父でも、どうかなってくれましたら……。発明が紛れ当りでもして、生活に困らないようになってくれましたら、あたし……」

無論、望んでもという意味を、言外に匂わした積りだが、父親の成功は、野村の買ってる勧業債券の当籤《あたりくじ》よりも、もっと心細いと知ってるから、町子の微笑みは、苦い味がした。

「そんなこと、何です。第一、僕はなにも、すぐ結婚してくれといってるのじゃありません。僕の欲しいのは……」

塙が、激したようにいった。

「僕の欲しいのは、貴女の心なんです。それが、獲られたなら、僕は今の状態から、救われるんです。あの恐ろしい女の誘惑から、脱けられるんです……。僕は、すぐ結婚してくれとは、いいません。来年でも……、再来年でも関いません。その間に、貴女のお父さんに良い運が来ないにしても、僕の収入で、お父さんの生活を、保証できる時が来ないとも限りません。僕は、母に話して、自分の貰う財産を、早く渡してくれるように、催促するつもりで

す」

「まア、そんなこと……」

「関うもんですか、どうせ、いつかは貰うんです……。だから、町子さん、そういう付帯的条件を問題にしないで、肝腎の貴女のイエス、ノーを、いって下さい。僕は結婚の約束だけをして下されば満足します。約束だけを……」

「……」

町子は、それに対して、いうべき言葉を知らなかった。圭介が庄崎未亡人の縁談を聞かされたのと同じように、話が少しウマ過ぎる為めかも知れない。

「それとも、貴女は、僕をお嫌いですか。他に約束をなさった方でも、おありですか。それなら、どうぞ、ハッキリ仰有って下さい」

塙は、少し不機嫌な声を出した。

飛んでもない。そんなものがあるくらいなら――まして、塙さんが嫌いだとしたら、こんな所まで一緒に蹤いてきはしない。そうして、日出子という令嬢が出現したことを、あんなに、気に掛けはしない。

「そんなこと……」

町子は、滅多に見せない人懐つこい眼で、対手の顔を見た。潤んだ瞳が、彼女の母親が保証したように、美しく輝いた。

「じゃア、僕のお願いを、頷《き》いて下すってもいいじゃありませんか。ただ、約束だけをして下さればいいんですから……」

「ええ……」

「吉郎君だって、悦ぶと思います」

「ええ、それはもう……」

「ね、町子さん……」

町子は、高い崕から、飛び降りるような気持になった。

「え。お約束しますわ」

そういってしまって、彼女が俯くと、われともなしに、涙がポロポロ膝に落ちた。

塙は、驚いて、

「どうしたんです。なぜ、泣くんです」

「いいえ。なんでも……」

町子は、努めて、晴々しい顔と声とを、つくった。

約束という言葉が、悲しかったのである。約束とは、空想のことだ。父親の運は、いつになったら、芽を吹くことやら、函のような煙草店の中の生活は、まだ十年や十五年は、続くかも知れない。

だが、塙は、町子の返事をきいて、水を灌《そそ》がれた植木のように、生々とした顔色になった。

「ありがとう。町子さん！」

半ば、無意識に、彼の手が、町子の体に、伸びてきた。握られた手を、町子は堅く握り返

した。だが、昼が寄ってきた時、彼女は、ツと立って、

「遅くなるといけませんわ。今日は十二時までに、店を開けなければなりませんから……」

夜の対話

町子は、店に坐ってることに、退屈しなくなった。

四角い眼界の中は、いつもの通りの風景だが、嫩緑《うすみどり》の壁や、白い天井の面に、彼女の心の遊歩場ができた。ジッと、そこを瞶《みつ》めながら、彼女は、いろいろのことを考える。

（お父さんだって、いつ成功しないとも限らない）

父親が一世を驚かす発明をやるとは思わないが、ハイトリックか、亀の子束子《たわし》のような、実用的な意味で、語り草になってる考案の一つぐらい、捻り出さないとは限らないではないか。そういう発明こそ、右から左に、お金になるのだ。

うんと、お金が儲かって——いや、それほど儲からなくても、精々、福田さんほどの生活ができて、吉郎も給仕をしなくても学校へ行けるようになり、父親も洗い晒しを着なくても済むようになれば、自分は、なんの心置きなく、塙さんのところへ嫁《ゆ》ける。

（塙さんから、お父さんを養って貰うなんて、とても嫌だわ）

父親も、恐らく、そんな事は、肯《がえん》じまい。だから、どうしても、父親に、発明で儲けて貰

わなくては——父親だって、なにも、そう見捨てた発明家だとは限るまい。いつ、どんな妙案が、フッと、頭に浮かんで来ないものでもないではないか。

（あら、おかしい。あたしも、いつの間にか、お父さんや野村さんのように、空想を描いてる）

町子は、心の中で微笑んだ。

「なに、笑ってんのよ。『翼』一つ、頂戴」

女ボーイのトミ子が、客の註文を取次いできた。

「ホホホ。『翼』ね？　はい」

町子は、なお笑いながら、煙草を渡した。トミ子が去ると、今度は、レヴィユー・ガールのような洋装の女が、

「ちょっと『さかえ』ある？」

「売切れました。相済みません」

四時近いので、客が、そろそろ立て混んできた。町子も、想像だか、空想だかに、耽ってはいられなくなった。それで、よかった。それ以上考えると、悲しくなることばかりだ。また一人、洋装の女客が「さかえ」を、買いにきた。あの薄荷煙草は、婦人の御意に召すとみえる。配給が少いから、いつも売切れだ。だが、洋装の女客を見ても、町子は、もう、ギョッとしなくなった。日出子さんという女の正体が知れないうちは、不安だったが、堝真次郎に、井の頭で、一切を聞かされてから、冷たい軽蔑を感じるだけだ。どうも、あの女は、最

初から、虫が好かなかった。生活の経験上、町子は露わな悪意や好意を、人に寄せることを避ける習慣をもっていたが、あの令嬢には、不思議な憎みを感じた。だが、今は、彼女を憎む必要もない。町子の方が、勝利者ではないか。

ふと、町子は、入口の方を見ると、およそ「ルナ」の雰囲気と不似合いな、福田老人の姿が、キョロキョロして、立っていた。

「あら、福田の小父《おじ》さん……」

町子は、店の中から顔を出した。

「やア、どうも……。こんなハイカラなところは、閉口じゃよ」

福田老人は、カンカン帽を、売台の上に置いて、禿頭の汗を拭った。

「ホホホ。でも、よく入らっしゃいました。椅子も差し上げられないで、済みませんわ」

「いや、立ち話で結構……。だが、いつも、ご精が出ますな」

「いえ」

「時に、こんな所で、話をしても、ええのかね。なんか、飲んだり、食ったりせんでも……」

「ちっとも、関いませんの。そんな、ご心配なく……」

「そうかね。じゃア、一寸、お邪魔させて貰うか」

と、いって福田老人は、工合が悪そうに、四辺《あたり》を見回していたが、やがて、声を落して、

「町子さん。今日は、ちと、妙な用でやってきたよ」

「まア、なんですの」

「お父ッつァんのことじゃが……。遠山君も、あれは、なかなか気の若い老人でね。いや、老人というたら、当人、怒るにきまっとる。事実、頭を見たって、まだ、白髪になり切ってもおらんし、わしのような、丸禿というわけでもない……」

福田老人は、用があるといいながら愚にもつかぬ事を、クドクド喋ってるので、町子はおかしくなってきた。

「いや笑わんで下さい……。これがその、六十の声を聞くと、よほど違ってくるんじゃが、いかんせん、遠山君は、齢からして、中途半端じゃ。あんたのような若い人に、そういう気持はわからんかも知れんが、とにかく、大いに同情してやって下さい」

「あら。とても、同情してますわよ。ホホ」

「それなら、安心じゃが……。どうも、あの寂しそうな、ショボショボした顔を見るのが、わしも忍びんのでね。そこで、少しお節介をする気になったんじゃよ。まア、早くいうと、茶飲友達でも世話してやろうとね」

「ほんとですの？　まア、有難うございますわ」

「おや、あんたは、賛成なのかね」

「無論ですわ。ただ、父に働きがありませんから、きて下さる女《ひと》があるかどうか、それだけを心配していたんですわ」

「なんじゃい……。こりゃア、バカを見た。そんなら、なにも、長い前置なぞつけるんじゃなかったよ、ハッハハ。いや、実は、遠山の奴、自分からはどうしてもいえんから、わしに話してくれと頼むので、今日、出向いてきたのじゃがね」

福田老人は、それから、庄崎未亡人のことに就いて、事細かに語った。

「まア、とてもいいお縁談じゃアありませんの。願ったって、そんな女《ひと》は滅多にありゃアしませんわ。是非、お世話して下さいませよ」

「いや、もう、話はだいぶ進んどるんじゃ。委しくは当人から聴きなさい。ハッハハ」

「ほんとに、嫌なお父ッつァん！　なぜ、早くあたしに話してくれないんだろう」

「そこが、それ、中途半端な齢での。柄にもなく羞《はに》かみよるんじゃよ。それに、あんたには、生活の世話になってるから、だいぶ遠慮があるんじゃろう……。いや、あんたが賛成と聞いて、わしも大安心じゃ」

福田老人は、カンカン帽を取り上げた。

帰りの省線電車の中で、出入口際の腰板に凭《もた》れていた町子は、

(あ、そうだわ。あたしの為めにも、とても、嬉しいことなんだわ)

と、気がついて思わず、ニッと微笑んだ。幸い、時間が時間で、乗客が少なかったから、人眼につかなかったが、若い女の思い出し笑いなぞは、誰の好感も唆《そそ》らぬであろう。

それまで町子は父親のことばかり考えていた。福田老人の話があまりに意外だったので、父の再婚ということだけにしか、頭が働かなかった。いつかも、塙に話したように、彼女は父親にとって、配偶者がいかに必要であるか、よく承知していた。だから、もし話が纏まっ

た場合の父親の幸福を、あれやこれやと、考えて心が弾み、店を閉めるまでの時間を、イソイソと過ごしたのである。

だが、ふと気がついたら、悦びは父親のもののみではなかった。もし、福田老人のいうような条件で、父親の結婚が成立するなら、当てにならない発明の成功など、問題ではないのではないか。自分は安んじて、父親の許を離れ、塙さんとの約束を果せるではないか。

遠い当てのない幻が、急に美しい現実として近づきつつある！

これは、人生の慣例と逆だ。町子は、吹き零れるような悦びを、抑えることができない。

（お父ッつァんも幸福になる、あたしも幸福になる、……吉郎にだって悪いことはない……。そんなに、みんな、一時に幸福になっていいのかと、思うほどだわ）

大概のことなら、町子は感情の潮に乗せられる女ではなかった。今だって、有頂天に、逆《のぼ》せ上ってるわけではないが、俄かに射してきた明るい陽の目を、いつものように、わずかな雲切れだと、頭からきめてしまいたくなかった。

（でも、この事は、すぐと塙さんに知らせるのは、すこし、早いわ。スッカリ、お父ッつァんの話がきまってからでいい）

そう考えるだけの余裕は、町子も、持っていた。

だが、考えることといえば、それに絡まるばかりで、渋谷へ着いて、改札口を出る時、

「もしもし」

と、駅員に呼びとめられて、ふと気づいたら、定期券を見せずに、素通りしていた。

よほど、ボンヤリしていたに、違いない。

駅前の広場は、宵の口ほどの雑沓は見られないが、さすがに盛り場のことで、まだ人影が、賑やかだった。

町子は、速足に、玉川電車の乗降口に曲ろうとして、大通りの角の店舗の前で腰を屈めてお辞儀をしてる男の姿を、

（あら、お父ッつァんじゃ、ないかしら）

と、思った。

例の上布を一着に及んで、焼けたパナマ帽を鷲摑みにしてるところをみれば、どうやら、それは圭介に違いない。

だが、立ち話をしている対手の人間は、白粉の色が濃かった。

（あら、おかしい。お父ッつァんは、あんな若い女に、知合いがあるのか知ら）

今日は、気持が浮々しているせいか、町子は、転げて笑いたいほど、おかしかった。

圭介とその女は、街角でお辞儀をし合って、その儘別れるのかと思ったら、なおも話が尽きないらしく、肩を列べて、町子のいる方へ、歩いてきた。

町子は、父親を待ち合わせて、一緒に、家へ帰ろうと、暫らく足を留めていたが、次第に近寄ってくる二人の姿を見ると、妙にバツの悪い気持になって、いっそ独りで帰ろうと、玉電の構内へ、小走りに歩んだ。父親達は、大名行列のように、ノロノロ練って歩いてくるから、勿論、自分の方が先きに改札口を通り抜けてしまう筈だったが、都合の悪いことが起っ

た。

「なにッ」

「なにが、なんです」

会社員らしい酔漢と改札係りとが、喧嘩を始めている。酔漢が手をあげたが、まアまアと、他のお客が仲裁した。だが、お蔭で、改札口は通行止めで、町子は、仕方なしに、入口で立往生をしてると、

「まア、嫌ですね。喧嘩ですよ。遠山さん」

と、艶《つや》のある声に応じて、

「ほウ。酔っ払いですな」

父親の声が、すぐ、背後で聴えた。こうなると、いくらなんでも知らん顔ができなくなって、

「お父ッつァん……」

町子は、振りむいた。

「おウ、今、帰るのか」

圭介は、さり気なく答えたが、顔には、明らかに、狼狽の色があった。町子は自然、父の同伴者と眼を合わせなければならなくなって、軽く、対手に目礼した。

「あの、お嬢様じゃアございませんの」

半分は、圭介にいって、彼女はジッと、町子の顔を凝視めた。

「そうです。町子です」

と、いう圭介の返事を、聴くか聴かないうちに、

「まア……、これはこれは」

と、ひどく愛想のいい態度で、お辞儀を始められて、町子は面食らって礼を返した。だが、咄嗟に見た彼女の顔は、微笑を湛えながらも冷やかな眼が、町子の顔や、着物を追い回していた。そうして、遠くでは、二十代に見えた彼女が、四十に近い中年女であることに、町子は、一方ならず驚いた。

ハッキリと、口では陳《の》べきれない、或る不快を、町子は、その婦人から感じた。

「あたくし、庄崎トリと申します。どうぞ、よろしく……」

町子は、その名前を聴いて、ハッと思った。福田老人の話の中に何遍も繰り返された名前であった。改めて、町子は、その女の顔を見た。彼女も、町子の顔を見た。視線が、縄のように、捻れて絡まった。だが、瞬間に、彼女は平静な愛想のいい笑顔になって、圭介を顧みて、

「ほんとに、お綺麗でいらっしゃいますこと、あなたもお愉しみですわね」

町子は、生まれて初めて、美人の名を獲た。

「せっかく、お目に掛ったんですから、そこらでお茶でも飲んで、ユックリお話ししましょうよ」

と、庄崎未亡人は、しきりに誘ってくれたが、町子は、駅前の喫茶店は、十一時に店を閉めるというのを口実に、

「ありがとう存じますが、もう遅うございますから」

と、婉曲に、断った。

圭介は圭介で、

「話したところで、格別、面白味もない奴です」

と、ブッキラ棒に、自分の娘を、貶《けな》した。

「まア、お父さんたら……。ホッホホホ」

庄崎未亡人は、色っぽく笑った。「お父さん」という親しげな呼び方が、町子に耳触りであった。

「では……失礼申上げました」

「そうですか……じゃア、その内是非一度、自宅《うち》へ遊びにきて下さいましね。きっとですよ。場所はお父さんが、よく、ご存じですからね……」

やっと町子は、この多弁な中年女と、別れのお辞儀を交わすことができた。

もう、改札口の喧嘩は、疾うの昔に済んでいた。

町子と圭介は、地下道を潜《くぐ》って、フォームへ出る間も、電車に乗って、列んで腰かけてからも、唖のように黙っていた。

圭介は、どういうものか、口をへの字に曲げて、向う側の窓の闇を睨めていた。

町子は、下を俯いて、空の弁当箱と雑誌を包んだ、風呂敷の模様を眺めていた。まるで、喧嘩をしてるようだが、その実、各自に自分のことを、考え耽っているのに過ぎない。

（あたしは、どうしてあの女を、不愉快に感じたのだろう）

町子は、しきりに、それを考えた。

庄崎未亡人よりも、もっと饒舌で、もっと色気タップリな女性を、町子は、いままで、世の中を歩いてきてるうちに、幾人も見ている。しかし別に、そうした女達に対して、悪感なぞ懐《いだ》かなかった。陽気で、面白い人達だと、思うことさえあった。

それなのに、何故、あの女に対する印象は、こんなに悪いのだろう。

（ことによると、あたし、ヤキモチ焼いてるんじゃないか知ら）

なんかの雑誌で、娘の、父親に対する嫉妬という記事を、読んだ憶えがある。ドイツの学者の説だとかいうことだが、娘は生まれながら、父親に恋愛してるのだから、つねに母親その他、父親の愛する女性に嫉妬を懐くのだと、書いてあった、それを読んだ時には、あまりバカバカしくて、噴笑《ふきだ》してしまった。

（だけど、あの記事、ほんとかも知れないわ。そのヤキモチと、性質が違うにしても……）

もしも、彼女に対する反感が、自分の嫉妬だとしたら、それは大変悪いことだ。すぐに、改めねばならない。ああ見えて、あの女は案外、気さくで、わけのわかった、とても良い気性かも知れない。第一、父親のような、条件のわるい男と、結婚しようと思ってくれるだけでも、感謝すべきではないか。

(きっと、いい女《ひと》よ。そうだわ)

その時、圭介が、ムックリ席を立ち上った。いつか電車は、三軒茶屋へ着いていた。

「お父ッつァん……」

町子は、黙々として歩いてゆく父親に、声をかけた。

電車道には、まだ一、二軒、起きている店があったが、横町へ曲ってからは、どの家もシンと寝静まっていた。二人の他には、誰も歩いていなかった。重湯を流したような天の河が、黒い樹影と屋根の上に、浮いていた。

「聞いたわよ、福田さんに……」

町子は、皮肉や嫌味にならないように、努めて朗かにいった。

圭介はなにか、曖昧な返事をした。

「いやなお父ッつァん……。自分でいえばいいのに」

「いや、福田の奴がね、その、手前勘で……」

「とにかく、とてもいい縁談じゃないの」

「うん、まア……」

「ねえ、先刻《さっき》の方、そうなんでしょう?」

「いやね、ちょうど、道玄坂のところで、逢ったもんだから……」

青筋を立てて呶鳴る圭介の俤《おもかげ》はどこへやら――猫のように温和《おとな》しくなって、しきりに弁解ばかりしている父親を、町子は、可笑しくもあり、気の毒にも思った。

「とても、お若いのね。それに、朗かな方らしいわ」

「なかなか、勝気な女だ。お前と、うまく行けばいいが」

「大丈夫よ。第一、無理に一緒に暮す必要はないと思うわ」

「それもそうだが……。俺ア、お前に済まんような気がしてならんよ」

「なに仰有るのよ。あたし、こういうことになるのを、どいだけ望んでたか知れないわ。で……、話はよっぽど進んでますの？　詳しく、話してよ」

「それがね、俺達同士の気持は、きまってるようなもんだが、いろいろ厄介なことがあって……」

圭介は、庄崎未亡人が女戸主だから、相続人を設定して、隠居の手続きを踏んで、その後に結婚という段取りになるのだと、話した。

「じゃア、まだ、さきが長いのね」

町子はなんだか、頼りない気がした。

「いや、しかし、それは法律上の手続きに過ぎんのだから、なんでもない事だ。相続人というのも、あの女の甥で、前からその積りにしている男があるそうだ」

「そんなら、いいけれど……。お目出度いことはなるべく早い方がいいわ」

町子は、そういって、ふと、自分自身のことをいってるのではないかと、顔を赧《あか》らめた。

「そうとも。俺も、これから、一奮発して、もう一度お釜を起す気だが、お前も早く身を固めて貰いたいな。今まで、俺が意気地がないから、お前の縁談をスッカリ遅らしてしまって、ほんとに、済まなかった」

「あら、そんなこと……でも、お父ッつァんの話がハッキリきまったら、あたしも、聞いて頂きたいことがあるわ」

「なんだい、今、いったらよかろう」

「いいのよ、後で……。ねえ、お父ッつァん、あたし達も、ずいぶん苦労したけれど、これからは、段々、いい運が向いてくるかも知れないわね」

そういって、町子は、空を見上げた。

天の河が、二人の頭上を、淡く流れていた。

青雲

野村勇蔵は「ルナ」の裏口に列べてある生ビールの空樽の上に、腰かけて、本を読んでいた。

薄曇りの空から、湿った、涼しい風が、電光形に吹き降ろしてくる。高い「大東京」支店の建物に吹きつける南西の風が、向う側の新興喫茶、酒蔵、鮨屋なぞの背中に弾ね返り、往復二、三度ぐらいの後に、漸く、野村のいる場所へ届いてくる勘定だが、地下のコック部屋の温気に比べれば、まことに軽井沢にでも来たよう。もっとも、ズラリと列んだ芥箱《ごみばこ》から、異臭プンプンと鼻を打つのは、頗る読書の感興を妨げるが、袋路地のお蔭で通行人が滅多にないことで、差引きがつかぬこともない。

（なアるほど。五か条の盟《ちかい》か——今から三十七年前に、こんな事を考えていやがったんだね）

野村は一心に本の頁《ページ》に見入りながら、そんなことを、胸に呟いた。三百頁ほどの仮綴じの冊子で背文字は「パン屋の主人として」と、書いてある。

野村が、この本のことを聴いたのは、二日前だった。

「ルナ」の支配人が、コック部屋の前で、食料品屋の番頭と、立ち話をしているのである。

「大村屋の主人が、本を出したそうですね」

「そうかい。あすこの親爺は、何事にも、一理窟があるからね」

「なかなか、売れるそうです」

「ハッハハ。みんな、大村屋に肖《あやか》ろうたって、そうは行かないよ。ありゃア、ひどく運のいい人なのさ。要するに、素人商法が紛れ当りをしただけだアね。二番煎じは、利かないよ。僕なら、そんな本を買う代りに、天兼へでも、食いに行くね」

支配人は、そういって、笑った。

だが、野村は、それを聞き逃さなかった。事、大村屋に関する限り、彼の耳は、ピンと立つのである。大村屋の研究は、彼の夢にも忘れざるところだ。大村屋のパンや菓子や料理は、野村にとって、それほど尊敬に値いするものではない。自分だって、腕に撚《よ》りをかければ、あれくらいのものはできると考えている。ただ、あの店の営業振りには、まったく感服している。大村屋には他の店では感じられない臭いみたいなものがある。その臭いみたいなものと、一日一万円に近い売上げとは、何かの関係がなくてはならない。その秘密を、是非つかんで、将来、自分が開店する時の重要な参考にしようと、目論んでいる。少し大袈裟にいえば、毎日地下室で働いていながら、彼の目は、約半町を隔てた大村屋を睨んで、爛々と輝いているというわけなのである。

だから、野村はその日のうちに、津之国屋書店へ駆けつけて、その本を買ってきた。生まれてから、本を買ったのは、それが初めでないにしても、三度目か四度目以上ではない。とかく、本というやつには、縁がなかったが、今度は暇さえあれば、裏口へ出て、一所懸命、読んでいる。といっても、書物に慣れないから、なかなか頁が進まない。やっと、創業時代のうちの、五か条の盟という項を、読み了えたところだ。

（……どのようなことがあっても、米や株に手を出さぬ事。原料仕入は現金取引の事か……。なアるほど）

と、野村は、ポケットへ手をやって、ハッと、気づいた。煙草は、一週間前から廃《や》めたから、何もある筈がない。

（俺ア煙草をやめる！）

そう野村が決心したのは、牧師の感化でもなければ、医者の勧告からでもない。

前にも述べたとおり、野村は、元来、料理部のコックであった。コックの修業として、一通り菓子製造を覚えるうちに、彼は料理よりもその方に趣味をもったのである。幸い「ルナ」では、料理部と同じように、菓子部に力を入れてるので、彼は手すきの時には、そこへ行って、ドレッシングのような高等技術を、自分のものにすることもできた。これが満足にできれば、洋菓子職人として、一人前に通用するのである。

で、その日も、菓子部へ出掛けて、竈の前で、仲間と、世間話を始めた。

「ヴァニリンが、おめえ、一封度《ポンド》九十何円もするっていうぜ」

二番職人が、そういったのがきっかけで、彼等の話は、舶来原料の暴騰に、落ちて行った。もっとも、これは、今日に始まった話ではない。バターが高くなった、粉が高くなったという話は、去年、事変が始まった頃から、よく彼等の口に上った。ヨット印や青カップ印の舶来粉を、ジャンジャン使ったのは、もう昔の夢で、今では、国産粉を用いずにパンや菓子をつくる店は、一軒もないのである。

だが、いくら高くなっても、材料のあるうちはまだいい。大切なアマンドやその他、洋菓子の生命ともいうべき香料の高等品なぞも、暴騰を通り越して、品切れを告げつつあるのだ。アマンドは輸入品だし、国産香料や菓子用洋酒は、なんといっても、舶来品の足許にも及ばない。

「一体、アマンドが手に入らなくなったら、俺達ア、どうして菓子をつくる？」

「ほんとよ。といって、これだけ年期を入れて、今更、餡パンも焼けねえじゃねえか」

「ことによると、今に、洋菓子製造禁止てなことに、なるかも知れねえぞ。そこへゆくと、大村屋みてえに、和菓子もやっている店は強えや」

「今からでも、遅くねえ。俺も、二股かけて、小豆の煮方でも覚えるか」

「いっそ、こんな職業《しょうばい》止めちまうが、一番早えや、ハッハハ」

仲間の会話は、笑い声に終ったが、野村は、その晩、眠れなかった。

（どんなことがあっても、俺ア、洋菓子商売をやめないぞ！）

翌朝、起き上った時に、彼の迷いは、一切、消えていた。その日彼は店へ出ると、すぐ支配人のところへ、談判に行った。

「今日から、菓子部へ、回して下さい。菓子部だけで、働かして下さい」

「そんな我儘いうなら、月給を減らすが、いいか」

「よござんすとも」

支配人は、野村の菓子職人としての腕を知っているから、結局、彼の希望を許してくれた。

その日から、野村は純粋の菓子職人になった。同時に、その日から、煙草をやめる決心をした。減給は威嚇《おどかし》かもわからないから、日に二個のバットを、倹約する必要はないかも知れぬが、発奮すると、なにか禁断《たちもの》をするのが、彼の癖である。

だが、禁煙二日目にして、彼はある寂しさに襲われた。

（すると、あの煙草屋にも、もう買いに行けないわけだな）と思っている。煙草なんて、もともと煙の草だ。滋養にもなんにも、なりはしない。廃《や》めていい事をしたと思っている。一日十六銭助かるだけでも、よほど有難い。だが、そのために、あの煙草屋さんに用のなくなるということを、も少し早く気付いたら、野村も、禁煙断行に、一思案したかも知れない。仲間のコックや、菓子職人に、例の空想の、洋菓子舗「ヤマト」の計算《プラン》を話そうものなら、

「いくら、砂糖を使う商売だって、そう甘い夢を見ちゃアいけねえ」

と、頭から冷嘲《ひやか》されてしまう。だが、あの煙草屋の娘だけは、いつも真面目になって、自分の話を聴いてくれた。だから、煙草を買いにゆくのが愉しみで、一日二個のバットを、二度にわけて、買いに行ったのだ。

（ありゃア、見どころのある女なんだがなア……）

野村は、何度も、町子のことをそう思った。今年二十六になるが、野村は、御嶽行者《おんたけぎょうじゃ》のように、固く女色を慎んでいた。少女ボーイも、甲羅を経ると、なかなか強者《したたかもの》がいて、樹下石上の野村に、幻術をかけたりする。また、仲間のツキアイなるものが、月一、二回は必ず彼を襲ってくる。が、どの誘惑にも、野村は、平然として耐えた。

「自分の店をもちますまでは……」

彼は、そう、神様に願を掛けたのだ。例の計画を、思いついた時だった。今度の禁煙だって、同じことだ。

「一生、煙草を断ちますから……」

彼は同じ神様に、報告した。武州熊谷《くまがや》在にいる彼の母親は、なにかというと、道祖神へ願をかけるが、その遺伝を受け継いでるともいえる。但し、彼が祈る神様は、道祖神でも、金毘羅様でもなかった。名前も、得体も知れない――しかし、天の一角に、必ず在《いま》し給うに違いない、成功の神様だった。

成功の神様！

甲州商人の倅だった、小林一三にしても、蚕種《さんしゅ》製造人だった大村屋の主人にしても、みんな成功の神様のお世話になった人達ばかりではないか。煙草屋さんは、いつか、自分に、成功なんて偶然の運だといったが、決してそんなものではない。成功の神様の気に入るだけの事をし尽した人間が、成功の福運を授けられるのだ。

（あんなことをいうのは、あの女の本心かな。ことによると、わざとヒネくれて、ああいったのかも知れねえ）

野村は、町子の引き緊った小さな唇、信念に輝いてる黒い瞳を、思い浮かべずにいられない。

（それとも、俺をバカにして、対手にしなかったのかな）

そう考えると、野村は、些か悄気てくる。

だが、どっちでもいいではないか。どうせ、煙草を廃めたら、今までみたいに、始終、話に行くわけにはいかないのだ。

野村は、ちょうど、今日の天気のような、薄曇りの、湿った気持で、再び「パン屋の主人として」をとりあげた。

「あら、野村さん、勉強？」

驚いた――。町子が、風呂敷包みを抱えて立ち止まっている。

「なアに……」

野村は、頭を掻いて、赧《あか》くなった顔を撫ぜて、本をポケットへ押し込んで……と、忙がしい動作を、一時にやって、

「まア、掛け給えよ。君」

と、ビール樽の塵を、払った。

いくらなんでも、空樽の上には腰掛けられないから、町子は、入口の壁に身を凭《もた》せかけて、

「病気かと思ったわ、野村さん、ずいぶん暫らくだわね」

「うん、どうも……」

「この頃、煙草、他所で買っているのね。どうかと思うわ」

町子も対手が野村だと、不思議にこんな口調が出てくる。

「冗談いってらア。他所で買うくらいなら君ンところで買うよ。――煙草、廃めちゃったんだ」

「嘘？」

「ほんとだよ。当分、だから、御無沙汰すらア」

野村は、フンギリのつかないような、寂しい顔をした。当分どころか、一生禁煙の覚悟を、思い出したからであろう。

「偉いわ！」

「え？」

「偉いわよ、野村さん。よく廃めたわ」

賞められて、野村は、妙な顔をしている。町子としては、一日約一銭五厘の利益が減るだけだが、買手にとっては十六銭浮くことになる。町子は野村のために悦んだ。

「一日二函は、あたしも、多過ぎると思ってたの」

「いや倹約のためじゃアねえんだよ。実はね……」

と、野村は、多難になってきた自分の開店計画のことを述べてから、

「だから、僕ア、一層、この商売に身を入れなくちゃ駄目だと思ったんだよ。洋菓子ってものは、西洋人が考え出したにしたところで、日本人がもっと旨めえものをこしらえるのは差支えねえだろう。万一、日本人は洋菓子を食っちゃアいけねえって、法律が出たところで、輸出ってものがあるよ。輸出でうんと儲けりゃア、お国のためになるじゃねえか。ねえ、そうだろう、遠山さん？」

「まあ、そうね」

「他の奴等ア、和菓子に宗旨を変えようかなんていってやがるけれど、僕ア、そんなもんじ

ゃねえと思うよ。こういう時こそ、ミッチリ、自分の職業に身を入れなけりゃアいけないと思うんだ。そこで、僕ア、いままでのように、二股をかけて仕事してる時じゃないと思って、支配人に談判して、菓子部専門にして貰ったんだ。僕ア、生粋の洋菓子職人になったんだ。もう、牛肉《ビーフ》や豚肉《ポーク》には、手を出すこっちゃアねえ。その代り、モリモリと、菓子をつくるぜ、旨めえ菓子を……」

野村は、昂然と、そういい放ったが、やがて、声を落して、

「その決心をしたら、急に、煙草が廃めたくなったんだよ。あんたにゃア済まねえけれど……」

「感心だわ。ほんとに感心だわ」

町子は、頻《しき》りに野村を賞《ほ》めた。あまり賞められるので、野村は却って、面食らって、揶揄《からか》われてるのではないかと思ったが、町子の眼つきは、真剣だった。

「この意気で、ひとつ、例の計画へ進もうと思うんだ。――また、空想だって、ひやかすなら、ひやかしてもいいや」

野村は、途中で、少し鼻白んだ。

「あら、いつだって、ひやかしたりなんか、しやしないわよ。あたし、アテのない空想は描くもんじゃないって、今でも思ってるわ。だけど、どんな空想にはアテがあって、どんな空想にはあてがないかってことは、なかなか、人間にわかるもんじゃないと、考えてきたの」

町子は、希望をもつ者の愉しい微笑を浮かべた。

「そうとも、そんなこと、人間にわかりっこありゃアしねえや……。だけど、遠山さん、少し変ったね。今までに、一度も、そんなことをいわなかったもの」

「そう?」

町子は、面白そうに、笑った。

「何か、嬉しいことがあるんじゃないか?」

野村は、町子の顔を、覗き込んだ。

「知らないわ、そんなこと」

町子はいよいよおかしそうに、笑った。

「わかった、お嫁の口が、あるんだな」

「嘘よ?」

「それに違えねえ。さア、なにか奢る?」

と、これは、古参の女ボーイが退店する時なぞに、誰もいう冗談であったが、野村は、それが胸につかえるような気がしたのに、われながら驚いた。

(そんなことがあるもんか。遠山さんは、そう無闇に、嫁になんか行くもんか)

彼は、元気を奮い起すように、首をブルンブルンと、振って、

「とにかく、僕ア、此の頃、とてもハリキリだ。菓子をこしらえるのが、面白くてしょうがねえ」

「そう。いいわね。あたしも、煙草売るのを、そう退屈しなくなったわ」

「君もハリキリ？　よし、これからお互いに精出して、働こうよ。さあ」

野村は調子に乗って、袖を捲くって逞しい腕を、町子に差し出した。町子は笑いながら、軽く、それを握った。肉の厚い、ガッシリした掌を感じて、町子は、スポーツ好きに似合わない柔かな塙の手を思い出した。それは、冗談ではあるが、男性と二度目の握手に、違いなかった。

「あーラ、大変……。お店を開けるのを、スッカリ忘れちゃったわ」

町子は、急いで、手を振り解《ほど》いて、地下室の階段の方へ歩んだ。

「あ、遠山さん」

「なに」

「僕、煙草を廃めちゃったけれど、時々、店へ話しに行っていいかい」

「ええ。そんな、遠慮をしなくたって……」

店の帰りがけに、湯屋に寄って、一汗流してきた野村は、下宿へ帰ると、ガラガラと小窓の戸を開け放して、大の字に寝転んだ。

よくぞ男に生まれける――と、いったような気持で、足許から下ッ腹を、風に吹かせながら、これでバットが一本喫えたら、極楽だと思った。

菓子部に回ってから、出勤が二時間早くなって、朝八時に家を出なければならぬが、帰りがそれだけ繰り上ったので、夜の時間に、ひどく余裕ができた感じだ。いつもなら、すぐ寝床、鼾声《いびき》――と、間髪を入れる隙がなかった。

　薄暗い電燈に照らされた、三畳の天井や襖を、野村は、もの珍らしそうに、見回した。この汚い部屋を、月六円で、もう三年も借りている。田舎育ちの野村は、住居というものに好悪がないから、月給が上っても、他の貸間を探そうという気はなかった。この間代と、大通りの食堂で食う、朝飯の十二銭と、一日二個のバットが、彼の規定の支出である。昼と夜の食事は、「ルナ」から出る。その上、今度、禁煙を始めたのだから、月給の四十円は、決して、苦しくなかった。

（四七、二十八の……まず、二千八百円は、準備する必要があるな）

　野村は、頭に両手を支えながら、胸算用をした。

　大村屋が新宿に出る前に、芝で旗上げをした時の開業資金が、七百円なのである。七百円とは、なんだか、縁起のいい数字だ。それが、今から三十七年前の話だから、その間の物価騰貴を四倍とみて自分の店の最初の資本を、是非、七の字に由《ゆか》りのある二千八百円に、置きたかったのである。

「あと、二千六百円ばかり、足りねえ」

　野村は、少しの冗談気もなく、そう呟いた。

　勧業債券十五枚と、月掛三円の無尽に一年半ばかり入ってるのが、野村の総財産である。しかし、前途遼遠の嘆きに暮れる必要が、どこにあろうぞ。今度の発奮で、月給半額の貯金は、彼にとって恐らく難事ではあるまい。一年二百四十円は、確実だ。そのうち、月給も上るだろう。いや、そのうち、無尽や債券が当らぬと、誰が断言できよう。成功の神様が、ちょっと笑ってくれさえすれば、そんな事は、易々たるものではないか。

（だが、大村屋が旗上げの時にはもう、今のお内儀《かみ》さんが、一緒だった）

大村屋の主婦は、主人に負けず、有名な人だ。よく、婦人雑誌に写真が出てる。内助の功どころか亭主と二人三脚で奮闘努力、今日の大村屋を築き上げた女丈夫だ。「パン屋の主人として」の中にも、二言目には、妻が、妻がと、出てくる。

（俺もあんな、シッカリした女房を持たなけりゃア……）

野村は、最初の店をもつまで、禁断を守らねばならぬが、その代り、願の明けた暁には、飛びきりの良い女房が欲しいのだ。

（遠山さんのようなシッカリ女を見たことがねえ）

野村は、ムックリ起き上って、窓から顔を出した。十二社《そう》の花柳地の灯が、ポッと明るい夜空に、売台から半身を現わした、町子の姿が浮かんだ。

職長の一番職人が、公休で、今日は出て来ないので、野村は、血色のいい顔を、一段と紅潮させて、ストーヴ前や仕上台の間を忙しく往復している。

「野村さん、願いまアす」

見習いの少年が、円形カステラに、乾梅《プラム》やパイナップルをあしらった、未完成のケーキを、ズラリと、仕上台に列べてから、野村を呼びにきた。

「おウ」

少しばかり、胸を反らせて、野村は、勇躍する心を抑えた。菓子装飾《デコレ》は、洋菓子の最高技術だから、本来からいうと職長か二番職人がやるところだが、次席のHは、此の頃店を休んでいる。ことによると、店を退くかも知れないという話で、もしそうなれば、野村の席順は一つ進む勘定である。

野村は、白い西洋紙を、喇叭《ラッパ》形に巻いて、細穴の口金を、ポトリと中へ落し、淡褐色のバタ・クリームを充たしてサテとばかり、身構えた。

それは、画家か書家の揮毫と、よく似ている。紙の筒の尖から、静かに流れるクリームで、鎖形だの、唐草だのの、文様を、手早く、描いてゆくのである。掌の圧力で、ムラのないように、クリームを押し出すコツが、なかなか難かしい。夏場は体温でクリームが戻るから、殊に厄介だ。しかし、野村にとって、この仕事をする時ほど、生甲斐を感じることはない。

（なんといったって、技術だ！）

野村は、いつも、そう考える。仕入、販売、経営の研究は、勿論大切だ。「パン屋の主人として」を熟読するのも、そのためである。しかし、なんといっても、肝腎の製品を生み出すものは技術だ。磨き上げられた、素姓の正しい技術だ。東京で洋菓子の正統を守ってる店は、ドイツ人の出しているベーカリーを除くと、たった二軒しかない――その流儀の技術だ。それを立派に学び獲ってこそ、外国に負けない製品もできるし、ほんとに日本人の口に合った新菓子も、売出せるというものだ。徒らに、サラダ・パンや飴入りワップルを造っていては、やがて大村屋を凌駕する理想の大菓子舗を、実現する所以《ゆえん》でないと、野村は、心中深く信じてるのである。

「ふウ」

と、いい気持の溜息を、鯨のように吹き上げて、野村は、一個々々、クリームの筆跡を味わうように、仕上台の上を眺めた。

十二個の大型ケーキが、見事に装飾を終ったところだ。それは、晴着《き》を被せて貰った女の子のように、イソイソと野村の顔を見上げているように思える。一つ一つ、柄や意匠の違った着物を、互いに誇り合いながら、飾棚へ列べられる時を、待ち兼ねてるように思える。

野村は、満足した母親のように、それを眺めていたが、どう思ったか、中でも一番出来のいい、パイナップルなぞ使ってない上物を、一つ選んで、自分の前へ引き寄せた。そうして、再び、クリームの紙筒を手にとると、チョコレートの薄皮の上へ、広告飛行機の煙文字のようなものを、描き始めた。

——Toyama-san——

一気に、そういうローマ字を、描き上げて、野村は、ニッコリ微笑んだ。クリスマス・ケーキに、砂糖の文字を書く要領で、やってみたが、線が太過ぎるけれど、読めないことはない。

「へへ。驚くだろうな、遠山さんは——名前入りのケーキなんか、貰ったことはあるめえ」

円い顔を一層円く、笑いで膨らませながら、野村はソッと、そのケーキだけを取り除けて置いて、見習いの少年を呼んだ。

「さア、できたぜ。伝票にゃア、十一として貰ってくれ、ローズが一つできたから……」

やがて、少年が通い箱を担って、出て行こうとする時、野村は、

「一寸、待ちな。売場へ行ったら、八寸のボール函を持ってきてくれよ。ついでに、リボンもな」

と、いって、人知れず首を縮めた。

（あんまり、いい事じゃねえけれど、俺アまだ卵を家へ持ってったり、バターの戻し売りなんか、一度もやったことはねえんだから……）

いつか、昼飯の時間がきた。二時になり、三時が過ぎた。野村は薔薇色のリボンで結んだボール函を、香料戸棚の奥へ隠して置いたが、仕事に追われて、それを持ち出す機会がないのに弱った。

漸く、四時を打ってから、料理部が忙がしくなると反対に、菓子部の方が手がすいてきた。野村はエプロンの下に菓子函を潜ませて、裏口へ出る通路を、小走りに、途中から曲った。劇場の奈落のような、コンクリートの壁を伝ってゆくと、町子の出入口につきあたることを、彼は知っている。

コツコツと、彼は暗緑色の扉を叩いた。

「まア、誰？」

明らかに、驚いた声と共に、扉が引き開けられた。

「どうしたのよ、野村さん、そんなところから……」

「なんでもいいから、早く、こいつを受取ってくれよ」

「なによ、一体？」

三尺に足りない、狭い薄暗い扉口で、菓子函を手渡す時、野村は、町子の体温と化粧料の匂いが噎《む》せるように籠った空気を、吸った。

「今晩、帰ったら、すぐ、食べとくんなさい。明日になると味が変るから」

「なに？　お菓子？」

野村は、口早に、職長が公休で、自分が腕を振るった由来を、説明した。

「まア僕が自分の店をもって、最初の菓子をつくる時の練習みてえなものさ。いつもの『ルナ』の品物と、少しばかり違うつもりだがね」

「そう、ありがとう。謹んで、頂くわ」

町子はわざと頂く真似をしたが、顔には隔意のない笑いの返礼が、浮かんでいた。

野村はスッカリ嬉しくなって、もっとお饒舌りを続けたかったのだが、生憎、煙草の客が現われた。

「あら、塙さん……」

町子は、野村に会釈して、売台の方へ、体を捻じ向けた。

（あの男は、よく見かけるな）

と、野村は思ったが、別に気にも留めずに、充ち足りた心を、元来た道へ運んだ。

運命の笑顔

翌朝、町子が餉台《ちやぶだい》の上で、菓子を切りながら、

（塙《はなわ》さんは、きっと、ヤキモチ屋よ）

と、考えたら、クスクス笑えてきた。

昨日、塙の口から、最初に洩れた言葉といえば――

「誰ですか、今の男は……」

町子は、勿論、何も包み隠す必要はないから、野村に就いて、逐一語った。そうして、野村の贈物を結んだ、薔薇色のリボンも、塙の眼の前で、解いてみせた。

「なんです、その字は？」

野村が苦心して書いた、バタ・クリームの文字も、残念ながら、町子よりも先きに塙の眼で読まれることになった。

「トヤマサン――遠山さんという意味ですね」

「あら、ほんと。あたしの名前入りですわ。特別に、こしらえてくれたんですわ」

町子は子供のように、手を打って悦んだが、塙は、ムッツリした顔で、

「ずいぶん念の入った贈物ですね」

と、冷やかな批評をした。

店頭のことだから、町子はすぐ菓子函の蓋をして、売台の下にしまい込んだので、塙はもうそんなことは忘れちまったと思ったら、帰りがけになって、

「こういう所には、いろんな人間が入り込んでいるから、相当、注意した方がいいですね」

と、奥歯にものの挿《はさ》まったようなことをいった。町子は、一寸見当がつかなくて、

「ええ。でも、例えば、どんな人？」

「例えば……」

と、口籠った塙の表情に、啻《ただ》ならぬものを読んで、町子は、ハッと感じた。

（あら、野村さんのことだわ）

その時も町子は可笑しかった。口を抑えて笑った。塙は不機嫌な顔をした。

しかし、どう考えたって、これは滑稽だ。野村のような無邪気な、少し足りないといっていいくらいの男が、そんな問題の種になるなんて——まるで、弟か、弟の友達のように思ってる男だのに。

そこで、町子は、

（塙さんは、ヤキモチ屋だわ）

と、考えることになるのだが、この結論は愉しかった。野村に対してまで、嫉妬を懐《いだ》く塙の気持は、とりもなおさず、自分への深い愛の裏書でなくて、何であろう。自分のような者を、そうまで想ってくれる彼に、済まないほどの感謝が湧いてくる。

町子は、晴々した顔で、円型の菓子を四つに切り終った。Toyama-san という字の綴りも、無慙に断ち切れた。

「ちょいと……。食べない？」

町子は大きな声で、呼んだ。

洗った顔をタオルで拭き拭き、真っ先きに、吉郎が飛んできた。

「旨めえ――凄く、旨めえや。姉さん、一体、どこの菓子だい」

と、早速、頰張りながら、吉郎の叫んだ言葉によると、野村の心配したように、翌日でも味は変らなかったとみえる。

「待ちなさい。今、わしが、茶を淹れる」

圭介も、急いで、庭から上ってきた。

お正月ででもない限り、一家三人が、こんなに和やかに、朝の茶を喫むことなぞは稀れであった。というのも、平常は、ギリギリ一杯の時間まで、寝込む吉郎が、菓子と聴いて、俄然、跳び起きたからで――

「ほんとに、美味しいわ」

と、菓子フォークなんて気の利いたものはないから、手づかみで食べながら、町子がいうと、

「こりゃア、一個、よほど取るだろう」

と、サモしいことをいって、圭介も、上戸《じょうご》の癖にきれいに一片を平らげた。吉郎に至っては、巨きな鼻を邪魔にして、二つ目を、アングリと嚙みついたので、物をいうどころではない。

「これ、そう無茶食いをするな。飯が食えなくなるぞ」

と、息子を窘《たしな》める父親を、町子は止めた。

「いいわよ、お父ッつァん。どうせ、毎日あることじゃないんですもの」

野村の贈物は少しばかり、見当が外れたかも知れないが、町子の一家にいい功徳になったことは確かだった。

「こうやって、お茶を喫んでると、足りないのは、お里だけだという気がするな」

圭介は、大きな湯呑を膝に置いていった。

「そうだわね。お母さんは、朝御飯前に、お茶を喫むのが好きだったわね」

「うん。朝ッぱらから、甘い物を食いたがって、よく俺が叱ったもんだが……」

滅多に、亡妻の噂なぞしたことのない圭介が、そんなことをいうのを、町子は不思議に思った。

「お里の奴が生きてさえすりゃア、なんにもイザコザがなくて済むんだが……。尤も、俺がこう貧乏じゃア仕様がないがね」

沁々とした声で、圭介がいった。

町子は、再婚を前にして動揺してる父親の心を、ふと、覗いたような気がして、労わるように、圭介を眺めた。

「なんの、かんの、いってるうちに、七年経っちまった」

また、父親が、呟いた。

「お父ッつァん。いやにセンチだね。今日は」

吉郎が、指のクリームを嘗めながら、ヘンな笑い方をした。

「バカ野郎！」

圭介は、忽ち眼を剝いて、いつもの調子を出したが、町子が横から、

「ねえ、お父ッつァん。お法事っていうものを、家じゃアちっともしないのね。九月の二十一日はほんとなら、お母さんの七回忌なのよ」

「そうさな。そうなるな」

圭介は、一種の無神論者で、家に仏壇というものを置かないし、墓詣りさえ、滅多にしなかった。

「ねえ、今年は、お法事をしましょうよ」

町子は、塙と約束した事だけでも、墓前に告げたいと思った。

「うん、やってもいいね。人を招ぶにゃア当らんから、三人で寺へ行って、経でもあげて貰えばいい。だが、二十一日は何曜だね。鼻吉の勤めがあると、いかんぞ」

「日曜に繰り上げりゃア、なんでもねえや」

吉郎も、輝いた声を出した。

遠山一家に、和やかな日が、続いた。

圭介は、人間が変ったように、優しくなって、朝飯が済むと、すぐ自室の三畳に引っ込み、仕事に耽った。

こんな事は、近年例がないので、町子は、むしろ、父親の疲労を心配した。で、十時を打つのをキッカケに番茶を新しく淹れて、仕事部屋へ持ってゆくのを、この頃の日課にしていた。

「あんまり詰めてなさると、毒よ」

今日も、茶をもってゆく時、町子はそういった。

いつもなら、「煩《うるさ》いッ」とくるところだが、

「なアに」

と、机の前からクルリと向き直った圭介の顔は、三つ四つ若くなったように、明るく輝いていた。

「新しい考案?」

町子も、思わず微笑んで、父親の頭の中に生まれつつあるものの正体を、知りたかった。

「うん」

「大きいもの?　小さいもの?」

大きい方が特許物で、小さい方が新案物という合言葉は、父親と福田老人の間に、よく交わされるので、町子も知っていた。

「大きいぞ。とても、大きいぞ。ハッハハ」

圭介は、愉快そうに笑った。

「いいわね」

どうせ、発明の内容など聞いても、町子にはわからないから、それ以上、問い質《ただ》す必要はなかった。だが、父の仕事机の上は、いつもと、まるで様子が違っていた。木やブリキの模型も置いてなければ、定規やコンパスの製図用具も出ていなかった。ただ何枚もの藁半紙《わらばんし》に、鉛筆で、算術の答案のような列が、一ぱい書き散らしてあった。

「久し振りで、数学をやったが、ちっとも忘れとらんから、面白い」

圭介は、自信に充ちた顔で、いった。中学時代でも、高等学校を途中で止めるまででも、数学は、常に彼の自慢の課目だった。手垢で汚れたスミスの大代数学は、いまでも、仕事部屋の隅に、転がっている。

「なんにしても、嬉しいわ」

町子は、茶盆をもって立つ時、そういう言葉を残さずにいられなかった。父親のこんな頼母しげな顔を見るのは、何年振りのことだろうか。今度こそ、立派な発明をしでかすのではないかと、期待が湧いてくるのである。

（さア、あたしは、あたしの仕事だ）

町子は、弾む心を抑えて、溜っている針仕事にかかった。もう冬物の縫い直しをする季節にいつかなっていた。

「郵便！」

玄関で、靴音がした。タタキの上に、封書が貼りついていた。

心嬉しい日には、嬉しい手紙がくる。塙から、今度の日曜、また午前中の時間を割いてくれないかということが、書いてあった。

「お父ッつァん……。お法事は、日曜にやることにきめたのね」

町子は、次ぎの間から呼びかけた。

「うん。その積りだ」

軽い失望が、彼女を掠めた。だが、塙さんに電話して、次ぎの日曜に延ばして貰えばいいと、彼女は苦もなく、考えた。

御経料金壱円也を包んで、

「お小僧さんで、結構ですから」

と、圭介が頼んだら、お寺様も正直なもので、十五、六の雛僧が墓前経を十分がところ、読んでくれた。

でも線香の匂いと、樒《しきみ》の青い葉は、遠山の一家三人に、一周忌以来怠っている法要の聖《きよ》らかな気持を、思い出させるのに充分であった。

半坪ほどの、ささやかな墓前に跪《ひざまず》いて、圭介は、殊勝な、長い合掌を、続けた。町子の礼拝も、それに劣らず、長かった。亡き人に告げる言葉が、それぞれ多かったからであろう。

吉郎だけは、夜学校の学帽を脱いだと思ったら、もう回れ右をしていた。

「でもね、俺ア、気持が、よかったよ」

寺から、堀の内のバス停留場まで歩く間に、圭介は、突然、町子にいった。

「あたしだってもよ。お法事は、やっぱり、するものね」

「俺ア、坊主の懐中を肥やすのが癪で、つい、今まで打棄《うっちゃ》らかして置いたんだが……」

「お墓が、ずいぶん荒れてたわ」

「まア、いい。そのうち、盆暮れの付け届けも、充分できる日がくるかも知れん。ハッハ」

圭介は、気持よさそうに、笑った。

まだ、十一時を過ぎたばかりだが、三人は、バス通りの蕎麦屋で、腹拵《はらごしら》えをすることにした。

「これでも、お法事の部だからな——一本、つけたいね」

圭介は、町子の顔色を窺うようにして、ざる蕎麦と酒を註文した。子供は、一パイ三十銭の天丼を誂えた。

剝げチョロな膳の上に、勿体らしく、盃を置きながら、

「不思議といえば、不思議だが……」

と、圭介は語りだした。

「今度の仕事は、非常に複雑な計算が基礎になるので、ことによると、表をつくるだけに、今月一杯かかるんじゃないかと思ってた。ところが、どうだい——一昨日、昨日と、まるで

魔がさしたようにトントン拍子で、計算が進むんだ。自分でも、おかしいようだったよ。到《とう》頭《とう》、ゆうべ、下書だけは、スッカリ仕上った。まるで、今日のお法事に、間に合わせたと、いわんばかりだ」

昼酒に瞼《まぶた》を染めて、圭介の声は、だんだん高くなってきた。

「だが、俺ア嬉しいよ。これで、なにもかも、区切りがついたような気がする……」

再婚と、今度の発明は、どっちみち、彼の余生の大きな結び玉をつくることになるであろう。

「一体、どんな発明なの」

町子は、箸を置いて、訊いた。

「いずれ、わかる。とにかく、今度のは、大仕事だ。こいつに較べりゃア、今までの発明は、シミッタレて、ケチ臭くて屁みたいなものだ。俺のことを、発明家の屑だといった野郎があるが、屑か屑でないか、今度の仕事を見ればわかるよ。まア、お前達も、たのしみにしてくれ。遠山圭介、一世一代の大事業になるかも知れん……。こら、鼻吉、なぜそんな不景気な面をしてる」

吉郎は、親父の気焔なんか、おかしくて――という顔で、新聞の映画広告を読んでいた。

三人は、バスで、新宿へ出た。

圭介は、省線で渋谷へ帰るというし、吉郎も、後楽園へ野球を観に行くというし、町子は、日曜開店の時間を三十分も遅らせているのだから、やがて彼等は別れ別れにならなければならなかった。

「ほんとに、今日ばかりは、お店へ行くのが嫌だわ。せっかく、揃って出たんだのに……」

駅前で、町子が、思わず溜息をついた。今年は、涼風が早く訪れたので、九月の第二日曜日とは思われないほど、爽かな秋晴れだった。郊外へでも出掛けるらしい家族連れが、幾組も、駅へ入って行った。

「姉さん、一ン日ぐらい、休んじゃえよ」

得たりとばかり、吉郎が、姉の手を引っ張ったが、

「駄目々々……。今のは冗談よ」

タダみたいな家賃で店を借りてるだけに、一日でも休めば、「ルナ」の支配人から、大眼玉を食う。

そこで、三人は、軽く会釈して、別れようとする時に、

「ああ、姉さん。塙さんが……」

と、吉郎が指《ゆびさ》す方に、早くも此方を認めたらしい塙真次郎が、ニコニコ笑いながら、車寄せの屋根の下を、歩いてくる。彼と一緒に肩を列べてる一人の老婆が、町子の眼を惹いた。

「ちょうど、今、お墓詣りの帰りですの」

塙の顔を見ると、町子はいった。法事のことは電話で告げてあった。

「いや、僕も都合が悪くなって――実は、母が昨夜、急に出てきましてね。今日は、明治神

宮へお詣りしたいっていうもんだから……」

そういって、塙は母親を顧み、

「いつかお話しした、遠山町子さんです」

町子は、ハッとしたように、固くなる体を、できるだけ丁寧に、お辞儀をした。

「真次郎が、えらいお世話さんで……」

著しい関西のアクセントで、彼女は悠々と礼を返した。圭介と同年ぐらいなのに、瑞々《みずみず》と肥って、商家の人らしい愛想と敏捷さが、眼に輝いていた。

町子は、自然、まだ側を離れぬ圭介を、塙と彼の母に紹介する羽目になった。

「初めまして……」

塙は、前からそれと察したらしく、チラチラ、圭介の方を見ていたが、母親の方は、瞬間、意外な顔を示した。だが、すぐそれを隠して、老人同士らしい長挨拶を始めた。

町子は、ふと塙の母親の豪奢な衣裳に気がついた。関西の老人は派手づくりと聞いていたが彼女は特別に思えた。

指にも、太い白金と金の鐶《わ》が、二つも光っていた。それにひきかえて、自分の父親の単羽織と茶の中折れは、どれも念入りに日に焼けて、あまりに見すぼらしかった。町子は、塙と自分の家の経済上の懸隔《かけへだて》を、マザマザと象《かたち》の上で見せつけられたような気持がした。

だが、次ぎの瞬間には、塙の優しい笑顔が、小側《こわき》へ、彼女を招いて、

「母とユックリ逢って頂きたいんですがね。二、三日中に、一緒に、午御飯でも食べません

か。僕は母のために、三日間、銀行から休暇を貰うつもりですから……」

（なんだか、とってもガッチリした女《ひと》のようで、改まってお目に掛かるのが、怖いわ。だけど、そんなこともいっていられない――いつ、あたしのお姑《しゅうと》さんになるかもわからない女なんだし……）

町子は大急ぎで、店を開けてホッと一息、そんなことを考えて、俄かに顔を赧《あか》らめたりしてる頃には、圭介も庄崎トリの家の二階で、快い昂奮を、高調子の声に滲ませていた。

「つまり、この回転数によって生ずる加速度の増加率――こいつの計算が眼目なんですが、今もいうとおり条件が複雑しとるので、なかなか厄介です。それが、あんた、漆桶《しっとう》を抜くといいますか、一挙にして解けたのだから、愉快でしたよ。ハッハハ、まったく……」

「ほんとに、ようございましたね。物理だの、計算だのになると、あたくし共には、手も出ませんからね」

庄崎未亡人の言葉にも、合槌以上の熱があった。

「勢輪《フライング・ホイール》の中に、なにか特殊な物質を入れにゃアいかんとは、前から考えておったのですが、水銀というものを、ふと思いついたのは奥さん、あなたに初めてお目に掛った晩のことですからなア。あの晩、非常に暑苦しくていつまでも寝られん。起き上って、寒暖計を見ると、日中と三度しか違わんです。その時、パッと来たです。水銀という考えがね……。なにが機会になるかわからんもんです。ハッハハ」

貧すれば、偸《ぬす》む。恋すれば、歌を読み、また、発明もする——ということを、圭介は、彼女に匂わせたかったのかも知れない。

「で、応用範囲は、どの程度にありますの？」

「応用範囲？　こりゃア、奥さんのお言葉とも思えん。蒸気機関だろうが、内燃機関だろうが、動力あるところ、必ず応用できます。まず、無限といっていい」

「………」

「なんといっても、今後は、動力の世の中ですよ。だから動力研究は誰もやってるが、劃期的な発明は、まだ一つも出ておらんです。口幅ったいようだが、あたしのこの特殊勢輪が公告されたら、みんな色を失いはせんかと思うですよ」

「………」

「そんなわけで、この創案は、福田老人にだって、一口も洩らしてありません。公告の済まぬうちは、いくら親しい友人でも、危険ですからな。だが、奥さんだけには、お話しして置きます。実をいうと、これがあたしの財産の積りです。いくらなんでも、裸ン坊のところへ、あんたに来ても頂けんから。……ハッハハ」

「遠山さん」

と、それまで黙ってた未亡人は、真面目な声で、

「実は、あたくしも、その点に就いて、いつか貴方《あなた》に申上げたかったのでございます。あたくしは、貴方の才能をよく信じております。しかし、親類の者達は、貴方の現在の御生活を

聞いて、とやかく申しますので、あたくしも強いてとはいえず、どれだけ悩んだか知れません。でも、今のお話を伺って、安心致しました。貴方の名が世間へ出るようになれば、親類だって、反対する理由はありませんし、たとい、反対しましても、なアに、あたくしは……」

吉郎は吉郎で、父や姉に劣らず、愉しい午後を送っていたのである。

新宿で父に別れると、彼は滅茶苦茶に急いで、後楽園スタディアムに馳せつけた。職業野球リーグ戦の最終日で、東京のG軍と大阪のT軍との顔合わせがある。吉郎は、勿論、地元のG軍のファンで中でも三塁手のMが贔屓である。

彼は、球場の外の有名なデコボコ道を、何遍か蹴躓《けつまず》いて、切符売場へ急いだ。何故、そう急ぐかというと、彼は、七十銭の内野席へはいる身分ではないし、といって、外野の奥では一向に面白くないし、一足でも早く行って内野付近の外野席というムツかしい条件の席を、占めねばならないからである。

水道橋駅を降りる時に、チラと球場を覗くと、二階席まで、真ッ黒に埋まっていた。今もデコボコ道を急ぐ人影は、左右に陸続としている。

（あア、今日は駄目かなア）

と、吉郎も、好運の席を諦めかけた時であった。

「ちょいとウ、遠山さん……」

と、若い娘に声をかけられて、彼はビックリした。和服で、パラソルなどさしてるから判らなかったが熟《よ》く見ると、銀行のタイピストである。

「なあンだ……。君かア」

と、いったものの、吉郎の顔は、見る間に赧くなった。このK子という少女は、タイピストの中で一番年若なせいか、給仕仲間で、何かと噂の的になるのである。吉郎は、ひそかに、彼女の顔が、ディアナ・ダービンに似てると思った。

「あんた、野球でしょう?」

彼女が、訊いた。

「うん」

「あたしも。だけど困っちゃったわ。切符持ってんだけど、どこから入っていいかわからないんだもの」

誰に貰ったのか、彼女は内野の招待券を、二枚持っていた。

嗚呼《ああ》鴨に葱なる哉。

やがて、吉郎は、K子と膝を列べて、ネット裏に坐ることができた。K子は、殆んど、野球を知らなかった。つまらないことを、一々吉郎に訊いた。吉郎は甚だ得意で、規則《ルール》や選手の名や――近所の邪魔になるほど饒舌を続けた。そのうちに、負けていたG軍の旗色が、だんだんよくなってきた。小柄のM選手が渋いヒットを打つと、野手が後逸して、一挙三点
――

「わア!」

吉郎が跳び上って悦ぶと、サイレンが鳴った。

彼とK子は神田まで歩いて、支那ソバを食って、二十銭の外国映画を観て、十時頃まで遊んだ。

「とても、面白かったわ。今度ね」

別れ際に、K子がそういった。

面白かったのは、吉郎の方が、何倍も上だったろう。K子と友達になっただけでも、明日、給仕部屋で、大袈裟に吹聴する価値がある。

彼は晩くなって、我家へ帰ったが、父親は、一言も叱らなかった。姉は、まだ帰っていなかった。

「今日逢ったあれが、塙さんかい」

父親はそう訊いた。

「うん、あの人さ。お父ッつァん、僕ア、どうもあの人は姉さんと怪しいと思うよ」

と、図に乗って、生意気なことをいったが、父親は眼を剝かないばかりか、何か思い当ったように優しい笑いを浮かべた。

悪戯

「ルナ」には、電話が二つある。

一つは、菓子売場、もう一つは、コック場の中にある。しかし、町子にとって、店の電話なぞ、有っても無きが同然、殆んど利用したことがない。町子は「ルナ」の雇人ではない。屋根を貸して貰って商売してるのだから、万事、小さくなって、遠慮しなければならない。

「遠山さん、電話だぜ」

と、裏の入口から、ヌッと野村が顔を出した時には、町子は、いい加減、驚かされた。

「あら、あたしに？」

「うん。コック場の電話だ」

「まア、困るわ。お店を明けるわけにいかないし……」

町子が電話を利用しない理由の一つも、そこにあった。尾籠《びろう》ながら、便所に立つのも統制を加えてる始末で――

「いいよ。僕が、店番してやらア」

野村は、もう、店の中へ、入ってきた。

「じゃア、済みません」

町子は、急いで、コンクリートの通路を駆けて、ついぞ来たことのないコックの部屋の扉を開けた。

途端に、白い帽子を冠った二つ三つの顔が、此方を向いて、

「いよう、煙草屋さん！」

「彼氏、電話口でお待ち兼ね！」

「今晩、駅で待ってますッ」

ドッと、一緒に笑う声に、さすがの町子も、顔を赧らめずにいられなかった。

「……はア町子です。……あなたは？」

それは、やはり、塙からの電話だった。

「……母が、明日の晩帰ることになったもんですからね……ええ、目白の遊仙園、支那料理です。田舎者には、ああいう家がいいですよ……ええ、十一時頃に……じゃア、いずれ明日……」

塙の電話はそれで切れた。日曜に、新宿で彼が話したように、母親と三人で、ユックリ飯を食いたいというのだ。それだけのことなら、速達で知らしてくれればいいのに、万一不在だといけないと思って、わざわざ電話帳を繰ったというのは、塙らしい慎重振りである。

電話を済ませて、コック場を出る時、町子は、再び、男達の揶揄の声を、背に浴びた。その中でも聞き捨てにならないのは、野村に関することであった。

「野村の甘ショクが、泣くぜ」

「罪でげすよ」

と、いうような言葉を聴いて、町子は、ハッとするものを感じた。

野村が煙草を廃めても、繁々《しげしげ》、町子の店へ出入りすることは、いつか「ルナ」の雇人達の口の端に上っていたとみえる。

(塙さんの邪推だと思ったけれど、やっぱり野村さんは、あたしのことを、そんな風に、想ってるか知ら)

町子は、店へ戻る途中で、そう考えた。もし、そうだとしたら、野村という男に対して、今後、警戒しなければならない。

だが、裏口の扉を開けると、野村は、頓狂な、明るい顔で、

「ほうら、四十八銭――『チェリー』二つに『朝日』一つ、商売をしといたぜ」

掌に握った銭を、チャリンと、響かせた。

お洒落ということに、趣味も必要も感じなかった町子も、今日ばかりは、諸肌脱ぎのお化粧を最初に、帯、着物と苦心しなければならなかった。

対手が塙真次郎だけなら、ブルースを着て行ったって、平気だが、あのお婆さんは、なかなかその方の眼が肥えてるに違いない。どうせ、立派な衣裳をもってる娘でないことは、塙さんが話してくれたであろうが、それにしても、白粉の刷《は》き方、帯の締め方――いちいち、審査の眼が追ってくるだろう。ダラシのない娘とだけは、思われたくない。

「そもそも、何事だね」

圭介は好機嫌の持ち越しで、冗談めいた口を利いた。

「お芝居かね？　それとも、お見合い？」

「いやアだ」

と、いったものの、町子は、一種の見合いに相違ない今日の会合を、父親に秘めて置くのが心苦しくなった。

「お父ッつァん……。此の間逢った塙さんのお母さんがね、あたしと話したいと仰有って……」

と、大凡《おおよそ》、その説明を始めた。

「そりゃア、いい。願ってもないことだ。是非、行っといで。なんなら『ルナ』へは、俺が店番に行ってもいいよ」

「大丈夫よ、そんなに長くかかりもしないから……お父ッつァんは、あの女《ひと》どう思って？」

「あの婆さんは措いて、息子が気に入ったよ。真面目そうな品のいい、立派な青年じゃないか。吉郎はあの人のお世話になったんだろう？」

「そうなの」

「親切な男じゃないか」

「ええ」

「ああいう男が、お前を貰ってくれると……」

わざと、呟きのように、父親はいったが、町子は、思わず、棒紅《ルージュ》の動きを止めた。

「町子……。俺にだって、大概、察しはついてるよ。もう、お前達約束みたいなものが、できてるんじゃないかい」

町子は、化粧をやめて、父親の方へ向き直った。

「済みません……。もっと経ってから、お父ッつァんにお話しした方が、却っていいんじゃないかと思ったもんで……」

「いや、構わん構わん、お前の気持はよくわかるし、家の状態が状態だったし……。俺ア、嬉しいよ。町子。あの男なら死んだお母さんだって、どれだけ悦ぶか知れない」

「……………」

「生活も、お前に扶けて貰ってるくらいで、大きなことは、一つもいえないが、親の気持は俺にだってあるんだからな」

「よく、わかってますわ」

「あの婆さんの風つきを見ても、相当の家らしいから、こっちの支度も、あんまり貧弱にしたくないなア」

「あら、お父ッつァん。そんなことまだ……」

「いいや、俺ア、この縁はきっと成り立つと、睨んでる。まア、待ってくれ――近いうちに、俺も、耳寄りな話を聴かせるから」

臙脂色《えんじいろ》の地紋に、申訳のように金糸の刺繡のある名古屋帯を、圭介は、行李に細引でもかけるような勢いで、

「さア、いいか、もっとか。……うウン」

と、両手に、力を入れると、

「あ、苦しい、お父ッつァんたら……ホッホホホ」

町子は、胸を抑えて、笑い転げた。

手伝って貰わない方が、却って、早手回しなくらいだったが、ともかく、九時半頃には、ようやく支度ができ上った。

そこで、もう一度、鏡台の前へ立ってみると、グリーン地に格子のお召は、一寸見はいいが、二十円の特売で買った素姓は、争われない。況んや、十七円の綿帯に至っては、触らば剝げなん風情があって、われながら、品位のない扮装《いでたち》だった。

(でも、仕方がないわ。単衣《ひとえ》だから、まだこれだけ揃ってるけれど、冬物ときたら……)

町子は、結局今日の会合が、十月でないのを、悦ぶより他はなかった。

「少し、早いようだけど、もう出掛けますわ」

「それがいい。万一、先方を待たしちゃア、失礼だから」

圭介は先きに立って、玄関へ送りだした。彼の顔には、半分以上、娘をそういう席に出す母親の表情が混っていた。

「じゃア、気をつけて」

「行って参ります」

門を出ると、町子は、気持がスッカリ、晴々した。着物のことなぞ、いつか、まったく忘れていた。弁当の風呂敷包みを抱えないで、いつもの道を通ってゆくのが、不思議のように思われた。

渋谷から、省電に乗ったが、今日は新宿で降りないのだから、車掌に乗越し切符を貰った。午後一時の電車とは、乗客の種類まで違っていた。

目白で降りると、まだ、十時半になっていなかった。塙に教えられたとおり、駅前に遊仙園の専属バスがあった。時間が早いので、乗客は彼女一人だった。

「あの、塙さんという人の席なんですけど……」

寺院の玄関のような、広い式台の上で、町子がそういうと、あれこれと手間取った挙句、やっと係りの女中が、案内に立った。

話には聞いていたが、バカバカしいほど、厖大な家屋だった。長い廊下を歩いて、エレヴエーターに乗って、またクルクル廊下を回って、やっと塙様御席と書いた部屋に入ると、これがまた、千代紙細工のような、不思議な書院造りだった。

町子は、蘭花の浮かんだ湯を飲みながら、十分ほど待った。すると、先刻の女中が顔を現わして、

「只今、塙様からお電話で、お出でが少し遅くなりますそうで」

町子は、この上、ジッと待ってるのも、退屈と思って、廊下へ出てみた。帝展へでも行っ

たような大きな日本画が壁に掛っていた。どれも、雑誌の口絵のように、綺麗だった。次ぎ次ぎに、絵を見て歩いているうちに、町子はいつか廊下の外れにきていた。

（あら！）

彼女は、思わず、叫びそうになった。曲り角から、突然、姿を現わした洋装の女は、小岩井日出子に違いなかったのである。

「果して、そうだったわ！」

隔意のない——ともいえる微笑を、頰に張らせて、小岩井日出子は、町子の側へ、近寄ってきた。藍鼠《あいねず》のスーツの広い肩と、締った胴とが、屈強な青年の姿影《シルエット》と、少しも変らなかった。今日は、黒眼鏡を掛けていないので、長い切れ眼と、鋭い瞳の動きが、よく見えた。

「塙さんは、秘《かく》してたけれど、あたしの推察のとおり！」

面白そうな笑い声——ハートのAのような鮮かな唇が、サッと切れた。

町子は、茫然として、対手の顔を瞠《みは》るほかはなかった。

「あら、ご免なさい、ご挨拶もしないで……。いつかは、大変、失礼……。だって、あの時は、まだ、なんにも知らないんですもの。ただの煙草屋さんと思ったのは、あたしの責任じゃないわよ」

そういって、彼女は、冗談か本気か、外国の小娘がするような、お辞儀をした。町子はそれに対して、どう挨拶を返していいか、迷った。

「今日、これから、塙さんや、あの人のお母さんと、お逢いになるんでしょう？」

「ええ」

町子は、やむえず答えた。

「あたしは、昨日だったのよ」

「え？」

「昨日のお昼、兄とあたしとが、あの方達のお招待で、蘭亭へ行ったの。その時、塙さんとお母さんの口吻《くちぶり》の中に、ふと、今日の計画を感じちゃったの。神の如き直覚力《アンチユイシヨン》でしょう」

町子は、なんと答える術も知らなかった。すべてが、深い霧に包まれてしまったようなものだ。

「尤も、塙さんは、そんな悪辣なことのできる人じゃないわよ。彼は温良児《ボナンフアン》よ。あのお婆ちゃんが、恐るべきものだわ——パリの悪い家の女将《パトロンヌ》みたい。ねえ、二日連続の見合いなんて、いい加減、人をバカにしてるわねえ？」

彼女は、悪童のような眼で、町子を覗き込んだ。

「といって、あたしは、あんた方の会合を妨害するために、こんな所へ来たんじゃないわよ。そんなサモしい悪戯《いたずら》はしたくないわ——悪戯は好きだけれど。あたしも、今日、ここに会があったの。ただ一時間ばかり、早目に来て、廊下をウロついただけよ……。でも、やっぱり、逢ったわね」

町子は、依然として、返事をする気持になれなかった。

「あたし、一度、あんたに逢って、お話がしたかったの。あの『ルナ』という家へ行けば、あんたに逢えるにきまってるけれど、あすこはあんたの職場でしょう。あたしはお客、あんたは商人——そいじゃア、いけないわ。あんたもあたしも、対等の立場になって、お話がしたかったのよ。ねえ、十分ばかり、時間を割いて下さらない?」

そういって、彼女は広い廊下の窓際にある、椅子とテーブルを指した。

「町子さん、遠山町子さんと仰有るんでしょう、知ってるわ——あなた、ほんとうに塙さんと、結婚なさる気?」

と、小岩井日出子は、ミス・ブランシュの煙をフーッと吹いてから、そういった。彼女は、なにもかも町子のことを知っているらしい。塙がいったのだろうか、それとも彼女自身で探り出したのだろうか。とにかく町子は悠々と落着き払った対手が、挑戦の刃《やいば》を静かに抜き放ったように感じた。

「はア」

町子は意を決して、キッパリと、答えた。語尾が幽かに震えたようだ。

「そう」

と、日出子は、微笑みながら、頷いて、

「でも、あたし、あんたに忠告するわ。——それは、駄目よ、不可能よ」

「まあ、どうしてでございますの」

町子の顔色は、見る間に、蒼白くなった。それは、驚きのためよりも、真剣な覚悟ができた証拠に過ぎなかった。

「どうしてって？……おわかりにならない？　塙さんという男に対する、あらゆる結婚の条件を、あなたが欠いてるからだわ」

日出子の黒い瞳は、悪童が悪戯を始める時のように、キラキラ輝いた。

「と、仰有いますと」

「塙さんのあなたに対する気持は、感傷主義に過ぎないのよ。恋愛でも、情熱でもありゃアしないわ。あの人は、大学時代の下らない左翼カブレが、まだ脱けきっていないのよ。あなたに対する興味は、あなたが下の階級に属する娘さん——健気なる勤労婦人という点に、出発してるのよ。ことによったら、それが、全部かも知れないわ」

日出子は、軽く、声を立てて笑った。

「その癖、あの人ほど、ブルジョア趣味の人はありゃアしないわ。あたしは、お鮨の立食いは平気だけど、あの人にはできないの。いつも端正な態度と、服装をしていなければ、気の済まない人なの。かりに、あなたと結婚したら、あの人は、翌朝から、あなたの言葉遣いを叱ると思うわ。ホッホホ」

町子は、唇を嚙み締めて、聴いていた。

「階級悲劇を忍んで結婚生活を築き上げる勇気は、あの人にはないわ。昔ッから、とても臆病な人だったんですもの。あたしを怖がる気持だって、その性格からよ。あたしに対する恐怖が、あの人をあなたに近寄らせたに過ぎないんだけれど——一体、なぜ、あたしを逃げようとするか、おわかりになって？　塙さんは、あたしに恋愛してるからなのよ」

花の崩れるように彼女は、笑った。

「そうなのよ。それを意識するのが、あの人には、とても恐ろしいのよ。あたしがそんな恐ろしい女かどうかは、別問題として、あの人がいつか自分の恋愛の命ずるとおりに、行動しずにいられなくなるということは、あたしあなたに断言できると思うわ」

「いろいろ、ありがとうございました。伺うことは、もうそれだけでございますか」

町子は、小さな唇を、貝のように、固く結んで、椅子を立ち上った。

「あら、怒っちゃ駄目よ」

と、いって、日出子はクスリと、笑いをもらした。

「いいえ。……ただ、冗談のお対手《あいて》になりたくないだけですわ」

町子の声は、もう、些かの震えも帯びていなかった。

「冗談？　もしあなたがそう思ってるなら、たいへん迂闊よ。あたしが、これだけのことを宣言したのは、あなたに不意打ちの驚きを与えたくないからだわ。あなたの苦痛を、軽くしてあげたいからだわ」

「つまり……。あの方をあたくしの手から奪い上げてやると、仰有るんでございますね」

「ご免なさい。結果として、たぶん、そうなるわ」

「失礼ですけど、あなたは、ほんとに塙さんを愛していらっしゃるお積りですか」

町子の語気は、鋭かった。

「さア、疑問よ、それは……。でも、あたしはあの人を、絶対に必要としてるの。なぜって、あたしの結婚生活の幸福は、ああいう人《チイプ》を良人《おっと》にもたない限り、望まれないんですもの。そういう意味から塙さんという人は、あたしにとって掛け替えのない男性なのよ」

「まア、そんな……」

「驚いた？　職業婦人のあんたより、有閑令嬢のあたしの方が、現実的だから、面白いわね。せいぜい、空想を愉しんでるといいわ。塙さんは、現実の法則に従って、必ず、あたしの処へ、帰ってくるわよ」

日出子の顔に、明らかな勝色が浮かんだ。町子は、それに圧倒されまいと、必死になって叫んだ。

「あたしは、……あたしは、塙さんを信じています！」

「そう。あたしは……また、塙さんを知ってるの」

そういって、静かに椅子を立ち上って彼女は、自然、町子と、咫尺《しせき》を隔てて、向い合うことになった。二人の眼と眼が結び合って、酸素熔接の火花のようなものを、飛ばした。

突然、日出子が、笑いだした。

「ホッホ……。つまり、信仰と知識の問題ね。とても古く、且つ新しいわ。さア、どっちが勝つか――面白くなってきたわよ。あたし、日本へ帰ってから、今日みたいに退屈を忘れたことはないわ。少くとも、この問題が解決するまで、あたしはとても生甲斐を感じるに違いないわ。町子さん、どうも有難う……」

彼女はそういって、先刻と同じように、西洋の小娘のようなお辞儀をして、立ち去ろうとする時だった。

「あ！」

廊下の曲り角に姿を現わした塙が、二人を認めると、棒のように、佇《た》ち竦《すく》んだ。だが、その後に続いた彼の母親は、なんの驚きの色も現わさず、小岩井日出子の側へ行って、慇懃に腰を屈め、

「昨日は、まア、あんたはん、お忙がしいのに来ておくれやして、えらい済んまへんことで……妾《あたし》も、帰るまでに、一度ご挨拶に上ろうと、思うてますすんどっせ」

次ぎ次ぎに運ばれる料理に、町子は、殆んど箸をつけなかった。

塙が側から、薦めた。

「どうです、少し食べませんか」

「え」

これではいけないと思って、必死に気を取り直そうとするが、日出子から受けた激動は、容易に鎮まらなかった。

「気分がお悪いのと、ちがいますか。ほんなんやったら、無理に薦めんとおきやす」

塙の母親は、老人とも思われない健啖《けんたん》振りを示して、唇の周囲を、脂でギラギラさせてい

た。

彼女は、町子と会いにきたのか、支那料理を食いにきたのか、わからぬ位であった。時々、空々しいお愛想を、町子に浴びせるが、彼女のよく動く舌は、大部分、息子に向って、話し掛けられた。眼さえ、町子の方には、殆んど注がれなかった。

町子は、招かれずに客となった人の気持を、味わわずにいられなかった。

彼女が黙り込んでしまうと、次第に、塙も口寡《すく》なになった。彼は、明らかに、懊悩の色を、額に浮かべて、機械のように、箸を口に運んでいた。

なんという、惨めな会合になったことか。一張羅を着飾って、父親に帯の手伝いまでして貰って、小娘のようにイソイソと家を出たのが、たった二時間前の出来事だとは、どうしても思われない。

だが、そんなことは、どうでもいいのだ。

塙の母親は、どういう理由か知らないが、自分を嫌っているということを、町子は、認めないわけに行かない。嫌っているというより、てんで、町子を対手とせずという態度で、問題外に置いてるらしいのである。

だが、そんなこともまた、どうでもいいのだ。

(もしも、塙さんの気持が、あの女のいったとおりだとしたら……)

町子の心は、それで、充満《いっぱい》だ。

昨日、塙親子が小岩井日出子達と会食したことは、先刻の母親の挨拶で、裏書されていることだ。あんなに、日出子が嫌いだといっていながら、そういう席へ、平気で出てゆく塙の気もちがわからない。

「おおきに、ご馳走さん……」

母親は、果物を食べた手を、急がしく濡れタオルで拭いて、

「さ、午後、彼家《あしこ》へご挨拶に行かんならんよって、愚図愚図しとられへんえ……。お会計《あいそ》、いうて貰いましょうか」

それを聴いて、堪り兼ねたように、塙が叫んだ。

「お母さん」

「なんどす」

「僕は、町子さんと少しお話があるんです。お母さん、先きへ帰ってくれませんか」

「そない無理いうたら、いかんがな。妾、一人で、東京歩かれしまへんで」

「だから、今、自動車《くるま》をいいます。どうせ、一旦、旅館へ帰ってから、行くんでしょう。そんなら一時間ばかり、旅館で待ってて下さい。僕も、後から、自動車《くるま》で駆けつけますから」

そういって、彼は呼鈴を押した。

「僕が、悪かったんです。僕が、弱かったんです――」

人工の滝が、淙々《そうそう》と音を響かせてくる樹間――松の木だけは、近頃の移植でないらしく、鬱蒼と枝を伸べた小径を、塙と町子は、蟻のように遅く歩いていた。

「断然、僕が突ッ張れば、昨日、日出子さん達と会うこともなかったでしょうが、今もお話ししたとおり、母の上京の目的が、それだったものだから……」

塙は、ひどく、いい悪《にく》そうにボツボツ語った。

小岩井家のことは、以前から、塙の母親も知っていた。だが、その家に息子の好配と考えられる令嬢がいることは、最近、旅行の途次、京都の塙の生家を訪ねた、小岩井誠の口から、聞いたのである。

息子の独身生活を、かねがね、気に病んでいた彼女は、一議もなく、その令嬢の首実検がしたくなった。息子の親友の妹、大病院の経営者で知名な医学博士の娘――すべて、良い条件が揃っていたからだ。

だが、上京すると、息子は逢うと匆々《そうそう》、別な一人の娘のことを、彼女に語った。彼女は決して、その話を却《しりぞ》けようとしなかった。小岩井の令嬢に優る娘があるなら、なお結構である。商談は少しでも有利な方を選ぶことに、彼女は慣れていた。

そこで、二日連続の会食が行われることになったが、塙真次郎の腹では、古風で、口やましい母親に、日出子のような令嬢を見せたら、一瞥のもとに、愛想を尽かすに違いないと、信じていた。むしろ、それが母に日出子を諦めさせるはやみちと考えて、会合を承諾したのである。

だが、結果は、予想と正反対であった。商人の妻として、実質的に世間を眺めてきた彼女の眼は、普通の頑固な老人と違った睨みをもっていた。彼女は小岩井の令嬢の頭脳の鋭さ、気性の烈しさを、気弱な息子の嫁として、比類なき合性と看て取ったのである。それに日出子の家庭の社会的地位が商家で生まれた彼女に、過大な輝きを映したのは、詮方ないことであった。

同時に、彼女の眼光は、対手を見下す場合に、ひどく鋭く働いた。新宿駅でたまたま逢った圭介は、強情で、懶惰《らんだ》で、不着実で、慾ばかり深い——終生ウダツの上らない落伍者の典型として、瞭然たる映像を残したのである。

「あないの人の娘貰うたら、あかしまへんで……。あのお父はん、一生、あんたに祟りますで！」

圭介を見ただけで、彼女は、町子と会食する希望を、一切、捨て去った。それを、塙が宥《なだ》め賺《すか》して、遊仙園へ連れ出すことにしたのである。当人に会えば、母親の気持も、きっと変ると信じていたが、てんで、町子に眼も呉れようとしないのだから、手の下しようもなかった。

塙は、町子と二人で、遊仙園の広い庭を歩きながら、全部の真実を語る勇気を見出せないので、ただ、自分を責めるようなことばかりいうのである。

「それにしても日出子さんは、どうして、この家へやってきたんでしょう……。驚いた女だ」

塙は、息を弾ませて、いった。

「あの女も、お午の会がおありになるからでしょう……。それに、あたしが来ることを、あなたからお聞きになったとかいって……」

町子は、努めて平静にいった。

「僕から？　断じてそんなことアありません。訝《おか》しいなア、真逆《まさか》、母も、そんな余計なことはいわんと思うんだが」

と、首を傾けたが、

「まア、それはどうでもいい。一体、彼女はあなたに、何を、いったんです。あたし達の来るまで、暫らく話し合っていたんじゃないんですか」

「ええ」

「ねえ、いって下さい。何を、彼女は話したんです、何を」

塙は、心配に堪えないように、急き込んでいった。

「何でもないことですわ。くだらないことでした」

町子は、まだ顔色はよくないが、静かな、幽かな笑いの表情を浮かべていた。

(そうだわ、あの女のいったことは、みんな、くだらないことなんだわ)

日出子の言葉を、もう一度、反芻してみて、町子は、心の中で、そう呟いた。それは、彼女の全身をブッつけた、批評のようなものであった。

「でも……きっと、何か、あなたを非常に不愉快にさせるようなことを、いったに違いないと思います。僕はあの女の執拗《しつこ》い誘惑を避けるために、わざと、あなたのことを話してやったことがあるんです。その時、彼女は、ただ冷笑しただけでしたが、心の中では、あなたに激しい敵意を懐いたに違いありません。それで、今日、意地の悪いことをしに現われてきたんでしょう……。あア、僕は、なんにもいわなければよかった」

塙は、ハラハラしたような、顔つきをした。

「僕のことに就いて、不埒な嘘をいやアしませんでしたか。ほんとに、何をいったのか、話して下さい」

「そんな、ご心配は、ちっとも要りませんわ。あの女《ひと》は、いろいろなことを仰有いましたけれど、あたしのご返事したのは、たった一言でした」

町子は、愈こ《いよいよ》平静を取り戻したようだった。

「あなたが？　なんといってやったんです」

「あら、何でもないことですわ。ただ……あたしは、塙さんを信じていますと、申上げただけですわ」

そういって、町子は微笑した。

だが、塙は、なにかに撃たれたように、ピタリと、歩みを止めた。強い握力が突然、町子の両腕を、痺らせた。

「ありがとう、町子さん……。どんなことをあの女がいったにしても、あなたは僕を信じて下さい。いつまでも、いつまでも……」

水銀

そのことを圭介は、町子にも、庄崎未亡人にすらも、話していなかった。

もしも、人が、奥多摩のハイキングでもしてるうちに、金鉱の露脈を発見したならば、恐らく圭介と同じ態度をとるにちがいない。朝鮮やアラスカなら知らぬこと、東京府下で金が採れると話しても、誰も対手にしないばかりでなく、悪くすると、詐欺師《さぎし》か、狂人扱いにされるからだ。

それに、圭介の場合は、黙っていても、他人に発見される惧れがないのである。多くの発明家は目下代用品の考案に狂奔している。こんな大発明を滅多に、人が気づくものではない。こんな素晴らしい、天啓的な創意は、一世紀に一度、或いは千年に一度、人間の頭に宿るものかも知れないと、少くとも、圭介は、そう信じている。

実際、圭介の今度の発明の、人に語らぬ部分は、大きなものだ。庄崎未亡人に話したのは、氷山の水面上の姿に過ぎない。特許局へ出した明細書にも、単に直接の効果しか書かなかった。それだけで、充分、特許のとれる自信がある。法律的に権利を確保した後に、その発明の実体が、応用が、いかに偉大なものであるかを、発表する道はいくらもある。頼まなくとも、有力な新聞雑誌が、鳴物入りで宣伝してくれるにきまってる。

圭介の発明は、勢力《エネルギー》を無限に増大せしむる観念に出発している。一の力が二になり、四になり、十六になり……無限に倍加してゆく特殊な機構の工夫なのである。始動に加えられた力は消滅しないばかりか、雪融けの水のように嵩んでゆくのである。それは、いわば、無限動力の発見なのである。

圭介が無限動力のことを考えたのは、彼の高等学校時代に遡る。その頃の、多くの学生と同じように、彼もまた、暗夜の星を仰いで、無窮の問題を考える癖をもっていた。しかし、この慾の深いロマンチストは、哲学の瞑想に耽る先きに、大発明によって世界的名声を博する自分を夢みた。

(天体の或る物は、永久に自転を続けてるではないか。人間の手に、無限の動力が、獲られない筈はないのだ)

もし、それが成就すれば、物理学の勢力の法則を根底から覆えすことになり、彼の名はアルキメデスを凌いで、歴史に残るだろう。その大き過ぎる青春の夢を、一年ばかり担ってるうちに、いつか彼は酒と女の味を覚え、学校を退学する頃には、綺麗サッパリ忘れていた。

四十を越して糊口のために、彼が発明の仕事に手を出すようになってから、多少桁外れの考案といえば、例の空中自転車ぐらいのものであろう。他は全部、実用向きの小発明や、所謂《いわゆる》思いつき発明に限られていた。

今度の発明の目的にしても、最初は、動力節減の勢輪というところにあったのである。だが、庄崎トリに初めて会った晩に、水銀というものに思い当ってから、彼の考えは、ガラリと変った。青春の夢は、再び、彼の血を揺り動かせた。但し、今度は、二十年近い発明家生活の経験と、精密な計算の基礎に立ってるから、断じて他愛のない白日夢でないことを、彼は確信している。

ただ、困ったのは、事変前、一斤三円五十銭の水銀が、目下、三倍も暴騰してることだ。実験用の斤量をザッと考えても、三、四百円はかかるらしい。

圭介が、今、金策の当てといっては、庄崎未亡人があるのみであった。福田老人はなかなか吝嗇《りんしょく》なところがあって、そんな話に乗る男ではなかった。

水銀のほかに、軽金属でつくらせる勢輪やモーターや電力計の費用を合算すると、実験用の模型は少くとも六、七百円を要することになる。せめてその半額でも庄崎未亡人が用立ててくれたら、どんなに助かるか知れないのだが。

圭介は、金談のような殺風景なものを、彼女との間に持ち込むのが、身を切られるように、不快《いや》だったが、結局、強いて押しを太くするより仕方がなかった。

「さようでございますねえ」

庄崎未亡人は、二階の客間で、圭介からその話を聞くと、持ち前の愛嬌を、サッと顔から消し去った。

「百円ぐらいのことでしたら、なんとでもなるんですけど、少し纏まったお金ですと、親類が煩そうございましてね」

彼女は、なにかにつけて、親類という言葉をよく使った。

「ご尤もです。こういう話は、まったく、お聞かせしたくなかったんだが、事情やむをえず……」

圭介は、頸に汗を掻いていた。

「せめて、特許公告でも出た後ですとね、口実がつけ易いんですけど……。ほんとに、後家さんなんて、自由の利かないものでございましてね」

「いや、公告に出れば、モノがモノですから……必ず出資者が現われてきます。出資者というより、実施権の買収者がきっと出てくるでしょう。その時こっちが実験模型の費用にも差支えるようじゃア、どれだけ脚許が見透かされるか知れません。あたしア、三万や五万でこの特許を売る気持はありませんからね」

圭介の語調は、次第に熱を帯びてきた。無限動力の正体は、まだ明かす気になれないが、その特殊勢輪によって、動力費、工場費、人員費が三割から五割の節減になるということを、できるだけ分り易い言葉で説明した。

「そう伺えば、伺うほど、惜しい気持が致しますねえ。あたくしだって真似事でもその道に携わっているだけ、お気持はよくわかります」

彼女は、胸算用に耽っていたが、やがて、

「いかがでしょう。三百円だけあたくしに都合させて頂きましょうか。いいえ、親類がなんと申しても、通帳と判は、こっちが持ってるんでございますからね。ホッホホ」

彼女の顔に、再び愛嬌の漣《さざなみ》が浮いてきた。

「しかし、それで水銀を買うとしても、後の費用が……」

「いいえ、遠山さん。水銀なんて買う手はございませんよ。借りればよろしいではございませんか。どうせ、実験として、人に見せた後では、不用品でございましょう？」

なるほど、女は勘定が細かいものだと、圭介は、むしろ感歎した。


「お父ッつァん、どうかしたんじゃない？」

町子は、縫物をしながら、父親に声をかけた。

襖を開け放した仕事部屋で、机に対《むか》っていた圭介が、ゴロンと仰向きになって、溜息を洩らした。此の間うち、あんなに元気のあった父親が、この二、三日、些かションボリの体なのを、不審に思っていたところなので——

「なアに……。だが、町子、一寸郵便局へ行きゃア、誰にでも金を貸してくれる世の中になったら、さぞ便利だろうなア」

「ホホホ。ほんとにね」

「殊に、発明資金なんて奴ア、政府で、手軽に融通してくれなきゃア、嘘だよ」

それを聞いて、町子は、ハハアと、思い当った。

「また、要るのね」

「うん。今度のは、モノが大きいから、模型の費用も、今までの十倍も、二十倍もかかって、大弱りだ。お前の手にはとても及ばんよ。そこで実は、庄崎さんに話してみたんだが」

「まア、お父ッつァん、あの女《ひと》にお金の話なんか持ち出したの？」

町子は、呆れ果てたという顔つきで、針の手を止めた。

「俺だって、話したかアなかったけれど、どうも、他に道がないもんでな」

「いやな、お父ッつァん――ほんとに、いやな、お父ッつァん！　自分のお嫁さんになる人から、お金を借りるなんて、そんな不見識な話って、あって？」

町子の剣幕は、いつになく、凄まじかった。

「第一、そんなことすれば、肝腎の縁談だって、オジャンになるかも知れなくてよ」

「そんなことがあるもんか。それはそれ、これはこれだ。もっとも、あまり、いい顔はしなかったよ。親類の口が煩いというんでね。結局三百円だけ出してくれることになったが、それじゃア、予算の半額にしかならない。材料のうちで、一番金のかかる水銀が買えんといったら、それは薬種問屋に話して、品物を一時借りたらよかろうというんだ。こいつア、俺も気がつかなかった智慧だよ。ハッハハハ」

圭介は虚ろな声を立てて笑った。

「すると、まだ、お金を受取ってはいないのね」

町子は真面目な顔でいった。

「うん。二、三日うちに、銀行から出してくるといってたが……。現金は、家に置かん主義らしい」

「お父ッつァん」

と、町子は、膝の上の縫物を、横に置いて、

「そのお金、借りちゃ駄目よ」

「そんなこといったって、お前……」

「いいえ、お止しなさい、断然——決して、いい結果は来ないわ。あたし、ハッキリ、そう思うの」

理詰めで、そう考えるのか、それとも、庄崎未亡人に対する無意識な反感が、そうさせるのか、とにかく町子は断じて父親の頭を、彼女の前に下げさせたくなかった。

「といって、他に、誰に頼む？　お前、なにか心当りでもあるのかい」

と、いわれて、町子は、グッと詰ったが、

「なんでもいいから、二、三日、あたしに考えさせて頂戴！」

その日、新宿駅で降りると、町子はすぐ、公衆電話で、堝を呼び出した。

「ほんとに済みませんけれど、一寸だけ、時間を都合して下さいません？」

町子は、自分の勝手で、堝に足を運ばせるのを、かなり、心苦しく思った。遊仙園の日以来、堝は二度も、店へ来てくれているのだ。

「どうして、『ルナ』では、都合が悪いんですか」

「一寸、混み入ったお話だもんですから、店頭では、どうかと思いますの」

「承知しました。じゃア、一旦、中野へ帰って、出直して行きます。十時半ですね」

「ええ、駅の表口で……晩《おそ》くて、ほんとに、済みません」

「いいえ」

町子は、電話をかけてしまってから、ふと、気付いた。父親が犯した過ちを、自分も、繰り返そうとするのではないか、ということである。恋愛の雰囲気のなかに、なにが不調和だといって、およそ金銭の話に超すものはあるまい。それは朝の礼拝堂に糞尿の気が流れてきたよりも、もっと興ざめなことに違いない。

だが、町子は必ずしも、塙に金を頼む気持は、もっていなかった。彼女は、むしろ、塙の智慧が借りたかったのである。というよりも、自分の背負い込んだ悩みを洗い浚《ざら》い、塙に訴えたかったのである。それは、恋する者の権利ともいえるだろう。町子は、遊仙園の庭で塙と語って以来、急に隔てのなくなった心を、感じていた。

いつもの通りに、店を明けて、客の少い間に、彼女は専売局の売渡帳を見たり、中込票を書いたりした。明日は、配給日だから、その準備をして置くのだ。

此の頃は、「光」もよく売れるが、「チェリー」がまた勢いを盛り返してきた。二回の値上げで、五割も高くなってるのに喫む人はやはり喫むとみえる。そういえば、品薄の舶来煙草を望む客が、チラホラ殖えてきた。今度は、「キャメル」を、もう少し多く、中込む必要がある。一体、世の中はそんなに景気がいいのだろうか。戦争で混乱した漢口《ハンカオ》では非常に煙草が売れたというが、町子の店で、近頃一割五分ほど売上げ増加を示してるのは、何の理由だろうか。

世の中のどこかには、地下水の滝のように、金が音を立てて、流れてるのかも知れない。生憎、町子の家の付近は、細流を避けて、近付かないようだ。たった一掬いの水で、父親の生涯の望みは果され、あわよくば、町子も無理なく結婚へ進み、吉郎も昼間の中学校へ通う身分になるかも知れないのだが……。

塙との約束があるせいか、今日は、時間の経つのが遅かった。もう、八時を過ぎたかと思ってるのに、酒場部《バー》のラジオは、ニュースを喋っていた。

「……『私のサロン』で、ただ一人の閨秀《けいしゅう》画家が推薦を受け、同時に新会友に選ばれました。小岩井日出子さん――小岩井医学博士の令嬢で、長らくパリにあって、洋画の研究を積まれた方です……」

町子は、ハッと、聴耳を立てた。しかし、次ぎの瞬間には、僅かでも取り乱した心を恥じるように、煙草売渡帳の頁《ページ》を繰っていた。

鉄のブラインドをおろして、売上げの中から、紙幣だけを、ハンド・バッグに入れ、手提金庫は棚の空箱の奥深く匿してしまうと、町子の店の一日が、終ったことになる。

ただ、今日は、小鏡を覗いて、鼻の頭をパフで叩いただけが、付録みたいなもので、扉に錠をかける暇ももどかしく、急いで通路を駆け抜けると、バッタリ、野村と出会した。

「もう、帰んのかい？　いやに、早えな」

彼は反対に、明日の仕込みが多くて、一時間ばかり、退出が遅れたところだ。

「あら、十分ぐらい、早いだけよ」

町子は野村の顔を見ると、この人を警戒する必要があるだろうかと、疑うほど、明るい、無邪気な気持になる。

「俺も、もう帰るんだ。ちょうどいいや。ワンタン屋、交際《つきあ》わないかい。遠山さん」

店の者達が、よく出掛ける支那ソバ屋が、裏の細い横丁にある。ワンタンが一番旨いということになっている。

「今夜は、駄目よ」

「用かい？」

「そう」

「じゃア、仕方がねえけど……。そのうち、一度、交際ってくんねえか。遠山さんに、聴いて貰いてえことが、あるんだから」

「そう、そのうちね」

町子は、半分、聞き流して、歩き出した。

「……これから、ワンタンが旨くなるなア」

半分、呟くような声が聴えた。思わず町子が振り顧《かえ》ると、帽子無しで、安ッぽい背広を着た野村の姿が、ショボリと、支那ソバ屋のある横丁へ、曲りかけていた。

（あの人は、決して、悪い人ではないわ）

町子は、そう思わずにいられなかった。

野村はコック部屋の噂のように、ほんとに、自分に心を寄せてるのだろうか。猥《みだ》らな軽口を好む人達の臆測に過ぎないのではあるまいか。もし野村が、そんな気持でいるとしたら、塙に対して多少なりとも、反感を示すのが当然だ。塙が頻々と町子の店へ立ち寄るので、近頃では小娘の女ボーイ達さえ、眼ひき袖ひきするようになっている。それを、野村が知らぬ筈はなく、知っていて、いつかのように、平然と電話の取次ぎをするなんて、受取れぬ話ではないか。

（あの人は、友達か、従妹ぐらいに、あたしのことを考えているんだわ）

町子は、そう、結論した。

野村のいったように、温かい物でも食べたくなるような晩であった。いつか夜風の肌寒い時候になっていた。客を吐き出した映画館の前は、ガランと、電燈が明るく、風に紙屑の舞ってるのが、まるで冬の夜更けのようだった。

町子は、こんな遅い時間に塙を誘い出したのを、シミジミ済まなく思って、小刻みに草履の音を速めた。

「仕方がない。駅の食堂へでも、行きましょう」

時間が時間なので、塙の好みの純喫茶まで行くうちには、閉店時間になりそうだった。そこで二人は、駅の二階へ通じる階段を、肩を列べて、昇って行った。

「どういう話なんですか。あなたがあんな電話をかけるなんて、例にないことだから、心配してましたよ」

塙は、まだ、椅子に着かないうちに、そういった。珍らしく、今日は、和服の着流しで、紺がかったセルの暗色が、彼の頸首《くび》を、クッキリと浮き出させた。

「ほんとに、申訳ありませんわ」

と、謝罪《あやま》りながら、町子は、隔てのない微笑を見せた。

人出入りの多い喫茶店なぞへ行かなくて却ってよかった。この食堂は、土地の殷賑《いんしん》から置き忘れられたように、ヒッソリして、終列車の乗客らしい一組が、親子丼かなにか食べているだけだった。町子は、塙と二人きりの気持を、丼の頭以来、初めて味わうように思った。

「父が、また発明病を起しまして、それも、まあいいんですけれど……」

町子は、ボツボツ、語り始めた。資金欠乏の問題は、思ったより気楽に、説明ができた。塙の顔を見たら、そんな遠慮が消えてしまったからである。

「なるほど……それで、お父さんは、その許婚《フィアンセ》の女に、借金を申込まれたんですね。そいつは、少しまずいなア」

許婚という言葉がおかしくて、二人は笑いかけたが、町子は、すぐ真面目になって、

「ほんとに、父の無神経にも、呆れましたわ。でも、水銀って、今、とても高いんですってね」

「ええ、輸入統制で、殆んど入荷しないからでしょう……。一体、お父さんの今度の発明は、

どんなものなんです。僕は、それが知りたいですね。こう見えて、中学時代から科学趣味が豊富なんですからね」

と、笑いに紛らせて、塙はいったが、彼はどうやら、圭介の仕事に危惧を懐いているようだった。いつか新宿駅前で会った圭介は、発明家というより老人の代書屋のような印象を、彼に与えた。母親の酷しい批判には、彼も反対したけれど、半分は的を射てることを認めないではなかった。そういう品格のない男を、舅《しゅうと》としてもつ想像は、かなり、彼の自尊心を傷つけるが、当人本位という近代式結婚観が、それを抑えつけているようなものだった。

「あたくしにも、よくは解らないんですけど……」

町子は、度々、父親から聞かされた話を綜合して、塙に説明した。

「なるほど、水銀の流動性を利用するのは、面白い着眼ですね。失礼ながら、そんな科学的な発明だとは思いませんでした」

「じゃア……有望なんでしょうか」

町子は、眼を輝かせた。

「いや、僕の素人考えなんか、当てになりませんよ。それより、町子さん、一度、お父さんのプランを専門家に鑑定させてみたら、どうでしょう。その上で資金の調達を始めても、遅くはないと思うんですが……」

塙が、そんな慎重なことをいうのも、結局、自分に対する親切だと思ったが、

「もし、専門家の鑑定がいい場合は、それ位の金額は、僕一手でお引き受けできるかも知れませんよ」

と、いってくれたのは、町子にとって、どれだけの悦びだか知れなかった。いいそびれていたことを塙自身から持ち出してくれたからだ。

「ほんとに、済みません……」

後は、いう必要がなかった。隔てのない信頼を籠めた町子の眼が、すべてを語っていた。

「鑑定を頼む人にも、心当りがあります。恐らく無手数料でやってくれるでしょう」

「まあ、早く、父に聞かしてやりたくなりましたわ」

「町子さん、もしお父さんの発明が成功すると、僕等の幸福は、予想外に早く近寄ってくることになりますね」

「…………」

町子は、返事の代りに、ニッコリと、塙の顔を見上げた。

「何か、ご註文はありませんか。もう、火を落しますから」

ボーイが、眠そうな顔で、そんなことをいいにきた。そうして、遠慮なく、近所のテーブルへ、椅子を逆さに載せ始めた。

「出ましょう、町子さん」

塙は、眉を顰《しか》めて、立ち上った。

用談が済み、これから愉しい語合《かたら》いに入ろうとする時に、席を追い立てられたようなものだった。階段下まで降りた時、二人は、それぞれの方向の電車に乗るために、改札口へ行くのに忍びなかった。

「東口まで、歩きませんか。あなたの時間は？」

「ええ、まだ、大丈夫ですわ」

二人は、構内の高い木柵に沿って、歩きだした。無数の軌道が闇に光って覗かれる、寂しい道だった。

「お母様から、その後、お便りありまして？」

町子は、塙に寄り添いながら、訊いた。

「ええ、でも、ちっとだって、心配する必要はありませんよ。ああ見えて、理解の悪い人じゃないんですからね。あなたは、ただ、僕の工作を見てて下さればいいんだ」

「あら、ご免なさい」

町子は、いつにない、塙の強い言葉が、却って嬉しかった。

「叱っちゃいましたね」

塙も、笑った。

「日出子さんが、仰有いましたわ——結婚の翌朝から、あたしの言葉遣いが卑しいって、あなたがお叱りになるだろうって」

「そんなことを？　呆れた女だ」

「あの方のお名前、さっき、ラジオで聞きましたわ」

「そうですか、僕は夕刊で、読みました。また、祝賀会とかなんとかって、大騒ぎをやるんでしょう」

「お出でになる？」

「バカですね、あんたは」

塙の打つ真似をした手が、その儘、町子の肩に掛った。

二人は人の足音に驚いて、急に、体を離した。

（今のは、野村さんじゃ、ないか知ら）

町子は、薄闇の中の人影を、見送った。

鶏頭赤し

野村勇蔵という男は、子供の時から、他人に害心を持ったことがなかった。

家は、貧しいながら、自作農だったし、東北地方のような、自然の迫害を知らぬ土地に生まれたせいもあろうが、彼も両親や兄妹と同じように、天や人を恨むことを知らずに、育ってきた。

野村は、小学校の成績は中位だったが、腕力は子供相撲の大関を勤めるくらいだった。お蔭で、誰にも虐められず、喧嘩をする必要もなかった。彼は、どんな友達にも、憎みや猜《そね》みを知らずに、少年時代を過ごしてきた。

東京へ出てからも同じこと——麻布のベーカリーで洗い場時代の三年間、兵営生活の二年間、「ルナ」へ来てからの四年間を含めて、さて誰が憎かった、恨めしかったという記憶がないのである。勿論、その間に、小競合いや行き違いが、起きなかった筈はないが、対手がツケ上って、騒ぎを大きくするには、野村の体格が逞し過ぎたろうし、宿怨を懐くには、野村の頭がボンヤリし過ぎてるという勘定からでもあろう。

早い話が「ルナ」のコック場で、

「野村の甘ショクがね、また煙草屋でネバリやがって……」

と、蔭口を利いてるのを、入りしなに、耳にしたところで、彼は一向、腹が立たないのである。

「やい、聴いたぞ」

「いけねえ、桑原々々……」

ドッと皆が笑う時に、彼もまた、一緒に笑うのである。

洲崎だの亀戸だのという場所の誘いには、頑として応じない彼を、仲間は最初、ケチだからだろうと思ったが、ワンタン屋や汁粉屋の交際だと、いつも飛んでくるので、結局、まだ子供なんだと、考えるようになった。そういえば理想の洋菓子店が、どうのこうのという癖は、いい加減、子供臭い人間の証拠である。「甘ショク」という綽名は、町子に甘いばかりでなく、子供のおヤツに相応しいという意味もあるのだろう。

そういう野村が、他人から憎みや猜みも受けないのは当然だが、彼もまた、他人に害心を懐く必要がなかったのである。彼は平和に、一心に、空想の店「ヤマト」のことを、考え続けていればよかったのである。

だが、此の間の晩から、そうは行かなくなった。

町子に別れて、ワンタン屋へ行くと、「ルナ」の雇人がきていて、無駄話に時を過ごし、やがて彼は、下宿へ帰る近道を、高い木柵に沿って、サッサと歩いた。彼は、ふと、前へ行く人影のうちに、町子の声を聴いた。彼女の同伴者が、店でよく見掛ける青年であることも、すぐ判った。だが、彼は、何の顧慮もなく、町子に挨拶をしようと思ったのである。ちょうど、その時だった。瞬間に、二人の影が立ち留まった。反《ふ》り仰いだ町子の頸と、それを捲く腕を、駅構内のアーク燈が、照らし出した。

野村は、跳ね飛ばされたように、横丁へ身を避けたのである。

「畜生！　どうしてくれよう……」

今日で三日間、野村は、そんなことばかり唸り続けていた。

下宿の三畳の間に、敷き放した寝床から、汗や脂肪の酸化した臭気が、ムンムン立ち騰《のぼ》っている。

「野村さん……お午は、また、ウドンカケですか」

宿の小母《おば》さんが、階段の途中から、大きな声を出した。

「うん」

野村は、面倒臭そうに答えた。

「一度、お医者に診て貰ったらいいのにねえ」

小母さんは、ついぞ店を休んだことのない野村が、寝床についてウドンばかり食っているので、下痢でも起したのではないかと、心配してる。

「うるせえ」

野村は、小母さんを呶鳴りつけて置いて、ゴロンと、寝返りを打った。

（畜生！　どうしてくれよう……）

といって、彼は、町子はもとより、塙に対しても、微塵も、敵意や、嫉妬を懐くことができなかった。一体、彼は、誰に対して、そんな腸《はらわた》の煮え返るような憤りを感じているのか、自分でもわからなかった。強いていえば、不意に自分を打ちノメした運命に対して、吠えついているようなものだった。

（あの女より他に、誰がいるかってンだ！）

いくら諦めようとしても、こればかりは無駄だった。好きな女、惚れた女――ただそれだけの町子だったら、或いは他の女性の中から、代人を探し出すこともできたろう。だが、彼にとって町子は恋人以上の恋人なのだ。彼の空想の店舗のどの隅々にも、町子の心と姿が、刻み込まれている。それは、内助の細君でもなければ、事業の共同経営者でもない。自分と町子と、「ヤマト」とは、切り分つことのできない一団になっているのだ。町子のいない空想の店舗は、縫糸を抜かれた着物のようにバラバラな布片に帰ってしまうのだ。

野村は、私《ひそ》かに自分の決心を、近く、町子に打ち明ける気でいた。もっとも、成功の神様に願が掛けてあるから、結婚は約束だけでいい。それも、何年後のことやらわからないから、それとなく希望を打ち明けるだけでいい。とにかく話すだけは話してみたい。此の間の晩、裏口で偶然町子に逢った時に、ちょうどいい機会だと思って、ワンタン屋へ誘ってみた。だが、同じ晩の半時間後に、アーク燈に照らし出された、あの場景を見せられようとは――

(畜生！　どうしてくれよう……)

野村は、傷ついた熊のように、いつまでも、唸るほかはないのである。

「野村さん、お客様……」

宿の小母さんが、そういって障子を開けると、

「どうしたんだよ。野村君」

菓子部の職長が、懐手《ふところで》をして立っていた。

「病気なら病気と、一寸、届けてくれりゃアいいのに、無断で三日も休むから、支配人が、カンカンに怒ってるぜ」

「病気じゃねえッ」

野村は、噛みつくように、答えた。

「病気じゃねえ？　じゃア、なんだ」

職長の鎌田は、呆気にとられたような顔をして、野村を見た。

「なんでもねえ」

「なんでもなくて、店を休む奴があるか」

「大きに、お世話だ。休みてえから、休んだんだ」

いつもは、こんなツンケンした口を利く、野村ではないのだが、顔も洗わないとみえて、薄汚れのした頰を膨らませ、寝巻の胸をハダけて、両肩を怒らせている姿は、体格のいい法界坊のようで、凄いというより滑稽に近かった。

鎌田は、野村の様子を、ジッと見ていたが、先輩らしく頷いて、

「なんでもいいや。まア、起きろ」

「いやだ。店へは出たくねえ」

「店へ出なくてもいいから、一寸俺と交際《つきあ》えよ」

彼は、無理矢理に、野村に衣服を着換えさせた。

「なにをシブくっていやがるんだ。機嫌を直して、一パイ飲みねえ」

職長は、甲州街道の小さな酒場兼食堂へ、野村を連れ込んでから、そういった。

「飲むとも。いくらでも、飲まア」

野村は、平常、酒を飲まない男なのに、差された盃を片端から空けるばかりか、手酌で、グイグイ飲み出した。

「そんなにイケるとは、知らなかったよ。見上げたもんだ」

と、職長は、野村を煽《おだ》てて置いて、

「ところで、一体、何が癪に障ってるんだ。遠慮なく、いってくれ——俺に気の食わねえところでもあるのか」

「ねえ」

「じゃア、支配人か。あいつは、まったく、我利々亡者だからな」

職長は、いろいろ探りを入れて見たが、無駄だった。だが、どうやら、店に対する不平でないと看て取ると、彼は安心したようだった。野村のような優秀な職人を、他に奪われたくないからだ。

「ハハア、わかった……女に振られたな」

職長が、冗談のつもりで、そういうと、野村はムキになって怒った。

「うるせえッ」

職長は、野村の機嫌を宥めるために、また、幾度も、盃を差した。野村は、泥のように酔ってきた。

「どうだ、これから、俺と品川を交際うか」

評判の石部金吉《いしべきんきち》を、半分は揶揄《からか》う気で、職長はそういった。

「行くとも、どこへでも行かア」

意外にも、野村は、大きな声で、叫んだ。

二人を乗せた自動車が、品川へ向けて走る間に、

「な、ともかく、明日は出てくれ」

職長は、何遍か、繰り返した。

（畜生……どうしてくれよう！）

野村は自分の肉体を、コナゴナに爆砕してしまいたい気持だった。自暴《やけ》という感情を、生まれて初めて味わっただけに、彼は制御の術を知らなかった。成功の神様に対する誓約を破ったら、一番腹が癒えるような気持がした。

だが、目的の家に着いて、白粉を塗った女の顔を一瞥《ひとめ》見た時、彼は不思議にも、どこから か響いてくる町子の声を聴いた。

「野村さん！」

彼は、席を蹴立てて、戸外へ逃げ出した。

「野村さん、どうかしてますね」

と、まだ「洗い場」時代の小僧が囁けば、

「甘ショクが、シケを食って湿ったみてえだ」

と、三番職人は、攪拌器で卵を泡立てながら、ペロリと、舌を出した。

それが、聴えたか、聴えないのか、野村は、特一の大鍋に、黙然として、三貫目ばかりの砂糖の滝を、注いでいた。

職長が、わざわざ訪問した効果が現われて、野村は、あの翌日から、出勤したのである。

支配人が怒ってるということよりも、大口の茶会《ティ・パーティ》の註文で、人手が足りず、皆が大困りと聞かされて、渋々、店へ出ないでいられなかった。

だが、さて職場に立ってみると、同じ地下室の空気を吸って、十間あまりの距離のところに、町子が坐っているだろうことが、どうにもイライラと、気になってならない。仕事に、一向身が入らないで、手だけが、上の空で動いている。

（こりゃア、この店にも、長くはいられねえなア）

野村は、そう思うのが、とても悲しかった。手慣れた天火《オーブン》、鍋、焼型――すべてに、長い間の愛着が染みている。いや、それよりも、煙草を買いに行くために、何度開けたか知れない食堂口の扉こそ、耐えがたく懐かしい――

「野村さん、まだですか」

「洗い場」が、訊きにきた。野村は、ハッと気を取り直して仕事にかかった。

職長のいったのは、嘘ではなく、明日、八十人の茶会の申込みがあって、その準備に、平常の三倍ほど、仕事が溜ってる。

野村は、ガスの火を、一パイに強めて、鍋の中を覗き込んだ。三貫目の上質砂糖Aザラは、スッカリ液体に帰って、鼻に粘りつくような甘ッたるい芳香を立てながら、フツフツと沸騰している。野村が柄の長い玉匙でそれを掻き回すと、無数の真珠をバラ撒いたように、美しい光沢を放って、大小の粒が湧き上ってくる。それが汐時である。野村は、急いで、ガスの火を止めた。洋菓子の掛物の素になるプレーン・シロップは、それで、大体出来上ったことになる。

後は、アク抜きをするばかりなので、野村は、温度の下らぬうちにシロップを明けるために鉄灸と濾過器《すいのう》を他の大鍋の上に置いた。

それは、ピカピカ光った、銀色の見事な鍋である。近頃は、警視庁がやかましいので、銅や錫引きの鍋が使えないのである。新合金のステンレス製品が、その代用を勧めている。肌が滑かで使いいいが、鋳物鍋の半分の重量もないのが、なんだか頼り無くて困ると、職人達はいっている。

野村は、逞しい腕力に任せて、水と砂糖の重さで五、六貫目もある元鍋を、ウンと持ち上げ、徐々に熱いシロップを受鍋へ注ぎ入れた。

（この店を出て、一体、俺は……）

ふと、彼の頭にそんな考えが浮かんで、手がお留守になった時に、体がヨロヨロした。まだ、いくらも中味の入っていない、軽量の受鍋が、体に触れて傾いたので、彼は無造作に、肘で直そうとした。

「あッ」

叫び声と、投げ出された鍋の音に驚いて、人々が駆け寄った時には、野村は、煮湯よりも高熱なシロップを、したたか両膝に浴びて、身悶えしていた。

今日で、四日間も、野村は姿を見せないので、町子は不審に思っていた。

「野村さん、どうしたんでしょう」

町子は、女ボーイのトミ子が、煙草を買いに来た時に、そう訊かずにいられなかった。

「きっと病気で、休んでたんでしょう——先刻《さっき》、なんだか元気のない顔して、コック場にいたわよ」

「あら、今日は出勤してるの」

「ええ」

町子は、ホッと、安心した。

あの晩、柵に沿うた道で見た男が、もし野村であったら——という想像は、ただ恥かしさばかりでなく、いい知れぬ不安を、町子の胸に残した。それは、初めて知った塙の唇の甘い記憶を、黒く塗り潰してしまうような力をもっていた。

野村の欠勤が、単に病気のためだったら、こんな嬉しいことはなかった。闇の中の人影は、野村ではなかったのだ。いや譬《たと》い人違いでなかったにしても、すべては町子の思い過ごしということになる。

町子は、一、二日前から胸の底に萌《きざ》した、黒い影が、吹き払われるように思った。そうして、今日も、三時か四時になれば、野村の無邪気な明るい顔が、店頭へ現われるに違いないと思った。

（そうそう……あの本を、今日は読み切ってしまわなければ……）

町子は、売台の下から「パン屋の主人として」をとり出した。是非、読んでくれといって、いつか野村が置いて行ったのである。町子は、どうせ下らぬ儲け話だろうと、多寡を括っていたが、読んでゆくうちに、理想と信念の下に成功の階段を昇った一商人の体験が、映画や小説とは別な、強い魅力を感じさせた。

「とても、面白いわね。こういう風にして商売をすれば、商人って、とてもやり甲斐のあるもんだと思うわ」

町子が、そういうと、野村はひどく悦んで、二人の会話は、近頃いつもこの書物を中心にして、語られた。野村は昂奮して、大村屋主義をいかに空想の店舗に採り入れるかを語れば、町子も負けずに批評や忠告の口を挿んだりした。

「でも、遠山さんに読んで貰いたいのは、特に終りの方なんだよ」

野村は、意味ありげに、そういった。巻末に、「お内儀さんの言葉」という題で、大村屋夫人の手記が載っていた。店員に対する女らしい心遣いや自負が、隅々に溢れていた。女の言葉で語られる大村屋主義は、町子の耳に、一層近く聴えた。

もう剰《あま》す頁も、僅かだった。ちょうど客の少い時間で、町子は一心に読み耽ることができた。

突然、トミ子の慌しい声が、耳を衝いた。

「煙草屋さん、大変よ……。野村さんが、大火傷をして、コック場は大騒ぎ！」

町子は、茫然として、立ち上った。次ぎの瞬間に、彼女は自分の店を捨てて、裏の通路を駆けだしていた。

コック場の入口へくると、町子は、ガヤガヤと出てくる人達に、押し返された。担架に載せられた野村の体が、見えた。顔が火のように真ッ赤だった。

「野村さん！」

町子が、思わずそう叫ぶと、チラリと野村の眼が動いたが、その儘、静かに閉じられた。

まだ秋口のことで、野村は、素肌の上に、白ズボンを穿いていた。それが熱湯だったら、却って始末がよかったかも知れないが、熔解した鉛のようなシロップは、織目を侵透しても熱度が下らずに、ジリジリと、焼鏝《やきごて》のように、皮膚を爛《ただ》らせた。

「こりゃア、ひどい！」

医者も、患部を一瞥見て、そういったくらいだった。

絶対安静を要するというので、野村は、その儘、診察室から病室へ運ばれた。エジプトのミイラのように、両脚に厚い繃帯を施されて、身動きもできない体になっていた。時々、ウーンと長い呻吟を洩らして、看護婦に渇《かわき》を訴えた。

「ルナ」の職人達は、明日の会の仕込みに野村という働き手を奪われて一層の転手古舞《てんてこま》いで、看護にくるどころの騒ぎでなかった。

野村の病室は、街の雑音は、遠慮会釈もなく、飛び込んでくるが、それでいて、妙にシンとした部屋だった。誰も付添看護婦を頼んで行かなかったので、病院の看護婦が、時々、見回りにくるだけだった。

いつか、夜になった。野村は冷たい牛乳を少し飲んだきりだった。時々、耐え難い激痛がくるらしく、眉を顰め、唇を噛んでいたが、やがて鎮静剤が効いてきたらしく、彼は昏々と眠り始めた。

店を閉めると、町子は、大急ぎで、病院へ駆けつけた。玄関に明るく灯がついてるのに、入口はもう鍵が掛っていた。町子は思い切って、ベルを押した。

「ああ、午後に入院した、火傷の患者さんですね」

不精たらしく出てきた看護婦は、野村の名さえ、なかなか思い出してくれなかった。

「絶対安静ってことになってるんですからね、院長先生に伺ってみなけりゃア……。どっちにしても、明日のことですわ」

看護婦はどうしても、面会を許してくれなかった。

「でも、眠ってるところだけでも、一寸……」

「困りますね。一体、あなたは、どういうご関係の方なんです」

町子は、グッと、返事に詰った。今夜は、面会を諦めるより仕方がないと思った。

「あの……容体は、どうなんでしょうか」

それだけは、是が非でも、聞いて帰りたかった。

「今のところ、何とも、申し上げられませんわ。化膿さえしなければ、御全快になるでしょう」

「あの、生命に係わるようなことは……」

「ですから、化膿しさえしなければね」

看護婦は、面倒臭そうに、答えた。町子は、その儘帰るに忍びなかった。そこへ別な看護婦が顔を出してきた。

「野村さんの家族の方?」

と同僚を顧みて、

「あの患者さん、困っちゃうわ。寝巻も、塵紙も、手拭も、なんにも持ってきてないのよ。患者さんを放り込みッぱなしじゃ、病院で迷惑しますわ。入院手続きだって、まだ、してないのよ」

「わかりました。きっと、ご迷惑のないように致しますわ」

町子は、思わず、キッパリと答えてしまった。

翌日、町子は、早午飯《ひる》を食べて、家を出ようとすると、

「あの方の返事は、まだ、なんともいって来んかい」

圭介が声をかけた。

例の水銀勢輪の設計図の写しが、町子の手から、塙に渡されて、数日経っているのである。

「お父ッつァん、そう急いだって……」

「俺ア、気が短いんだからな」

「わかってますわ」

父の用件も気にかかるが、不慮の災難に遭って、たった一人、病院に臥《ね》てる野村の身の上

が、気懸かりでならなかった。

昨夜、町子は、いつまでも、野村のことを考え続けた。どうして、彼の不幸が、それほど気になるのか、彼女自身にもわからなかった。野村の火傷はまったく彼の不注意から生じた過失で、そのために支配人も、入院費を出し渋っているという噂を、彼女は聞いていた。「ルナ」でさえ責任を逃れようとするのに、町子が、一体、なんの係り合いがあるというのだろう。だが、彼女は、野村の過失を、ただの過失とは思えなかった。その原因に、なにか、自分が関係をもつような気がする。そんなバカな事がと、彼女は驚いて、打ち消しているのだが――

新宿へくると、町子は、デパートへ寄って、タオル地寝巻、楊枝、歯磨、その他、当座の日用品を買い整えた。デパートを出ると、水兵服を着た少女が、花束を売っていた。十銭だった。それも、買った。

正午前で、病院は、外来患者で混雑していた。

「今朝の容体は、いかがでしょうか」

昨夜の看護婦が、折りよく通りかかったので町子は、そう訊いた。

「熱は下りました。疼痛《いたみ》も、昨夜よりは、減ったようです」

「まア」

町子は、ホッと、一息ついた。

「では、面会さして頂けましょうか」

「ええ、今日は、きっと、いいでしょう…。でも、一寸伺ってきますわ。お名前は？」

「遠山町子と申します」

看護婦は奥へ入って行った。

町子は、買物の包みと、自分の風呂敷包みを、両手に抱えて、玄関の隅に佇んでいた。看護婦は、なかなか帰って来なかった。十分ほど経って、漸く顔を現わしたが、

「あの……困りましたわ。院長先生は面会をお許しになったんだけど、患者さんが会いたくないって仰有いますの」

「え？」

町子は耳を疑った。

「きっと、ご気分でも、悪いんでしょう。また明日にでも、入らっしたら？」

流石に、看護婦も、気の毒そうだった。

町子は、足袋の爪尖を、ジッと凝視《みまも》るようにして、暫らく考えていた。

「では、これを持って参りましたから、どうぞ……」

彼女は、できるだけ、心を鎮めて、買物の包みを渡した。

「それから入院手続きの方は？」

「まだなんです。家族の方が一人も入らっしゃらないんですよ。入院料一週間分前納が、規定なんですが……」

と、いう看護婦の返事を、半分聞いて、

「では、あたしお立替えして置きますわ」

町子は、その積りで、昨日の売上げ全部を、ハンド・バッグに入れてきたのだ。

その翌日は勿論、そのまた翌日にも、町子は、店へ出る前に、病院に寄ることを忘れなかった。

「お気の毒ですけれど、今日も、お会いになりたがらないんですよ……」

と、またしても、看護婦は、そういった。そうして、ほんとに気の毒そうに、町子の手から、果物の包みなぞを、受取った。

「いいんですの」

と、町子は強いて微笑んで、

「でも、容体はどうなんでしょう……化膿する心配はないんでしょうか」

「さア、なんとも申しあげられませんけれど、経過は順調だと、先生は仰有っておいでになります」

それだけの返事でも、町子は嬉しかった。

「どうぞ、よろしくお願いしますわ。なにか、不足の品物がありましたら、今度来る時持って参りますから……」

彼女は、まだ何度でも、足を運ぶ気らしかった。

野村のお蔭で、町子の煙草店は、平常より、一時間も早く、開けられることになった。病室で話す時間を見込んでくるのが、いつも無駄になるからである。

（訝しいわ、野村さんの気持……。とにかく、どうしても、一度逢って置かなけりゃア……）

町子は、店に坐りながら、そんなことを考えた。

入院料の立替えのことまでは、野村が知らないとしても、度々見舞いに行くのを追い帰すなんて、失礼にも程があると、町子は腹立たしくなってくる。それと同時に、あの子供らしい顔を歪めて、苦痛に呻いてる野村の姿を想像すると、身を切られるように、可哀そうになってくるのである。それは、貧乏な階級の人間同志の親しみともいえるし、三年間の友情の堆積ともいえるが、それだけでは説明しにくい気持でもあった。

職長が、「バット」を買いにきた時にも、町子は、野村の話に触れないでいられなかった。

「野村さんに、お会いになって？」

「うん、折角、見舞いに行ってやったのに、碌々、口も利きゃアがらねえ。野郎、少し、頭へきてやがるよ」

職長は、笑った。町子は、冷遇を蒙ったのは、自分だけでないと知って、気が軽くなった。

職長は、それから支配人がどうしても入院料を負担しないので、せめて今月の月給の前払いを運動してることなどを語った。

「あんまり休みが長引くと、彼奴、馘《くび》になるかも知れねえぜ。惜しい職人だが……」

職長のその言葉は、長く、町子の耳に残った。

それから町子は一心に、煙草売渡帳を繰ったり、計算を始めたりした。此の間立替えた七日分の入院料二十一円が祟って、次ぎの配給日が怖くて仕様がないのに、また同額を工面するのは、どう考えても無理だった。

だが、ともかく現金は、二十五円内外の額で、毎晩、町子の手に残るのである。野村が入院して七日目の朝がきた時、彼女はそれに手をつけずにいられなくなった。

その金と、ちょうど読みおえた「パン屋の主人として」を持って、町子は、また病院の玄関に立った。彼女は、会計の小窓を開けて請求書を頼んだ。すると会計の爺さんは、眼鏡越しに、不審な眼を光らせて、

「変だねえ……。その患者さんは、昨夜、もう退院しちまったんですよ」

兎と犬

塙真次郎は、銀行の帰りに神田の学士会館へ回った。

交詢社、如水会——学校関係の社交クラブも、種々あるが、学士会館というのは、名前からして、鮮明かつ露骨だ。会員は帝国大学卒業生だから、ことごとく頭が良くて、品性が優れているとは限るまいが、このクラブの雰囲気が、他所よりも静かで、地味で、知識的で、少しばかり野暮ッたいのは事実である。

塙は、城南商大の出身で、もとより此処の会員たるの資格はないが、扇形の風変りな会館入口を潜ったのは、今日が初めてではなかった。日出子の兄であり、彼の親友である小岩井誠は、なにかというと、学士会館へ人を呼びつける癖をもっていたからだ。彼は理学士で秀才で、父の博士と共に、ここの会員だった。

「失敬、待たせた？」

塙は喫煙室の窓際の椅子に、容易《たやす》く小岩井誠を発見した。

「やア」

彼は読みかけの外国科学雑誌を、テーブルへ投げだして、ムッとしたような顔を挙げた。といって、なにも怒ってるわけではない。冷静で皮肉な生まれつきなのである。妹の日出子とは、雪と炭ほど、性質が違うが、同じ血筋は争われず、傲慢な点だけは、一脈通じている。

「此の間は、電話で失敬した。あの時、一寸話したけれど、どうも、君を煩わすより他に、心当りがないんでね。よろしく頼むよ」

塙は、親しさの中にも、いい悪そうな様子を見せた。

「なんだい――特許品の鑑定だって？」

「まア、そんなものなんだ」

「あんまり卑俗なものは、ご免蒙るぜ。改良便所だとか、文化流台《ながしだい》というような発明品は、やりきれんからね」

「いや、断じて、そんなものじゃないんだ。設計図と説明書を持ってきたから、一寸、見てくれないか」

と、塙は、折鞄から書類を出したが、誠はなかなかそれに眼を遣《や》ろうとせずに、

「一体、何者だい……その発明家というのは？」

「いや、その……僕の友人の親父なんだ」

「親父？　すると、老人だね。先輩かな」

「いや、そんな人物じゃないんだ。地方の高等学校の二部を、中途退学して、その後、株屋かなんかやってたという経歴の男なんだ」

「ふん。よくいるよ――そういう男がね。発明と投機、特許と金儲けを一緒にして考えてる連中だ。純真な科学者に、すこぶる迷惑を及ぼす人間だ」

「まア、そんな事をいわずに、ともかく、一応見てくれ給えよ」

と、塙は、まず、薄葉紙に書いた設計図を、拡げ始めた。ちょうど、独楽《こま》を二つに割ったような絵に、1、1′、2、2′……というような数字が、虫のように散乱していた。

「ほウ、……勢輪《フライング・ホイール》の考案か。思ったより、科学的な仕事なんだね」

と、いって図面を覗いていた誠の眼が、次第に輝いてきた。

「ふん。なかなか面白い」

という誠の呟きを聴いて、塙は椅子を乗り出した。

「すると、インチキというわけではないんだね」

「いや、どうして、すこぶる大真面目なものだよ。水銀の流動性と、比重の大きさに眼を着けたのは、たしかに独創的だね。こりゃア、君、大発明だよ」

案外に有望らしい誠の言葉なので、塙は、嬉しくなった。今まで町子の父親を蔑視していたことを、済まないように思った。

「ほウ。じゃア、特許でも取れると相当な金で、権利が売れるわけだね」

「相当どころではない。巨万の金を積んで、三井、三菱はおろか、外国から特許《パテント》を買いにくるかも知れん。発明者は一躍、富豪になるよ」

「おいおい……ほんとかい、君？」

誠の言葉が、あんまり大袈裟なので、塙は却って、半信半疑になった。

だが、誠はニコリともしないで、

「勿論さ。こりゃア、君、単に勢輪の改良とか新案とかいう問題じゃアないんだぜ。あらゆる動力機関の革命を要求する大発明なんだ。発明者の野心はそこにあるんだよ。解るかね。君」

「いや、僕の科学知識じゃア、どうも……」

「じゃア、簡単に説明しよう――発明者のアイデアも、簡単なんだから」

と、誠は例を独楽にとって、説明を始めた。独楽を回し始める時には、中心が重くて縁の軽い方がラクである。しかし、長時間回すためには、縁に重い鉄枠を嵌めた独楽に限るというのは、我々の子供の時の経験である。

「……この人の目的は、軽い独楽の回転中に、手を触れないで、鉄枠を嵌めようとするところにあるんだ」

「そんなことが、できるのかい」

「そこで、眼をつけたのが水銀さ。流動体だから、軸の近くにあったのを縁まで移動さすことができ……」

「なるほど」

「説明書を見給え……水銀ノ大ナル比重ヲ利用シテ勢輪ノ容積ト発動機ノ始動力ヲ小ナラシメ……それからが重要だ……マタ勢輪ガ減速セントスル際ニハ水銀ノ流動性ヲ利用シテ旧速度ヲ保持セシメントス。而シテ回転数ニ因リテ生ジタル加速度ノ増加率ハ次ギニ示ス如ク、加エタル『小エネルギー』ヲ償却シテ猶且ツ多大ナル『過剰エネルギー』ヲ存スルノ理ナレバ、コノ勢輪ヲ利用スルトキハ、無限永続ノ動力ヲ発生セシムベキ可能性アルモノトス……」

説明書を読み終って、誠は鹿爪らしく、煙草に火を点けた。

「無限永続の動力というと……なるほど、こりゃア大発明だね」

塙は茫然として、感歎の声を挙げた。そんな大発明を、町子の父親が企てていようとは、信じていなかった。実験費の調達なぞは、問題ではない。もし、その発明が成就すれば、町子はいかに栄誉ある花嫁として、彼の家の門を入ることか——

「超特大発明だよ。同時に、すこぶる国策的な発明だ。君、ガソリンが一ガロンもあれば、無限に自動車を走らせられるんだからね」

と、いって、誠は耐え兼ねたように、プッと、噴笑《ふきだ》した。平常、滅多に笑わぬ男が、腹の皮を搓《よじ》ってるのである。

食堂で、ボーイが差し出した銀の皿から、オウドウヴルを、取り分けながら、

「実際、困った人達だよ」

と、呟いた小岩井誠の顔には、喫煙室での高笑いはどこへやら、苦々しげな表情が、一面

に漲っていた。

「なにも、その発明者に限った例ではないんだからね。特許局には年に数十件もその種の出

願がくるそうだ。発明協会あたりではあらゆる機会にそういう痴人の夢を警《いまし》めているんだが、

浜の真砂と何とかみたいに、跡が絶えないんだ。なんと慾の深い、狂人達よだ……」

と、嘲笑う誠の言葉を、塙は黙り返って、聴いていた。飲みたくもないビールに、口をつ

けると、薬のように苦い味がした。

「石臼の直径の両端に、兎と犬を縛りつけたとするね」

誠は、突然、妙なことをいいだした。

「犬は兎を追いかける。兎はそれを逃げようとする——従って、石臼は永久に回転を続ける

理窟だ。そういう発明が、大昔のヨーロッパにあったそうだが、無限動力説というやつは、

皆そいつに劣らぬナンセンスだよ。君の知人の発明も、水銀に着眼したまでは、甚だ科学的

だ。しかし、水銀が移動するに必要なエネルギーを、全然計算に入れていないところに、ナンセンスが始まる。極めて僅少な動力の節約は行われるかも知れないが、無限に増大するなんて、実に嗤うべき妄想だよ」

「妄想といえば、それまでだが、飛行機だって、ラジオだって、前世紀の人類の空想が実を結んだようなものだからね」

と、塙は、受太刀ながら反駁《はんばく》の気勢を示した。

「僕等科学者は、それを空想と呼ばないよ。空想或いは妄想とは、絶対に実現の可能性のない場合のことだ」

「それが人間の知識で予測できる？」

「できる。例えば不老不死の霊薬の存在を、君は信じるかね」

塙は、一言もなかった。彼は飽くまで近代的な教養を、身につけた青年である。秦の始皇帝の仲間だとは、思われたくない。

誠は、微笑して、

「それ見給え。無限動力説なんて要するに、仙界の霊薬と同じものさ。兎と犬の永久運動は、お伽噺《とぎばなし》として面白味があるが、近頃の無限動力発明者は、なまじ物理や数学の知識があるから、罪が深くていけないよ。素人はウッカリ騙される。僕はそういう発明家を、科学の賊として憎むね。そんな奴等に、君、一文だって金を出す必要はないよ」

誠の言葉は、愈こ《いよいよ》、鋭かった。塙は、次第に、新宿駅で見た圭介という人間の印象を、思い出さずにいられなくなった。

「それから、もう一つ、君に忠告しときたいことがある」

誠は、ナプキンで唇を拭ってから、口調を改めて、

「君は、僕に隠しているが、僕は君が今、どんな女と恋愛してるかよく知っている。僕はそれが危険に思えてならないんだ。一時の情熱や空想に駆られて、そんな階級や教養の違った女と結婚したら、生涯の悔いを残すことになるかも知れんぜ。といって、僕は、なにも自分の妹を、君に推薦しようというんではないよ。日出子は無軌道な女だ。あれでは困る。しかし、その無軌道娘ですらも、煙草の売子よりは、君の好配たる資格があるだろうからね」

（今日ばかりは町子さんに逢いたくないんだけど……）

塙は、そんなことを考えながら、夕暮れの新宿の雑沓を掻き分けて、歩いていた。

学士会館で、小岩井誠と会談した翌日だった。本来なら、彼は町子に逢うのを、もう二、三日延ばして置きたかった。でも、町子は、また父親に催促されたとみえて、今朝、銀行へ電話してきたのである。

「鑑定の結果が、わかりましたでしょうか」

「ええ」

塙は、ウッカリ返事してしまった。

「良かったんですの？　それとも……」

「とにかく、今夜、お目に掛ってから……」

そういって曖昧に、一時逃れをして置いたが、塙は、その土壇場に近づくことが、恐ろしくて堪らなかった。

(なぜ、こんな役目を引き受けちまったんだろう)

塙は、なまじ発明鑑定のことなぞに口出ししたのを、悔やまれてならなかった。実験費の調達だけを黙って引き受けて置いたら、こんな事にはならなかったのだ。国許へいってやっても、銀行の社員積立金を融通してもらっても、五、六百円の金は、そう無理ではなかったのだ。

町子の父親の懐いてる痴人の夢なぞは、いくらでも、破れるがいい。だが、彼女が、あの発明の成功によって、当然早められる二人の結合を、心ひそかに夢みている——それを揺り醒ますのがなんとしても、辛かった。

(これで、また、いつ結婚できるか、わからないことになった……)

彼は、そうも、心に嘆いた。小岩井誠のいったように、階級と教養を異にする結婚が、不幸であるとは、断じて考えられないが、もし町子が生活に不自由のない家の娘だったら、今年のうちにも、挙式できたろうと思わずにいられなかった。同窓の友人にも、近く結婚する者が二人あった。結婚季節《シーズン》に入った証拠には、三越支店の飾窓に、朱と緑の振袖模様が、明るく浮き出してる……。

塙は、不愉快になって、そんな考えを振り落すように、足を速めた。

「……僕はそれが危険に思えてならないんだ。一時の情熱や空想に駆られて……」

だが、意地悪くも昨夜の誠の言葉が、彼を追い駆けてきた。それは、昨夜も、今日一日も、ややともすると、彼の耳の底で囁く声なのだ。麴町の暁明中学で、同じ机を列べていた時代から、小岩井誠は彼よりも冷静で、俊敏な男だった。議論をすると、いつも、塙が負けた。口惜しいけれど、数学が得意なだけに、整然たる論議をもって来られるので――

（さ、どうしよう。町子さんに事情を告げた方がいいか、悪いか……）

いつか、彼は「ルナ」の前まで歩いてきていた。余計なことを考えていた間に、肝腎の問題を忘れていた。

彼は、地下室へ降りる階段の上で、暫らく佇んでいた。その時、鼠の上着に、茶のズボンを穿いて、無帽の髪を乱して――芸術家とも、不良青年ともつかぬ男が、下から昇《あが》ってきた。

彼は、立ち留まって、ジロジロ、塙の様子を眺め出した。

塙は、きまりが悪くなって、階段を駆け降りた。


町子は、今日、不愉快なことが二つあった。

家を出がけに、父親と久しく遠退いていた口喧嘩を始めたのが、その一つだった。

「塙ッてえ男も、若い癖に、なんて気の長い奴だ。設計図をもってって、今日で幾日になると思ってアがるんだ」

と、圭介は持ち前の癇癪を起して、心にもない罵詈を、娘の恋人に加えた。

「だって、無料で鑑定を頼むのに、そんな勝手をいったって……」

と、町子も躍起となると、

「一体、鑑定ということからして、シャラ臭いよ。どこのどいつが鑑定するか知らんが、いずれ、青二才の博士か学士だろう。そんな奴等ア、理論の末節に拘泥して、なんとかケチをつけるにきまっとる」

「そんなら、最初から、頼まなければいいじゃないの」

「いつ、俺が頼んだ？　お前が勝手に塙と相談をきめたんじゃないか。俺ア、もう待ち切れんから、まだ鑑定が済まんのなら、書類をとりかえしてきてくれ。金の話は庄崎さんに頼む。最初からあの女が引き受けてるのに、お前が余計な口を出すから……」

「まア、お父ッつァん！」

町子は、口惜し涙を、ボロボロ零して、家を出た。そうして、矢も楯も堪らなくなって、塙に催促の電話をかけてしまったのである。

父親と喧嘩した日は、店へ出ても、一日、気分が悪かった。そこへもってきて、第二の不愉快が襲ってきた。

四時頃だった。町子の店に、ハトロン紙の安ッぽい封筒の手紙が配達された。生憎、客が多くて、すぐ封を切ることができなかったが、裏に、拙《まず》いペン字で、野村勇蔵と書いてあるのを、見逃さなかった。

野村の消息は、その後、杳《よう》として知れなかった。退院してどこへ行ったのか、容体はどうなのか。「ルナ」の店にも仲間にも、なんの通知もなかった。町子は、それを聞き伝えて、どれだけ心を傷《いた》めたか知れなかった。そこへ、当人から手紙がきたのだ。漸く、客の絶間をみて、封を切った時に、町子の胸が躍ったのは、無理ではなかった。

だが、封筒の中は、白紙が一枚入っていただけであった。いや、それが白紙だけだったら、町子の心は、そうまで暗くならなかったろう——その中に包まれて、小為替《こがわせ》券が入っていたのである。

二十一円の小為替！

（あんまりだわ——あんまり、人を、踏みつけにしてるわ）

町子は、唇を噛まずにいられなかった。入院料二十一円の立替えは、苦しい中からではあるが、好意でしたことだ。返済を期待して、やったことではない。返済するのもいいが、それには、その道があろう。一言の礼も言葉もなしに白紙に為替を包んで送ってくるとは、何事だ。その上、住所も書いてなければ、生憎、消印も不鮮明である。

病院の面会謝絶といい、この手紙といい、町子は、ハッキリと、野村の敵意を感じずにいられなかった。それは、いいようもない、不愉快な、暗い気持だった。吉郎と喧嘩した時に、これと似た気持を感じるが、それを百倍も濃くしたような——

「町子さん」

ふと、塙の声が、もの想いに沈んだ彼女を驚かせた。

「どうしたんです、ボンヤリした顔をして……」

塙は微笑しながら、売台に靠《もた》れたが、そういう当人の顔にも、いつもの明るさが見られなかった。胸の底に、今まで歩きながら考えた、いろいろの悩みが、蟠《わだか》まっているからであろう。

「いいえ、べつに……」

と、強いて笑いをつくって、町子は、

「電話で、あんな事を申上げて、済みませんでしたわ。お怒りになりはしません?」

「なアに……」

「でも……あんまり厚面《あつかま》しいんで、あたし……」

「いいですよ、そんなこと……」

話はそれで、途切れた。

二人は無言で、それぞれ、同じようなことを考えていた。

(訝しい……どうして今日は、こんな他人行儀なんだろう)

塙は、いつもと違った町子の様子を見て、いよいよ、話が切り出し悪くなった。町子は町子で、少しでも催促がましいことをいって塙の感情を、このうえ害してはならないと思った。

「煙草呉れませんか」

継穂《つぎほ》がなくなって、塙がそういった。

「はい」

町子は、すぐに、「チェリー」を一つ、売台に置いた。塙は、ギゴチなく十五銭を支払った。

「ありがとうございます」

習慣的に、つい、町子は、そんな言葉を口にしてしまった。

こんな気まずい逢い方を、誰が望んでいたろう。塙が最初に、この店へ「チェリー」を買いに来た時だって、二人はもっと和やかに応対したような気がする――

「町子さん、あの鑑定のことですがね」

塙は、堪り兼ねたように、口を切った。

「はア」

町子は、ホッと、救われたような、期待に充ちた色を浮かべた。それを見ると塙は急に、真実を告げる勇気がなくなって、

「その……僕の頼んだ鑑定人には、ハッキリしたことが、解らないらしいんです。非常な大発明のようだが、果して説明書にあるような効果があるか、どうか、それは実験の結果に俟《ま》たないと……」

と、シドロモドロのことをいった。町子は、塙の真意がつかめなくて、

「すると、実験をするだけの価値はある――という意味なんでしょうか」

「まア、そうなんです」

「絶対に駄目だというわけではないんでございますね」

「ええ」

詮方《せんかた》なく、塙は、そう答えた。だが、咄嗟に彼は、一つの逃げ道を考えついた。

（そうだ。当人に実験させてみて自然に、痴人の夢だと覚らせるがいい）

「ですから、もし此の間のお話のように、実験費が必要だったら、僕に任せて頂きましょうか」

町子は、なにか腑に落ちないものがあって、礼の言葉が、すぐに唇に上って来なかった。

（面白くない日だ。酒が飲めるなら、うんと呷ってやるのだが……）

塙は、Tフルーツ・パーラーの二階で、一人寂しく、食事していた。いつも、町子を訪ねる時には、きっと「ルナ」の食堂で食べて帰るのが、例であったのに。

（町子さんを失望させまいと思うから、わざと真実を秘して、実験費を調達するとまでいい出したのだ。それなのに、嬉しそうな顔もしない）

塙はそんなことばかり考えてるので、好物の炭焼ビフテキも、ゴムを噛むような気がした。

彼と町子は、まだ愛の道程を二、三歩踏み出したばかりなのだから、小さな蹉《つまず》きの起るのは、むしろ当然である。根も葉もないことが原因なのだから、食事の後に、町子の店へもう一度立ち寄ってみたら、すべては明るい微笑みのうちに融け去っていたかも知れない。

だが、彼はあまりに神経質に生まれついていた。町子に逢って、さらに不快を重ねることを惧れたばかりでなく、つまらない男の見栄まで考えているのである。

結局、彼は、駅の近くのニュース映画館へ飛び込んでしまった。塙が、仏頂面をしながら、色彩漫画なぞを観てる頃に、町子も、同じような浮かぬ顔で、例の四角い眼界を眺めていた。

(塙さんは、今日は、とてもご機嫌が悪かったわ。なぜだろう、わたしの態度がいけなかったのか知ら)

町子は、朝から不愉快なことばかり続いたので、自然、塙に不愛想な顔を見せたのではないかと思った。それならば、自分の落度だと思った。

(でも、塙さんも、いつもと違って、まるで奥歯にものの挟まったようなことばかりいってたわ)

町子は、それが悲しかった。今日は、どこまで悲しい事が続くのかと、怖ろしくなった。八時頃に、町子は店頭に背を向けて、アルミの弁当箱を開いていた。今日は客が多くて、食事の時間がなかった。味気ない弁当飯は、もう慣れ切ってる筈なのに、今日は、まずさは特別のように思えた。

「おい、『キャメル』!」

その時、客の声が聴えた。

「品切れでございます」

町子は、思わず、ツッケンドンにいった。

「なに、無い？　怪しからん」

大きな声に驚いて、町子が店頭をみると、頭を坊主刈りにして、黒ッぽい結城紬を着て、ロイド眼鏡を掛けた五十男が、気味の悪い眼で此方《こっち》を睨んでいた。

「おい！　君は、俺に煙草が売りたくないんだろう」

「そんなことございませんわ」

「じゃア、売るね。よし。全部でいくらだ」

「全部ッて仰有いますと？」

「煩い！　この店の煙草を、みんな買ってやるというんだ」

そういいながら、袂に手を入れて、数枚の紙幣を鷲づかみにして、売台の上に置いた。町子は、蒼くなって驚いた。

「まア、まア」

酒場部から、バーテンが出てきて、漸くその男を連れて行った。今まで、そこで飲んでいた酔漢らしかった。

その騒ぎの頃に、塙はもう中野のアパートへ帰っていた。映画を観てもつまらなかった。なにをしても、面白くない日だった。そこで、ベッドにもぐり込んで十分ほど経《ふ》ると、彼は窓の下に、自動車の止まる音と、ガヤガヤという人声を聴いた。

塙は、何事かと、胸を轟かせたが、物音は程なく静まったので、起き上ってみるのを止めた。

塙の住んでる「紫水荘」は、どちらかというと、高級アパートに属するので、居住人の素姓もよく、家の中はいつも静粛だった。その代り、同じ屋根の下に起臥しても、殆んど交際など行われなかった。

だから、塙が廊下にスリッパの音を聴いて、やがて扉がコツコツと叩かれた時、おおかた、管理人が郵便でも持ってきたのだろうと多寡を括ったのは、無理ではなかったのである。

「お入り」

塙はベッドの中で、そう叫んだ。

やがて扉《ドア》が静かに開いた。だが依然として気配がもの静かなので、塙が見るともなしに、扉口の方を見ると、アッと声を揚げて、跳び起きずにいられなかった。

リラ色の夜会服《ソワレ》の裾を肌も露わな両手で摘んで、小岩井日出子が外国の宮廷侍女のようなお辞儀をしているのである。

「今晩は《ボン・ソワール》、わが君《モン・セニユール》……」

真面目くさって、そんなフランス語を使いながら、彼女は塙の前に近寄ってきた。

「日出子さん！」

塙は、呆れて、それだけしか、ものがいえなかった。

「わが君は、もうお就寝《やすみ》？　さては恋の悩みに疲れさせ給うて？」

彼女は、フザけた口調と仕草をまだ止めなかった。

「どうしたんです、日出子さん」

声を張り上げて、塙は、詰《なじ》った。

「オウ・ララ……殿様はそんなハシタない声を、出すもんじゃないわよ。せっかく、お迎えに上ったんじゃないの？」

「お迎い？」

「そう。先刻《さっき》、この家へ電話かけたら、もう帰ってるっていうんでしょう――すぐ、輿《こし》の用意を命じてお迎えに上ったの」

「一体、あなたは、何をいってるんです」

「そうね、少し突然だったわね。じゃア、説明するわ」

彼女は遠慮なく、椅子をベッドの前へ引き寄せて、腰かけた。

「あんた、あたしが『秋のサロン』の会友に推薦されても、お祝いもなんにもしてくれなかったわね。今夜、東京会館で、その祝賀会があったの。父も兄も、親類も友達も、みんな来てくれたわ。来ないのはあんただけ……。でも、目下あんたは恋愛中だから、宥《ゆる》してあげるつもりだったんだけど、画家仲間だけで、二次会を開くことになったら、あたし、急にあんたの必要を感じちゃったのよ。ねえ、一緒にきてくれない？　男の中に一人じゃア、不安だわ」

日出子は、悲劇女優のような声を出した。

「あたしと二人で外出したら、町子さんに悪いかも知れないけれど、三人も第三者が付いてれば、関わないでしょう？　しかも、荒くれ男ばかり――下で自動車の中に、待たしてあるの。よウ、お願いだから、交際《つきあ》ってよ」

「折角だけれど、僕は今夜早く寝たいんですよ」

と、塙はキッパリ断ると、日出子は椅子を立ち上って、

「どうしても、来ないっていうの。いいわ、そんなら、こっちにも覚悟があるわ。あたし、今夜酔ってるから、なにをするか知れなくてよ」

彼女は、急に金切り声を立てて、バタバタと、地団駄を踏み始めた。

「見ッともないじゃありませんか。まア、とにかく、静かにして下さい……」

体裁を気にする塙は結局負けるほかはなかった。幾度か押し問答をした末に、彼は渋々、一度脱いだ背広をまた着ることになった。

自動車の中には、彼女のいったとおり、三人の男が、待っていた。一人は紋付、一人はスモーキングを着ていた。

「あんた方、補助椅子《スペア》に腰かけなさい！」

日出子が厳命すると、「へイ、へイ」とか、「畏《かしこ》まって候」とかいいながら、男達は素直に、座を明けた。日出子と塙が列んで坐った。

「銀座！」

日出子は、運転手に声をかけた。

「ご紹介するわ——こちら塙真次郎さん。あたしの最も大切な友達《ル・メイユール・アミ》！」

車が動き出すと、彼女は、仰々しく、一同にいった。

「お名前は、かねがね、承わっています」

と、紋付を着た男が、意味ありげにいうと、後の二人がドッと囃した。

「煩いわね！」

日出子が、忽ち、叱りつけた。

それから、尋常な初対面の挨拶が始まった。スモーキングの男はMといって、パリ帰りの美術批評家だった。紋付を着たHは、日出子と同じ「秋のサロン」に属する洋画家だった。

「僕は、三チャンといって、まアエカキみたいなもんです」

助手台に回された背広服の男が伸び上って挨拶をした時に、またドッと笑い声が起きた。今度は、日出子も叱らなかった。だが、塙はその男の顔を、確かにどこかで見たように思った。

その時、車は新宿の大通りを走っていた。「ルナ」の入口の薄紫色のネオンが、塙の眼を掠めた。彼は思わず腕時計を覗いてみた。

まだ、九時十分だった。町子の帰る時刻には、一時間半も間があった。彼は心の中でホッとした。

「ご心配？」

だが、日出子は眼敏《めざと》く、塙の心理を読んで、揶揄するような笑いを洩らした。

塙は狼狽《うろた》えて、横を向いた。

われはつねに桜実る頃を愛さん
この時にぞわが心の傷痕は開く

日出子は「桜の実の熟する頃《オウ・タン・デ・スリーズ》」というオペレットの一節を、その国の言葉で、微吟し始めた。すると、Mがしたり顔に、

「……富める貴婦人はわれを誘うも、わが悩みは癒ゆるに由なし……」

と、その後をやはりフランス語で続けた。

「ウフフ……。Mさんたら」

日出子は、腹を抱えて笑い出した。

「どうしたんです」

Mは、眼をパチクリした。

「そこまで歌う必要はないじゃないの。ねえ、塙さん？」

日出子は、塙の顔を覗き込んで、笑った。

車は、いつか、数寄屋橋にかかっていた。日出子は、運転手に、右だの左だのと、道順を指図した。やがて、西裏の暗い大通りに、紅いスペイン風の鉄燈籠を灯した家の前に、車が駐まった。

「あら、入らっしゃいませ」

女給達は、日出子の顔を見ると一斉に、挨拶した。

「小岩井日出子嬢の栄冠を祝して……」

Mが音頭とりで、脚の長いグラスが、高く揚げられた。

「ありがとう」

日出子は、隣りの塙の方を顧みた。塙も自分一人だけ仲間を外れるのも、異なものなので、最後に椅子を立ち上った。日出子は自分のグラスを、塙のグラスに触れさせた。チリンと音がして、泡立つ酒が揺れた。

「ブラヴォ！」

「嬉しいわ、ほんとに……」

日出子は、グッと一息に、シャンパンを飲み干した。

「塙さん、お願いだから、そんな陰気な顔しないでよ」

日出子は、無邪気といっていいような、朗かな口調でいった。

「べつに、僕は……」

「じゃア、少し飲んでよ。シャンパンなら、あんただって、飲めるじゃないの。今夜だけは、昔の塙さんになってくれない？　今夜だけでいいから……」

「相変らずだなア」

塙は苦笑して、そういった。

妖婦のように、嬌艶にもなれば、少女のような我儘もいう日出子の癖を、塙は、久し振りに経験した。このバーへきてから、彼女は塙のアパートや車の中で示したような態度を捨てて、向日葵《ひまわり》のような明るい娘に返っていた。

塙が、舐めるように、シャンパンに口をつけると、日出子はひどく悦んで、

「さア、あんた方も、ジャンジャン飲んでよ。みんな、辛《から》い方がいいんじゃない？」

一壜のシャンパンが空になると、男達は遠慮なく、ハイボールやストレートを註文した。既に酒の下地のある男達は、じきに酔いが回ってきた。スモーキングを着たMは、次第に塙の存在を無視して、日出子の椅子の背に、手をかけたりした。日出子も他の二人の男よりも、Mに興味があるらしく、フランス語を混ぜた美術論なぞを、しきりに闘わせていた。

（キザな奴だ）

塙は、外国映画の一場面のように、夜会服の日出子と対《むか》い合って、身振り手振りも仰々しく話し込んでるMに、強い反感を覚えた。その癖、聴くともなしに、二人の話に耳が立った。彼はパリ以来の日出子の友達らしかった。共通の話題や追憶に触れると、二人はさも愉快げに、声を立てて笑ったりした。

紋付のHは、三チャンと呼ぶ愛嬌者と、仲間の悪口に夢中になっているし、塙は自分だけ取り残された寂しさを、感じずにはいられなかった。

（一体、日出子さんは、何の目的で、僕をこんな所へ連れてきたんだ。人をバカにしてる）

塙が、そんなことを考えているうちに、女給が日出子のところに何か囁きにきた。

「あら、高須先生が階下に来てらっしゃるんですッて——一寸、ご挨拶に行かない？」

彼女は、一同を促した。二階の桟敷で騒いでいる彼女達の姿が、飲みにきていた著名な洋画家の眼に触れたのに違いない。

日出子とMとHが、ドヤドヤと階段を降りて行った。塙はちょうどいい機会なので、ソッと一人帰ってしまおうと、腰をあげた。

「塙さん、まアお待ちなさい。あなたとはよくお目に掛かりますね」

一人後に残った三チャンという男が、ニヤニヤ笑いかけた。

「僕と?」

「ええ。ヘッヘヘ……おわかりになりませんか。今日もこれで、二度目ですぜ」

そういわれて、塙は、改めて対手の様子を熟《つくづ》く眺めると、鼠の上着、茶のズボン、無帽の蓬髪——そうだ、夕刻、「ルナ」の階段で、見かけた男だった。道理で、最初に、どこかで見覚えのある顔だと思った筈だ。

「僕は、あの店の開業当時からの常連ですよ。毎日一度は、必ず、コーヒーを飲みに行きます。尤も煙草屋の方にはあまり用がありませんがね、ヘッヘヘ」

と、彼は、愛嬌のある眼を光らせて、塙を見上げた。

「そうですか。ちっとも知りませんでした」

塙は、顔を赧らめながらも対手の冗談を聴かぬ振りをした。

「まア、お掛けなさい。『ルナ』の噂話でもしましょうや……。時に、あなたの評判は、凄いですぜ」

「なにがです」

「なにがはないでしょう……。あの煙草屋の娘は、金城鉄壁ですからね。僕等の仲間がいくら『バット』や『チェリー』を買って攻め落そうとしても、ビクともしなかった女でさア。それを、あなたは……だが、あなたも凄いが、あの女も隅に置けないね。ヘッヘヘ」

少し足りないのか、それとも酔ってるのか、彼のいうことは、他愛がなかった。塙はいい加減に切り上げて帰ろうと思ったが、彼の最後の言葉が、なにやら気になった。

「時に、あの自殺し損った菓子職人は、その後どうしました?」

彼の問いは、塙を驚かせた。

「誰のことです、一体?」

「おや、知らないんですか。こりゃア、驚いた。あの娘が、やがて一緒になって、洋菓子店を開くという約束までした男じゃありませんか。あの店の者なら、誰だって知ってますよ。ところが、あの娘があなたという立派な紳士に乗り換えたもんだから、彼氏、気が変になって、コック部屋で、わざと大火傷をしたんでさア。野村ッて、少しバカみたいな男ですよ」

塙は、その男のいうことが、一々、意外なので、茫然として聴いていたが、野村という名を耳にして、いつか町子に名前入りの菓子を贈った白服の男であることを、忽然と思い出した。

「それから、どうしたんです」

いつか塙は、三チャンなる男の前に、椅子を引き寄せていた。

「こうなると、流石に、煙草屋さんも気が咎めたとみえて、彼氏の入ってる病院に日参して、……そうそう入院料まで立替えてやったッていうじゃありませんか」

「…………」

塙は、渋を飲んだような顔をして、聴いていた。

「ところが彼氏は、まだ傷の癒《なお》らないうちに、突然、病院を出ちまってね。店の者にも、一向、行先きを明かさずにでさア。その後どうなったのか、サッパリ様子がわからない。恐らく、煙草屋さんが、入院料が続かなくなって、どこかへ匿まってるんじゃないかって噂もあるんですがね……。おッと、こんなことを彼女に喋っちゃアいけませんぜ。ヘッヘヘ」

「ほんとですか、それは」

塙の声は、強かった。

化粧室《トイレット》へ降りる振りをして、塙はソッとその酒場《バー》を抜けだした。

（嘘だ、嘘だ。そんなことってあるもんか）

彼は、急いで、暗い鋪道を歩きながら、幾度もそんなことを、心に叫んだ。

（でも、彼女は僕より以前に、その男を知っていた。それは事実だ）

あの日、煙草屋の裏口から、影のように消えて行った野村の姿、そうして、彼が残して行った名前入りの菓子——塙の頭に、あの時の記憶が、マザマザと描かれた。その親密さは、あの日のどれだけ以前に、遡っていたのかもわからない。なんといっても、彼は同じ世界の内側の人間だ。あの地下室の中で共に住み、共に生きている人間だ。

それは、単に、「ルナ」という店の生活ばかりではないかも知れなかった。塙は、町子や野村の生まれついた世界の外側に立ってる自分を、想像しないではいられなかった。学士会館で聴いた小岩井誠の言葉が、再び、針のように耳を刺した。

(すると、彼女が僕の心を受け入れたのは、つまり、利害からか?)

此の上もない不愉快な疑いの湧いてくるのを、塙は一心に、抑えようとした。町子は、そんな女ではあるまい、総てはあの不良染みたエセ画家の囈《うわごと》に過ぎないのではあるまいか――塙は、忙《せわ》しい心の命ずるがままに、足を速めて歩く後から、それよりも、もっと小刻みな、速い靴音が、追い駆けてゆくのを、気づかなかった。

犬は、兎に追いついた。

「真ちゃん――真次郎さん」

と、日出子はフランスへ行く前に屢《しばしば》用いた、塙の親称を、久し振りに口にして、

「ひどいわ、黙って帰るなんて……。あんたが帰るなら、あたしも帰る!」

「………」

「ね、どうしたの、なにを怒ってるの?」

彼女の腕は、曲鉤《かぎ》のように、塙の服の袖に掛った。

「関わないで下さい。僕は明日の勤務があるんですから」

塙は、競走選手のように、大股に歩きだしたが、背の高い日出子は少しも怯まなかった。

それは却って仲のよい外国人夫婦の散歩のように、靴音を揃えることになった。

「真ちゃん、あんたは、なぜ、もっと自分に忠実になれないの」

「なにをいうんです、あなたは」

「下らないイデオロギーや道徳の着衣は、いい加減に脱ぎ棄てたらどう？　それがあんたを、どれだけ不幸にしてるかわからないわ」

「大きなお世話ですよ」

「いいえ！　今夜は、あたし、黙っていられないの。真ちゃん……あんたは、あの女をほんとに愛してる積り？」

「ええ、勿論……」

「嘘！　よく、自分の良心に訊いてみるといいわ。もしあんたが、ほんとにあの女を求めてるんだったら、あたしは潔く、あんたを譲るわ。ところが、あんたの愛してるのは、あの女自身じゃなくて、自分が勝手に拵えた幻影なのね。中学生の描いてるような、アヤフヤな空想に過ぎないんだわ。それじゃア、あたし、絶対にあんたを放すことができない！」

日出子は、言葉どおり、塙の腕を緊《かた》く引き寄せた。

野分

「吉イちゃんじゃない？」

町子は、渋谷の玉電のフォームで、電車を待ってると、弟の吉郎が地下道から出てきたので、驚いて声をかけた。

「どうしたの、今時分？」

「夜学の帰りに、ちょいと、遊んできたんだ」

「駄目ね、こんな晩くまで……」

「だって、姉さん、明日は日曜だよ」

「あら、そう？」

町子は、苦笑した。日曜を忘れるなんて、この頃、ボンヤリして暮している証拠であろう。

やがて、電車がきた。姉弟は空いてる座席に、列んで腰かけた。

「あア、草臥《くたび》れた……。姉さん、僕、少し、給仕が嫌んなってきたよ」

吉郎は、ダルそうな欠伸《あくび》をした。

「そんなことをいうもんじゃないわ。姉さんだって、一日働いてるんだもの」

「うん。僕も給仕だけなら、そんなに疲れやしないんだ。夜学と両方なんで、耐《たま》らないんだ。今日、また一人、止した奴があるんだよ……肋膜になって」

「まア」

「僕と入れ交わりになった奴は、肺尖カタルだったんだとさ」

町子は、暗い気持になった。発育盛りの少年が、終日、日光と空気に恵まれない建物の中に働いて、疲れ切った体を、夜の教室へ引き摺ってゆく――。それがいかに無理であるかを、町子も今まで、考えないではなかった。だが、仮令《たとえ》乙種商業の免状でも、持っていなかったら、見習い社員になる途《みち》が絶たれているではないか。

「体が、一番大事だわ。少しでも気分が悪かったら、銀行を休むがいいわよ。後で、あたしから、塙さんによくお詫びしとくから……」

町子は、それ以上に弟を庇《かば》ってやることのできないのを、悲しく思った。

「うん。だけど……塙さんも、なんだか、以前みたいに、親切でなくなっちゃった」

吉郎は、フテ腐れたようにいった。

「あら、どうして?」

「昼休みに、リーダーを教わりに行ったら、二度とも、断られちゃった」

「なにか、お忙がしいことがあったのよ」

「とても、この頃、ツンケンしてるんだ。悪い事があるなら、叱ればいいのに、叱ってもくれないんだ」

弟の言葉に、もう町子は答えなかった。

塙と気まずい別れかたをしてから、もう十日も経っていた。その後、塙は一度も店に現われないし、手紙もくれなかった。しかし彼女は、少しも心配していなかった。十日や、一月、逢わずにいたって、それが何であろう。信じ合った心と心は、鋼よりも固くなければならない――

彼女は、弟の訴えの中から、黒い影を引き出す気持になれなかった。

三軒茶屋で、電車を降りて、二人は暗い道を話しながら、進んだ。家の近くへ来ると、吉

郎が、

「おや、姉さん、家は、まだ戸が閉めてないぜ」

「あら、ほんと」

町子は、我が家の窓に、カンカン燈火の輝いているのを見た。やがて、圭介の調子外れな高笑いが、往来まで響いてきた。

「……大山のヤンハレ、山にイ登るウ、いつ登るウ……」

よほど気持よく酔った時でないと、圭介は、その故郷の中国地方の民謡を、口にしなかった。

顔を真ッ赤に、胴間声を張り上げ、体を左右に揺すりながら、手拍子をうってる前には、あらかた空になった一升壜、蟹の罐詰、佃煮、香の物なぞが、汚らしく列んでいる。

「ハッハハ、久し振りで、貴公のヤンハレが出たのう」

と、これも、禿げた頭の地まで赤く染めて、福田老人が怪しい手つきで、盃を口へもってゆくところだった。

「まア……」

台所から上った町子は、この様子を見て、呆れて口が塞がらなかった。

「おウ、帰ってきたのか……。町子も、鼻吉も、こっちへ来い。いい話を聞かせてやるぞ」

「いやア、お嬢さん……遠山君も偉い仕事をしでかしましたねえ。今日になって、初めて考案の正体を、わしに明かすんじゃから、人が悪い。それまでは、黙って、わしに水銀の世話をさせて……」

　と、福田老人が口を出すのを、

「ハッハハ、出願の済むまでは、戦場の慣《なら》いだ。悪く思わんでくれ……。だが、町子、この老人のお蔭で、やっと、水銀を貸してくれる薬種問屋を、探し当ててな。まず、五十斤がところ、手に入ることになった」

　と、圭介は喜びの理由を説明した。

「よかったわね、ほんとに」

　町子も、この吉報は嬉しかった。彼女は、福田老人に礼を述べた。

「なんしろ、目下、水銀は闇相場みたいなもので、値段があって無きが如き貴重品です。まア、いい按配に貸してくれる店があってね。もっとも、買うとなると、却ってむつかしいか知らんが……」

　と、福田老人は、自慢のようなことをいう。

「しかし、タダじゃア誰も貸してくれやせん。庄崎さんという立派な保証人があったればこそだ」

　圭介は、直ちに反駁した。

　町子は、大凡、事情を読んだような気がした。結局、庄崎未亡人の助力を受けなければならぬのは、気持が悪かったが、現金を借りるのより、まだ忍べると思った。

「まったく、今日は、嬉しいよ。鉄工場へ行って、勢輪を註文すれば、お誂え向きの軽合金を、教えてくれるしさ。老人、知ってるかい、シルミンていうのを？」

「うん、アルミと珪素《けいそ》かなんかの合金じゃろう、あれは、軽くて、丈夫だ」

「後は、モーターや電力計を買うだけだが、こいつは、知れたものだ。一月経たんうちに、実験ができるぞ。俺ア、都下の新聞記者を、全部招待する積りだ」

「そんな、大袈裟なことをするもんかい」

「なアに、いくらも費《かか》るもんじゃない、実験費用の方で、水銀の費用が浮いたんだから、招待の費用ぐらいは、問題じゃアないよ」

と、夢中で喋ってる親を見て、町子は、ふと、思った。

（訝《おか》しいわ――そんなお金、どこから借りてきたんだろう）

翌朝、圭介は、宿酔《ふつかよい》で眼を赤くしていたが、元気はすこぶるよかった。

「今年は、ひさし振りで、いい歳暮が迎えられるかも知れんぞ。みんなで、一つ熱海へでも出掛けるか」

朝飯の膳を囲みながら、父親がそんなことをいったが、息子は一向、気乗りのしない様子で、

「一寸、訊くがね、お父ッつァん……。水銀って奴は、今凄く高いんだろう」

「そうよ」

「そんな高いものを使って、機械をこしらえたって、実用品にならないじゃないか」

「バカ野郎。たとい、一時は入費がかかっても、動力が無代《ただ》同然になれば、瞬く間に償却できるじゃねえか」

「そう旨く行くかね」

と、ニヤニヤする吉郎を、いつもなら、頭から呶鳴りつける圭介が、上機嫌で、

「まア、見とれ。いまに鼻吉先生を、給仕から若様に転向させてやるから」

「若様なんてどうでもいいけれど、せめて、昼間の中学校へ通いてえな」

　吉郎は、大人振った溜息をついた。

「吉イちゃんの同僚は、肺病で退《や》務《め》る人が多いんですッて」

町子は、昨夜聴いたことを、父に告げずにはいられなかった。

「だから、若様にしてやれば、文句はなかろう。お前も、そうなりゃア、煙草の代りに、慈善芝居の切符かなんか売らせるよ。お嬢様らしくな」

「ほんとに、そうなってくれるとねえ」

「なるとも。小さく見積っても、昔の青山の生活ぐらいには、盛り返してみせる……だが、待てよ。鼻吉は若様になっても、町子はお嬢様にはなれんよ」

「あら、どうして」

「すぐと、どこかの奥様になってしまうからな」

　圭介は、わざと、町子の顔を覗き込んだ。

「いやアだ」

と、町子は含羞《はにか》んだが――ほんとに、そうだ。父の発明が成功すれば、塙との結婚条件は、なんの苦もなく整うではないか。彼女はそれを忘れていた自分を、不審に思った。

町子の顔が、明るく輝いてきて朝飯の膳は、一層楽しげだった。いつか、味噌汁の旨い時候になっていた。父親と諍った後、味気ない気持で眺めた朝顔は、もう汚れた紙屑のように枯れていた。

食事が済むと、圭介は、

「どうも、冷酒いかんな……。昨夜は、ちと応えたよ。おい吉郎、済まんが、胃散を買ってきてくれんか」

と、蟇口から拾円紙幣を出した。

町子は、チラと、それを見て、昨夜の不審を、また新たにした。吉郎が外へ出て行くと、待ち兼ねたように、彼女は訊いた。

「お父ッつァん、いやに、お金持ね」

「なアに、例の金だよ」

「例の金って?」

「塙君が貸してくれた実験費じゃないか。なにを寝呆けとるんだ」

町子は、眼を丸くして、驚いた。

父親は、先日、塙が三百円を実験費として、吉郎に持たして寄越した旨を語った。

「お前、知らんのかい。これは驚いた」

「ことによったら、結納の金のつもりで、持たして寄越したのかも知れんぞ」

と、圭介は、呑気なことをいって、塙の意志を忖度《そんたく》した。

だが、町子は、父の笑顔に反撥して、もの想いに耽っていた。

(塙さんは、どうして、そのお金をあたしに渡さないで、吉郎に渡したんだろう？)

それは、善意にも、悪意にも、とれる行為だった。纏まった金額のことだから、塙が不安を感じて、銀行から直接に、町子の家へ届けさせたのかも知れなかった。或いは、誰に渡しても、どうせ同じことだと、無造作に考えた結果とも思われた。だが、もしそうでないとすると……？　この前の、味気ない別れ方と結びつけて、町子の考えは、暗い方へ堕ちがちであった。

(でも、あの方が気を悪くしてる理由は、なんにも考えられないわ。第一、それなら、お金を貸して下さるわけもなし……)

結局、町子は塙の行為が、まるで腑に落ちないことになるのである。

日曜は早出なので、町子は正午前に家を出ると、後から吉郎が追い駆けてきた。

「姉さん、僕も一緒に行く」

「どこへ行くの」

「野球だよ。僕ア、すこし積極的にやろうと思うんだ。肺病になっちゃア、つまらねえからなア」

町子は、おかしくなった。

「何的でもいいから、体は大切にして頂戴ね。野球、どこ?」

「後楽園さ、友達が水道橋で待ってんだ」

「そう、銀行のお友達?」

「うん、だけど、給仕じゃねえんだ」

吉郎は、なんとなく、顔を赧らめた。

「ねえ、吉イちゃん、塙さんがお金を渡してくれたのは、何日?」

町子は、やはり、その事が気になった。

「この前の週の金曜日さ」

すると、塙が店へ訪ねてきた、あの翌日だ。では、なおさら、他意のないことに違いない。ただ、約束どおり、実験費を提供してくれたに違いない。なぜなら、たった一晩のうちに、あの人の気持ががらりと変るなんて、考えられないことではないか——

「姉さん、親父の発明は、成功するかね?」

吉郎は、突然、そんなことをいった。

「さア、今度のは、いままでと様子が違うようだから……」

「僕ア、成功なんかして貰いたくねえや」

「あら、どうして」

「だって、そうなりゃア、親父は、嫁さんを貰うんだろう」

「まア、誰に聞いたの、そんなこと」

「知ってるよ……。実際、見ちゃアいられねえや、いい齢をして」

「そんなことというもんじゃないわよ。お父ッつァんだって、まだ若いんだもの」

「親父ばかりかと思ったら、姉さんも、結婚するんだってね」

「あら、あたしは……」

「いいよ、秘《かく》さなくても……あアあ、みんな好きなように遊ばせだ」

町子は、愕然として、弟を眺めた。子供だ、子供だと思ってるうちに、いつか一人前になりかけてる男の表情が頰に浮いていた。

また一つ、苦労の種が殖えたことになる……。

吉郎は、代々木で乗り換えたので、町子は一人いつものように、新宿駅のフォームに降りた。

せっかくの秋の日曜だが、ドンヨリと、雨催《あめもよ》いになった。町子は弟のために、夕方まで降らなければいいがと思った。

「あら……」

彼女はふと、線路を挟んで平行してる、上り電車のフォームに、塙の姿を眺めて、思わず、そう叫んだ。塙は、ベンチに腰を卸して、ひどく疲れたように、頰杖をついていた。

（まア、塙さん……きっと、店へ寄ってくれるんだわ！）

町子は、急に、イソイソとした気持になって、地下道へ駆け降りた。上りのフォームの階段を、まだ昇りきらないうちから、塙の姿が見えてきた。いつもの彼とは、打って変って、鳥打帽にバーバリイ・コートを着て、裾から白パンツと、白靴を見せていた。この陽気に夏物は訝しいと思ったが、サック入りのラケットを膝に載せてるので、テニスの服装だということがようやく解った。

塙は、町子の近づいたことに、少しも気づかずに、一心に沈思を続けていた。颯爽たる服装にも似合わず、陰気な、憔悴した顔つきをしていた。

町子は、「わッ」といって脅かしたいほどの軽い気持を、人眼があるので抑えながら、

「塙さん」

と、静かに声を掛けた。それなのに、塙は、事実「わッ」と脅かされたように、狼狽《うろた》えて、跳び上った。

「お驚きになって？　ご免なさい」

町子は笑いながらも、謝罪《あやま》った。

「いや……。こんなに早く、出勤ですか」

塙は、オドオドした声で、訊いた。その言葉で、町子は、塙が「ルナ」へ寄ってくれたのでないことを、明らかに知った。

「ええ、日曜ですから……。塙さん、此の間は父に、ほんとに有難うございました。お蔭で、父はとても大悦びで、スッカリ実験の準備を整えたようでございますわ。水銀の方も、よう

やく手に入ったとかで……」

町子は、塙の顔を見ると、彼が吉郎の手を通じて実験費を出した不審なぞは、どうでもよくなって第一に、父親の発明が有望に進展してることを知らせたかった。それを、誰よりも、塙が悦んでくれる理由があるからである。

「そうですか、それは……」

塙の返事は、気の抜けた風船玉のようだ。

次第に、町子は、一人でべらべら喋っている自分と、それに殆んど耳を傾けずに、ソワソワと挙動の落ちつかぬ対手を発見しずにはいられなかった。

(訝しいわ。塙さんは、どうかしてるわ)

町子は、口を緘《つぐ》んで、マジマジと、塙を眺めた。すると、彼は、苦しげな声で、

「町子さん、僕はそのうち、お目にかかって、いろいろお話ししたいと思ってるんです。しかし、今日は……」

と、まるで、とりつく島もなかった。

何から何まで、不審だらけだ。だが、結局、町子は開店の時間も迫ってることだし、そのまま塙と別れるより他はなかった。

彼女が、思案に暮れながら、改札口まで来た時だった。駆けるようにして、背の高い洋装の女が彼女の側を通り抜けて行った。スポーツ風な半コートの背と、手に提げたラケットの袋《サック》が町子の眼に残った。

世の中には、背の高い女が沢山いる。テニスの好きな女も、大勢いる。

（あの時の女が、あの女だとは限らないわ）

あれから、数日後のことだった。町子は、店の中で、まだそんなことを考えていた。なにしろ、日曜の人混みの中だったし、瞬間の一瞥だったし、町子は、あの外国婦人染みた後姿の女を、小岩井日出子だと断定する理由は一つも持っていなかった。だが、塙の膝の上にあったラケットを、日出子らしい女も手にしていたのは、確かだった。塙がテニスの好きなことも、日出子が女放れのした腕前であることも、二人がよく技を闘わした小岩井家のコートが、目黒にあることも、町子は塙の口から聴いていた。

（新宿で待ち合わせて、それから……そういえば、あすこは、品川回りの山の手線フォームだったわ）

あの日、町子は、しきりに、そういう想像に苦しめられた。一つには、あの時の塙の態度が、怪訝にも思えたからでもあった。久し振りに逢ったのに、彼はまるで別人のようにソワソワして、別れを急ぐ様子だったのは、日出子と逢うのを見られたくないからではあるまいか。

そうして、塙の足が遠退いてることや、実験費を自分に渡してくれなかったことなぞ――それからそれへと、同じ幹からの疑いの蔓が伸びて、際限がなくなった。

だが、今日の町子は、そうではなかった。彼女は、ふと遊仙園の廊下の出来事を思い出したからだ。

「あたしは、塙さんを信じています」

あの時、小岩井日出子にそういったのは、誰だったのか。それを考えると、町子は、体のシンから、赧くなるような気がした。

(邪推だわ。邪推なんて、あたし達のすることではない!)

それは、閑のあり余るヒステリー夫人に、任して置けばいい。塙さんには勤務があり、自分は日曜日さえも働かねばならず、逢瀬といっても、ロクに見出し難いような境遇なのだから、嫉妬だの、邪推だのを始めたら、キリのない話だ。そんなものは、贅沢の沙汰といっていい身分ではないか。

(あたし、ただ、塙さんを信じていればいいんだわ)

そう思うと、町子は、気持が晴々としてきた。ラケットを持った洋装の女を小岩井日出子と疑った自分が、いかにも浅墓に思われたばかりでなく、事実、それが彼女であったところで、どうでもいいような気持になってきた。

町子は、この二、三日、とかくお客に不愛想だったのを、埋め合わせをする積りで、折りから店へ立った人の気配に、

「入らっしゃいませ」

と、景気のいい挨拶をしたが、忽ち、地声に戻ってしまった。

「まア、お父ッつァん……」

圭介が、浮かない顔で立っていた。

いつか町子が風邪をひいて臥《ね》込んだ時、圭介が代って、二日ばかり店番にきたことがあったが、後にも先きにもそれっきりで、以来「ルナ」へは足踏みもしたことはなかった。彼は、どうやら、自分の娘の働いてる姿を見るのを、避けてるようでもあった。

そういう父親が、突然、

「おい、町子」

と、店頭へ立ったのである。

町子は、なにか異変を予期して、胸を轟かせないでいられなかった。

「塙君のところへ、すぐ電話をかけてくれ」

「まア、どうしたんですの」

昂奮に震えてる父親の唇が、塙の名を呼んだので、町子は愕然とした。

「此の間の鑑定人の名を訊いてくれ……すぐにだ」

「だから、訳をいってよ。一体、どうしたのよ」

「どうもこうも、ありゃアせん、まあ、これ読んでみろ」

圭介は、懐中から、今日発行の「発明新報」を出した。彼の指は二面のトップの初号活字を、弾くように突いた。

「まア……」

彼女は顔を挙げて、父親を眺めた。忿《いか》りと同情が、彼女の眼に溢れていた。

それは、糺弾すべき悪傾向と題して、時局下の発明界を論じた記事であった。最近堅実な歩みを続けた発明界が、代用品発見が華々しく宣伝され過ぎた結果か、次第に奇想天外的なる傾向を助長しつつあるのは、甚だ憂うべき現象である。人力と物資と時間が、最も貴重視せらるべき現下に於て、痴人の夢に等しき無限運動の発明に熱中する者の現われたのは、その一例である。右の発明者は、物理学の原則を無視して水銀勢輪なる名の下に……と、圭介の名こそ出さないが、明らかに、今度の発明を指して、痛烈な攻撃を加えた記事であった。

「あの鑑定人以外に、これだけ詳しい内容を知ってる者はない筈だ。塙君に、そいつの名と住所を訊いてくれ。もし、この筆者と同人物だったら、俺ア黙っては引っ込まんぞ」

と、圭介は、歯をガチガチ鳴らせて、蒼い顔をしていた。

この筆者といわれて、町子は、もう一度、新聞に眼をやった。文章の終りに、括弧に挟まれて、理学士小岩井誠という名が載っていた。

(まア……塙さんは、日出子さんのお兄さんに頼んだんだわ!)

町子は、すぐにそれを直感した。塙は、決して悪意で、彼女の兄に依頼したわけではあるまい。手近で、無料鑑定をしてくれる人という条件で、小岩井誠を選んだのだろう。しかし、ああ……なんという悪い結果になったことか!

「塙さんに訊かなくても、わかりますわ」

町子は、そういって、悲しげに首を垂れた。

小岩井誠は、生活費を稼ぐ必要がないので、工業科学研究所に籍を置き、講演や寄稿などをして、新鋭な科学評論家の名を恣《ほしいまま》にしていた。

それでも、毎週木曜には、必ず研究所に顔を出すのが例になっていた。圭介が、漸くのことで彼を捉えたのは、芝高輪にある研究所の応接室の中だった。

「湯島のお宅に、二度も、伺いました」

圭介は、湧き立つような胸を、ジッと堪えてそういった。

「自宅では、滅多に人に会いません。殊に、初対面の人にはね」

小岩井誠は、名刺と圭介の顔を、等分に見較べながら冷やかにいった。袴も穿かず、貧弱な服装のこの老人が、発明家であることさえ、彼には滑稽だった。

「早速ですが、『発明新報』にお書きになったことを、取消して頂けんですか。なアに、正式でなくても、なんとか、わたしの顔のたつように、もう一度書いて下さりゃア結構なんですが……」

努めて穏便に——それは、町子から懇々と頼まれた結果であるが、圭介は、そういった。もし町子が、真実を告げていたら、この見るから傲慢な、彼の所謂理論に囚われた青二才を、蹴倒しても飽き足らなかったろうが、彼女は誠のことを、ただの塙の親友といっただけであった。自分の恋敵の兄であることなぞ、一言も洩らしはしなかった。

「お断りしますな。僕は、自分が鑑定した考案だから、あれで、まだ遠慮して書いたんです。取消しどころか、もっと糺弾を加えたいと思ってるんです」

誠の返事は膠《にべ》もなかった。

「あなたはわたしの発明の内容を、充分に知らんから、そういうことを仰有る……。わたし自身の口から、詳細に説明しようじゃありませんか。あなたなら、加速度倍数の面倒な計算も、解って貰えるだろうから」

圭介は、藁半紙を綴じたものをテーブルの上に、拡げかけた。

誠は、それを手で制して、

「いいですよ、わかってます」

「見もせんで、わかってるとは、どういう意味です」

と、圭介は、思わず、気色ばんだ。塙に――ひいては町子に、累を及ぼしたくないと虫を殺していたのだが、次第に本来の面目に帰ってきた。もともと親心を起すなんてガラではなかったのだろう。

「時間が惜しいからですよ」

「なんです」

「いや、僕も、あなたが普通の発明をしていたら、こんな失礼なことはいわんですよ。また、いやしくも鑑定を頼まれた以上、その内容に就いて秘密を守るのが徳義であることも、知らんのではありません。しかし、礼儀も徳義も、場合によりますよ。無限動力だの、万有環銀法だのというデタラメな、不埒な、科学の名を毒する悪質発明に対しては、僕は少しも用捨する必要は認めません」

「用捨せん？　こいつア面白い」

　圭介の眼が、完全に、釣り上った。

　二人は廊下に人立ちがするほど大きな声で、吸鳴り合った。圭介の声の方が、一音階ほど高かった。呼吸も弾んでいた。

「なんだ、二言目には原則、原則……原則だの、公理だのっていうものア、みんな事実の後を追い駆けて、出来上ったもんだ。事実の前に、原則もヘチマもあるか」

「フン、なにが、事実です。あらゆる事実とは、科学的事実のことだ。それ以外の事実は虚妄であり、幻影であり、空想であるに過ぎない。それを信ずる者は、痴人か狂人ですよ。断じて、発明家の名に値いする人間じゃアない」

「バカをいいなさい。人間の頭から、どんな偉大な考案が飛び出すか、君等一知半解《いっちはんかい》の徒は信じられんのだろう。憐れな奴だ」

「ハッハハ、もう、止めようじゃありませんか。いくら議論しても同じことだ」

　一人の自信家が、冷やかに笑って極度の軽蔑を示すと、もう一人の自信家は、火のような憎悪に燃え熾《さか》って、

「いいや、止めん。第一に、わたしは、君のような青二才と議論をしにきたのじゃアない。君の言説の責任を問いにきたのだ」

「勿論、いかなる責任も回避しませんよ。どうしろというんです」

「わたしの実験に、立ち会い給え」

圭介は、決闘を申込む人の意気を眉間に閃めかした。

だが、相手はクスリと笑って、

「あなた、そりゃア、止した方がいい。恥を掻くばかりですぜ」

「黙りなさい。わたしは、君に事実とは、いかなるものであるかを見せてやる。但し、タダでは見せんよ。君は『発明新報』に、謝罪文を書きなさい。この研究所を辞職しなさい。それから、力一杯、その横ッ面を殴らせなさい」

圭介は、顳顬《こめかみ》を、ピクピク震わせた。

「お望みとあらば、切腹も致しますがね」

と、誠はいよいよ落ちつき払って、

「その反対の場合には、あなたは一体、どうなさるんです」

「わたしか……わたしは昔の人間だ。他人にいわれなくても、処決の法は知っとる」

「僕は、あなたに切腹なんか要求しませんよ。それを機会に、一生あなたが発明という仕事を止めてくれれば、それでいいんだ。狂人の手から刃物を取り上げるのが、医師の第一になすべきことですからね」

「なにをいうか、大バカ野郎！」

これで、二人の会見は終った。

それから誠は、学士会館へ回って、友人とこの出来事を、笑い話に語ることができたが、

圭介は一人で渋谷の九州酒へ入って、コップを呷《あお》りながら、時々、鯨のような長い呼吸《いき》を吐いて、

「見とれよ、今に！」

と、呟いた。

まだ、日暮れには、間があった。彼は鬱屈を紛らすために、庄崎未亡人を訪問したが、彼女は生憎留守であった。

仕方なしに、彼は、我家へ帰ってきた。戸を閉めて出た筈なのに、格子戸も鍵がかかっていなかった。

「おや……」

やがて圭介は、座敷で膝小僧を抱いてる吉郎を、見出した。

吉郎は気分が悪いから、午後の勤務を休んで、家へ帰ってきたと、いっていた。

「風邪だろう、きっと……。早くアスピリンでも服んで、臥ちまえ」

父親は、不機嫌ながらも、自分で台所仕事を始めた。だが、吉郎は、食慾がないといって、夕食を食べずに、床へ入った。

町子が夜更けに、店から帰ってくると、圭介は、何より先きに、小岩井誠との会見の顛末を話した。

「お前には済まんが、なんしろ、こっちを頭から軽蔑する態度が、癪に障って、俺ア大喧嘩をしてきたよ」

「仕方がないわ……。どっち道、そうなるようにできてるのね」

町子は溜息をついた。

小岩井家の兄妹が、揃いも揃って、自分達に祟ってくるのが、不思議に思われた。遠い先祖が、仇敵同士ではなかったかと、バカらしい考えも浮かんだ。

だが、先祖がどれだけ華々しい組打ちをしたにしても、現在の両家の懸隔は、あまりに大きかった。先方には、財産があり、地位があり、学問があり、美貌があり——何でもある。遠山家とくると、無い物尽しの標本みたいで、所詮、これは勝負になるまい——

「お父ッつァん。シッカリやってね」

町子は、寒さに震えるような、敵愾心《てきがいしん》を感じた。

「やるとも。きっと、あの青二才の鼻を明かしてやる」

「いつ、立会い実験をするの？」

「鉄工場で勢輪が出来次第だが、後二十日とはかかるまいよ。首を洗って、義家お待ちやれだ」

圭介の顔には、些かの不安もなかった。あれだけ念に念を入れて組立てた設計であり、計算である。しかも、昨日や今日思いついた発明ではない。いわば、生涯を賭けた大事業だ
——

「町子、俺ア、実験が成功したら、あいつの横ッ面を、力一杯殴らせろと、約束してきたよ」

「あら、そんな……」

町子は笑い出した。

やがて、寝る時になって、圭介は漸く、息子のことを、思い出して、

「鼻吉の奴、気分が悪いといって、早退けで帰ってきやがったぜ」

「まア、ほんと」

町子は見る見る、顔色を変えた。弟は、いつもの通り、夜学を済ませて、先きに眠ったのだとばかり、思っていたのだ。

町子は、すぐ、吉郎の額に、手を当ててみた。

「熱はないようね」

豆を撒いたように、ニキビの吹き出た額は、ただ生温かいだけであった。巨きな鼻から洩れる寝息も、正調だった。

「明日になりゃア、ケロリとしちまわアな」

圭介は、事もなげにいって、夜具を被った。

だが、町子は、此の間弟の訴えを聴いたばかりではあるし、いつまでも眠れなかった。

（もし、吉イちゃんが、結核にでもなったら……）

弟が可哀そうなばかりではない。この一家は、どういうことになって行くか……。

翌日も吉郎は、気分が悪いといって出勤しなかった。町子はいよいよ心配して、野村の入

っていた新宿の病院へ、診察を受けに連れて行こうとすると、

「嫌だ、嫌だよ、姉さん……」

まるで赤ン坊のような、駄々を捏ねた。

「バカねえ、診て貰うだけじゃないの」

弟が悪い病気に罹っているとしても、まだ熱は出ないし咳もしないし、そういう早期に治療すれば、癒《なお》る見込みが充分あると思って、町子は必死になって、病院行きを勧めたが、吉郎は尻込みするばかりであった。

「吉郎！　なぜ、姉さんのいうことを肯《き》かんのだ」

と、仕事場で、今度の実験用具の細工をしていた圭介も、口を出した。

吉郎は絶体絶命、ベソを掻きながら詰襟服に着換えざるを得なくなった時に、

「ご免遊ばせ」

と、この家には珍らしい、女の訪客の声が、玄関で聴えた。

町子が出て行って、障子を開けると、

「あらまア、お嬢様、朝ッぱらからお邪魔致しまして……」

庄崎未亡人が、土産物を抱えて、立っていた。

あれほど圭介とは、頻繁に逢っていながら、庄崎未亡人はこの家へは、一度も足踏みをしたことがなかった。それは、彼女が圭介に対し、更に世間に対する慎重な用心からであった。

だが、今日は、心の紐を一重だけ解く理由があったとみえる。

「先日は、失礼致しました。一寸、伊東の方へ遊びに参ったもんですから……」

そういって、彼女は圭介の前に、色のつきかけた蜜柑や温泉羊羹なぞを列べた。

町子が座敷へお茶や菓子を運んでる間に、吉郎はプイと外へ出て行ってしまった。

「これ、鼻吉。こちらへきて、ご挨拶をせんか」

圭介は、息子を未来の母親に引き合わせるつもりで、そう叫んだが、無駄に了《おわ》った。

「福田さんから、一寸伺いましたが、立会い実験を遊ばすんですってねえ」

彼女は、ひどく、それに興味をもってるようだった。

「実は伊東で、ある会社の技師長さん夫婦に、お目にかかりましてね。一寸、あなたの勢輪のことを話したんですよ。すると、その御主人が、とても感心なさいましてね――。水銀を使うのは、面白い着眼だってね」

「ハッハハ、そうですか」

「ですから、無論、あなたの勝ちですよ」

彼女は色ッぽく、シナをつくって、

「すると、面白いじゃありませんか。その話を聞いて、そんな有望な発明なら、出資をしようじゃないかって者が、親類のうちに出てきたんですよ」

「いや、あなたには、水銀借入れの保証に立って頂いているし、この上……」

「いいじゃありませんか。出さしてお置きなさいな。それに、それがキッカケで、あたし達の縁談の方も、急に賛成者が殖えてきましてね……」

彼女は、次ぎの間を憚るように、声を潜めて、

「うまく行けば、年内に運びそうですよ。実験の方さえ済めば、イザコザはないんですから
ね」

お午食の支度をしなくてはならないかと、町子がマゴマゴしてると、圭介と庄崎未亡人は、
連れ立って外出する模様なので、ホッと一息ついた。

「お嬢さん、ほんとに一度、お遊びにきて下さいね」

帰りがけに、未亡人は町子に、しきりにお愛想をいった。町子は、相変らず、彼女に好感
をもつことができなかったけれど、嬉しそうに列んで出て行く父親を見ると、やはり二人の
結合が早く来る方がいいと思った。

「もう、帰った?」

ノッソリと、吉郎が台所から上ってきた。

「逃げたのね、悪いわ」

「構うもんか、あんな奴!」

吉郎が、そんなに庄崎未亡人を嫌ってるとは、町子も意外であった。

「困るわねえ、今からそんなじゃア……」

と、町子は顔を曇らせたが、ふと、柱時計を見ると、

「さア、吉イちゃん、支度をして……。まだ病院、間に合うわよ」

彼女は、どうしても、弟の体を医者に診せて置きたかった。すると、吉郎は、俄かに狼狽して、

「姉さん、大丈夫だよ。僕ア、肺病なんかに罹ってやしないよ」

「そんなこと、どうして、あんたにわかる……」

町子は、なおも弟を逼《せ》き立てて、服に着換えさせようとすると、吉郎は茶の間の壁に蹲《うずく》まって、首を垂れた。

「姉さん、ご免よ——僕ア、ほんとは、病気じゃアないんだ」

「え？」

町子は呆れて、ペタリと、吉郎の前へ坐った。一つの懸念は去ったが、他に心配の種ができたらしい。

「じゃア一体どうしたの」

吉郎は顔を真ッ赤に充血させて、ポロポロ涙を零すばかりで、なかなか真相をいわなかったが、姉の追究が烈しいので、遂に、

「馘首《くび》になっちゃったんだ。ラブ・レターが、見つかって……」

蚊の鳴くような声で、そういった。

吉郎が、後楽園球場で一緒になった銀行のタイピストK子は、まだ十八で、ディアナ・ダービンに似た無邪気な娘だった。彼女は野球の切符をよく貰うので、その後二、三度、日曜に吉郎と待ち合わせて見物に行った。吉郎は、次第に彼女が好きになった。そして——

「呆れたわ。二つも年上の女に、そんな手紙を出すなんて、まア、なんて人！」

町子は声を震わせて、叱りつけた。

「だけど、僕一人じゃないんだよ。経理部の給仕は三人共、みんなK子が好きなんだよ。手紙だってみんなで相談して書いたんだ」

町子は、再び開いた口が塞がらなかった。

「名前は一人でないとヘンだから、僕の名にしたんだ。手紙を渡したのも僕なんだ。すると……K子の奴、すぐそれを課長に見せやがったもんだから、僕一人で罪を被《き》ちゃって……」

吉郎は、筍のような鼻を擦って、泣きじゃくった。

腹が立つやら、可笑しいやら――町子はいうべき言葉を知らなかった。

それにしても、馘首《かくしゅ》が疑えない事実とすれば、これは一家の一大事だ。吉郎は十六円の月給のうち十円、家を助けている――

（塙さんに逢って、よく訊いてみよう）

町子は、ふと、そう思った。

広い空と土

今年ぐらい、暴風雨の多い年はなかった。

だが、数度の颪と雨にも拘らず、この近辺の稲田は、まず平年作だった。重い垂穂が地を這って、黄熟の反射が、眼に浸みるようだ。渺々《びょうびょう》たる黄金の浪は、遠い堤防の下まで、押し寄せていた。その中に浮かぶ緑の島は、大きいのが桑畑で、小さいのが芋畑だ。澪《みお》のような畦の小川が、その間を貫いて、大空の青さをそのままに映している。

なんという今日の快晴！

まだ一日は降るかと思ったのに、朝からカラリと霽《は》れて、近くの飛行場から舞い上る銀翼は、絶間なくエンジンの唸りを、蒔き散らしている。横転、逆転——入り乱れて、凄まじい練習をやってるが、あまりに空が青く広いので、よほど注意しないと、姿が見えない。颪もなく、雲もなく、正午の日光の明るさは、孔雀が羽翅《はね》を拡げたようである。

野村勇蔵は、全身を陽に曝して、黒光りのする縁に、坐っていた。母も、弟も、妹も、みんな野良に出ていて、家の中は彼一人だった。汗ばむような暖かさが、着物を透して、皮膚に滲んでくる。眠くなるように、いい気持だ。彼は眼を閉じた。だが、それは眠るためではなく、身内に漲る感謝の気持を、味わうためである。

（あんな乱暴なことをしたのに、よく助かったものだ？）

彼は一カ月前のことを追憶して、そう考えずにいられない。

新宿の病院の一週間は、彼にとって、生まれて初めて知る地獄の苦痛だった。灼《や》け爛《ただ》れた傷口が、痛むばかりではなかった。彼の魂も、激痛にノタうちまわった。

下宿でウドンばかり食って、フテ臥をしたり、職長と自棄《やけ》酒を飲んだりした頃の方が、その苦痛に比べると、まだ忍び易かった。そんな単純な、胸のモヤモヤは、火傷をしたと同時に、飛び去ってしまった。

野村が一番辛かったのは、町子と顔を合わすことだった。看護婦が町子の面会を取次いできた時、彼は体中が火になったような羞恥に燃えた。それはどういう理由であるか、彼自身にもわからない。ただ、彼はそんな騒ぎを仕出来《しでか》した自分が、誰よりも町子に対して恥かしくて、済まなくて――顔を合わせるのが、死ぬより辛かった。

それで彼は面会を断ったのだ。いくら断っても、町子は毎日病院へ足を運んでくれた。そうして、花が、果物が、塵紙が、寝巻が、彼の枕許に届けられた。その厚意だけでも、身を切られるように辛かったのに、或る日、入院料の前納をしたのも彼女であることを知って、彼は遂に居たたまれなくなったのである。

(俺ア、煙草屋さんを苦しめてる!)

彼は町子の知らない場所に、身を隠さずにいられなくなった。といって、まだ身動きもできないような体だった。それを無理に跳ね起きて、医者と看護婦が絶望的な宣告を下すのを、耳にも掛けず、彼は杖に縋って、往来へ出た。やがて、通りかかった円タクに、這い込むようにして乗ると、彼はいった。

「上野!」

本当に、よく、ここまで、帰って来たものだ――

熊谷駅へ降りた時に、野村はもう陸橋を越す勇気がなくなった。駅員が見兼ねて、彼を背負って、線路を渡ってくれた。それから、また自動車で、やっと我家へ辿りつき、母の声を聞いた瞬間に、灼くような激痛と闘う力が抜けて、彼は気を失ってしまったのだ。

その無理が祟って、患部が化膿しかけた。壊疽《えそ》を起せば、生命は保たないだろうと、いわれた。だが、弟の平蔵は毎日農用のリヤカーに彼を乗せて一里半の道を、熊谷市の外科病院まで、曳いて通《かよ》った。妹のユキは、浄血剤の薬草を煎じてくれた。二人の努力が酬われたのか、それとも母親の道祖神への願掛けが叶ったのか、一週間後の野村は、メキメキと容体を持ち直した。健康で純潔な彼の血液が患部の恢復を特に速めた。

その以前に、彼は平蔵を東京へ使いに出して、下宿に置いた持物を、一切持ち帰らせた。久し振りに見た広い空と土は、彼に甚だしく東京を厭う気持を起させたのである。

（二度と再び、あんな苦しい思いをしたくねエ）

彼は、弟や妹と共に、この村落で、一生を終ろうかと思った。その決心を聞いて、誰よりも母親が悦んだ。彼女はまだ老人という齢ではないが、亭主に早く死に別れたので、野村の帰郷をどれだけ心丈夫に思ったか知れなかった。

弟が東京から持ってきた貯金通帳と、十五枚の債券を、村の郵便局へ預け直す時に、野村は、二十一円の小為替を組ませた。あの入院料は町子にとって、どんな苦しい工面であるか、彼は身に沁みてよくわかっていた。彼は一日も早く町子に返済しなければならぬと思った。だが、礼状を書こうとすると、病院の時と同じ恥かしさが、カッと頭へのぼってきて、結局、一字も書くことができなかった。

彼はただ、小為替を包むための白紙を入れただけであった。

それから二十日ばかりの日が過ぎた。四、五日前から後は、弟のリヤカーに乗らなくても、県道を走るバスで、病院通いができるようになった。今朝、繃帯《ほうたい》を代える時に、医者は、

「もう二、三日でいいだろう」

と、いってくれた。野村は、嬉しかった。膏薬《こうやく》が一面に塗ってあるので、患部がそれほど快癒してることを、ちっとも知らなかったからだ。

その吉報を、母や弟妹に伝えたいのだが、誰も畑仕事に出て留守だった。彼は呶鳴りたいほどの悦びを、ジッと堪えて、降り濺《そそ》ぐ日光の中に、眼を閉じているのである。

(助かった！　ありがたい！)

母にも、弟妹にも、天にも、地にも、彼の感謝は、溢れ拡がった。それは、不具者にならなかった悦びばかりではなかった。あの柵に沿った夜の道で、腹の底まで注ぎ込まれた毒汁を、今や、残らず吐き出した気持がするからでもあった。

(遠山さんが悪いんじゃねえ)

彼は、そう心に呟いた。だが、彼女はその後どうしたろう……。今頃は地下室の店で、函の中の人形のように坐ってるだろうか。それとも、もう店を退《ひ》いてあの男と……。

「兄《あ》ンちゃん、腹空いたすべえ……。あら、なに考えてるだよ」

十六になる妹のユキが先きに立って、家の者達が、畑から帰ってきた。

「それじゃア、今日は、赤の飯炊くべえよ。おユキ、糯米磨《もちごめと》いどけや」

母親のツナは、朝から、息子の床《とこ》上げ祝いのことを考えていた。五反歩余の田畑から、一家の生計を立派に叩き出してる気丈な女だが、野村が家に居付けば、前途いよいよ明るくなるので、彼の全快は二重に嬉しいのである。

「俺ア、鯉でも釣って来べえかな」

平蔵は、野村によく似た丸顔を、輝かした。

「平兄ンちゃんの釣魚《つり》は当てになんねえよ。それより、塩秋刀魚《さんま》買ってきた方が早えや」

「この、口減らず！」

弟と妹の戯れ合う声を聞きながら、野村は家を出た。今日は最後の通院日だった。七、八町を隔てた県道へ、バスに乗るために歩く足どりも、これが最後と思えば軽く躍った。

今日も、拭ったような快晴だった。秩父の山々が、鼻の先きまで近く見えた。特徴のある武甲山の姿が、野村に、少年時代を憶い出させた。朝夕にあの山を眺め、その麓から流れてくる荒川の水に親しんでいたならば、火傷もしなかったろうし、魂から油汗を流すような目にも遭わなかったろう。田舎者は田舎者らしく、土に齧《かじ》りついて生きていればよかったのだ。なまじ東京に出て、一旗揚げようなぞと思ったのが、大きな間違いだった。それにしても、なんと涯しない眺めだろう。田舎にこんな広い空と土のあったことを、野村は忘れていたような気がした。「ルナ」の地下室の狭さ、息苦しさを考えると、まるで同じ世の中のこととは、思われないではないか――

桑畑の間の径《こみち》を、野村がそんな感慨に耽って、歩いて行くと、

「あれ、勇蔵さん……もう杖なしで歩けるですか」

紺絣の野良着に紺の股引――襷《たすき》だけが赤い十七、八の娘が、畑の中から声をかけた。

「うん、今日でもう、病院も終りだよ」

「まあ、よかっただねえ……」

娘は、心から嬉しそうに、鎌を揚げたまま、径へ出てきた。彼女はユキの友達で、サクという村の評判娘だった。顔立ちの点でも、人一倍働く点でも――

「そんなに快《よ》くなったらば、また東京へ帰るだね」

「東京？　いや、東京はもう懲りたから、行かねえよ」

「嘘！」

「嘘なもんか。ユキに訊いたらよかんべ」

野村も、自然に故郷の言葉が出た。

「ほんとね」

「ほんとだとも」

二人が列んで、そう話し合ってると、顔見知りの団服の青年が自転車に乗って、エヘンと咳払いしながら、笑って通った。

「嫌アだ」

サクは、忽ち桑畑へ駆け込んだ。野村も些か赧《あか》い顔をして、速足に、径を歩き出した。母

親が、サクを、彼の嫁に欲しがってることを、知らないではないからだ。

病院の待合室で、順番を待ってる間に、野村は、やがて始まるだろう新生活のことを考えずにはいられなかった。

（八年振りで、鍬を引ッ担ぐかな……）

掌こそ軟かくなってるが、腕力には、彼は充分自信があった。土に塗《まみ》れることは、少しも嫌でなかった。だが、生まれた土地にいつくとなれば、遅かれ早かれ、母親の望むとおりに、村の娘を妻にもつ必要があった。先刻逢ったサクなぞは、百姓の嫁として申分がない女だ。野村も彼女に対して、少しの悪感も懐いていなかった。

（それに、俺ア、いつ女房をもっても関わなくなったんだ。成功の神様とも、もう縁が切れちまったんだからなア）

理想の洋菓子舗は、もう空《くう》に消えた。開店まで女を断つという願掛けも、自然消滅の理窟ではないか。

（煙草だって、もう喫んでもいいんだ）

野村は、隣りで、バットを旨そうにフカしている商人らしい男の方を眺めた。

だが、彼は一向気分がノビノビしないで、いいようもない寂しさに襲われた自分を、不審に思った。

やがて、彼の診察の番がきた。

「どうじゃい、瘢痕攣縮《はんこんれんしゆく》がちっとも残らずに、癒ったじゃないか」

医者は自慢げにそういって、野村の両膝を脱脂綿で拭い、白い粉剤を撒布《さつぷ》した。そうして、約束どおり、明日から通院の必要はないといってくれた。

野村は、繃帯が除《と》れて、急に軽くなった両脚を感じながら、病院を出た。荷物のようにリヤカーに載せられて通院した頃が、夢のように思われた。

待ち焦れた快癒の日が、遂に来たのだ。家の者達は、赤飯や煮しめをこしらえて、彼の帰宅を待ってる筈だ。空はカラリと晴れてるし、東京の場末に劣らず、立派な鋪装のできた街は、軽快に彼の下駄を運ばせた。

（だが、どうも、その割りに、嬉しくねえ）

その割りどころではない。先刻、待合室で感じた寂しさは、夕立雲のように胸に拡がって、彼は今にも泣きたいほどの気持に浸されるのだ。煙草なんか喫んだって、何になる。女房もつなんて、バカバカしくて話にならない――

（結婚なんて、遠山さんがすればいいんだ。俺アしねえ……）

彼は、ひどく拗ねた気持になってきた。自分にも、自分の運命にも、腹が立ってしようがなくなった。

彼はボンヤリして、危く、本町通りの菓子屋を、通り過ぎるところだった。

「餅菓子を五十銭」

彼は、菓子屋へ飛び込んで、ツッケンドンに、そういった。当分、町へも来れないから、弟妹のために土産を買って帰りたかったのである。包みのできるまで、彼は店の隅で待っていた。名物の五家宝《ごかほう》おこしの他に、干菓子の類が飾棚に充満していた。ふと、野村は、隣りの棚の硝子の中を、覗き込んだ。そこに、ズラリと、出来たての洋生菓子が列んでいた。この頃は田舎でも、シュウクリームやホンダンが、盛んに売れるのだ。それは一見して、人造バタを用いた安物のケーキと知れるが、野村はハッとしたように眼を瞠った。

「お待ち遠様！」

小僧がいくら呶鳴っても、さも懐かしげな彼の視線は、吸いついたように離れなかった。

「お前、まだ、どこぞ悪いんじゃなかんべえな」

母親は心配になって、野村に訊いた。

今日は、秩父の山脈も見えないほどに、雲が低く垂れて、冷たい小雨が、朝から降り罩《こ》めていた。

囲炉裏の大薬鑵《おおやかん》の下に、母親が折り焚《く》べた粗朶《そだ》が、チロチロと焔を揚げ始めた。

「なアに、もういいんだよ。明日は天気だったら、刈入れでも手伝おうかと思ってるんだ」

野村は、努めて、快活にいった。

「そんじゃア、もうちっと、ハキハキしたらよかんべえ。病院へ通ってるうちの方が、却って元気あったぞ」

母親は何の気なしにそういったのだが、それは息子の痛いところを射たようなものだった。野村はそれきり、口を緘《つぐ》んだ。

実際、母親のいう通りだった。全快祝いに、赤飯を炊いて、お客にはサクを招いて、一家団欒したのに、その晩から野村が急に憂鬱になって、いつも炉端で考え込むようになったのだから、甚だ不思議である。体が本復して不平面をする人間は、どこの国にもないから、母親が首を捻るのも無理はないのである。

(どうも、こう迷っちゃいけねえ)

野村は、自分で自分を、モテ剰《あま》しているのだった。一生を故郷の土に埋めるつもりでいたのに、菓子屋の飾棚で洋生菓子の顔を見てから、カラリと気持が変ってしまった。初めはただ、職人気質で材料や技術の貧しさを、一瞥《ひとめ》で見抜いて、せせら笑っていたのだが、次第に聯想が「ルナ」の仕事場へ飛ぶと、彼の手が震えてきた。新鮮なバタと上質のメリケン粉、燃える製菓ストーヴ、使い慣れたテンパン——それらがアリアリと眼に浮かんで、手が自然とその方へ動いて行きそうになった。

その日以来野村は、菓子が造りたくて造りたくて、堪らなくなってきたのである。そうしたら、急に、土を弄るのが嫌になってきたのである。あれほど懐かしかった故郷の土ではあるが、それは黒い灰に過ぎなくなった。反対に、ヨット印の上質粉の純白な、絹のような手触りが、恍惚と思い出されてならないのである。

だが、菓子を造るためには、東京へ帰らねばならない。あれほど、彼を苦しめた東京へ、再び帰らなければならない。それはどう考えても嫌だ。それに「ルナ」へは何の挨拶もしないで、田舎へ帰ってきてしまった。ウカウカ顔を出せば、支配人に呶鳴りつけられるだろう。いや、たといその詫びが叶ったところが、遠山町子のいるあの地下室へ、どの面をさげて帰れるか――

（こう迷っちゃいけねえ）

野村は、再び、心の中で呟くより仕方がなかった。

母親は、息子のそんな気持を、夢にも知らないから、

「勇蔵や、お前、あのサクちゃんを、嫁に貰う気はねえかい。あんな気質のいい、働き者の娘は、東京にも滅多になかんべえよ」

固く想い諦めようとした町子のことを、サクとの縁談をもちかけられたために、野村は却って憶い出すようになったのは、むしろ不思議であった。

「お前、東京で約束した女でも、あるんじゃなかんべえな」

と、母親に一本突っ込まれて、野村はドギマギして、

「飛んでもねえ、そんなものがあるくれえなら……」

と、顔を赧らめた。その様子を見て母親は、一層、これは臭いものだと、考える。

「東京の女なんて、どこの渡りものだか知んねえからな。ウカウカ気イゆるして、手玉にとられんなよ」

「そんな女ばかりじゃねえよ。中には、とても感心な、真面目な……」

細腕に一家を背負って立って、毅然として世の荒浪に抗している煙草屋の娘もいるのだと、口の端まで出かかったのを、野村はグッと呑み込んだ。

「そりゃア、東京は広えから、一人や二人そんな娘ッ子がいねえとも限らねえけれど、なかなかお前のところまで、番が回っちゃ来なかんべえよ」

「………」

野村は、一言もなかった。

正にその通り――運命の盤上を転がる象牙の球は、彼の席の一つ手前で、留まってしまったのだ。彼より学問もあり、収入もあり、風采も優れた男の前で、留まってしまったのだ。

「だから、悪いことアいわねえよ――。田舎へ帰ったら、田舎の娘をもらっとけば、間違いなかんべえよ。それに、あのサクちゃんなら、誰の眼にも異存ねえからな。家柄も悪くねえし、ユキとも仲良しだし。第一、おらが気に入ってるだからな」

母親は、火箸で囲炉裏の縁を叩かんばかりに、口説き立てる。

「それにしても、そう急がなくたっていいや」

野村は、次第に、不思議なかんべえ、お前の友達は、もう二人も三人も子供持ってるだよ」

「急いだって、不思議なかんべえ、お前の友達は、もう二人も三人も子供持ってるだよ」

そういえば、村に残ってる野村の友達で、独身者は一人もなかった。

「それとも、お前は、サクちゃんが気に入らねえだかな」

「そんなことアねえよ」

野村は、子供のように、口を尖らせた。気に入らないことはない。ただし、嫁にもらうのは、どうも――

「それじゃア、いい加減に、おらを安心さして貰いてえな」

沁々と、母親は、呟いた。

野村は農夫の血を濃く引いているから、都会の息子のように、容易《たやす》く親の意に逆うことを知らなかった。こうまで母親から頼まれると、一身の利害を考える遑《いとま》もなくなってくる。それにまたその結婚に反対すべき理由は一つもないのだ。遠山町子が東京で、彼を待ってるとでもいうなら、話は別であるが――

強い西風が吹いて、裏の防風林に、潮騒のような音を立てた。榎《えのき》と櫟《くぬぎ》の葉が散乱した。その代り、空は凄いほど青く澄んでて、上州の山々から筑波山まで、手に取るように見晴らされた。

今日こそ、刈入れの手伝いに、野良へ出ようと思ったのだが、野村は、結局また一人留守番をすることになった。ユキや平蔵が病後の兄を犒《いたわ》って、なお数日の自重を薦めたからでもあったが、実のところ、野村はまだ、大地を踏んで立つ決心が、ついていなかったのだ。

（なんて俺ア、ダラシのねえ男になったもんだ！）

野村は囲炉裏の前で胡坐《あぐら》をかきながら、自分の頭を二つばかり叩いた。

彼等の昔の領主熊谷次郎直実は頼朝を恨んだのか、人生無常を感じたのか、蓮生坊《れんしょうぼう》と名を改めて、仏門に入った。直実の墓は、今でも熊谷市の熊谷寺にある。野村が菓子を買った店から、程遠からぬ所だ。

（ことによると、熊谷サンだって俺と同じだったかも知れねえぞ）

野村は、昔の領主の心境を、そう推し測った。

いくら頭を円めても、名を改めても、そう簡単に、弓矢の道が忘れられるものではない。雄叫びの声が耳に騒ぐ日もあったろう。坊主になったのをツクヅク後悔する日もあったろう。もしそうでなかったら、彼は真の関東武士ではなかったのだ。

（俺だって、いくら大火傷をしても、まだ菓子がつくりてえし、いくら振られても、遠山さんが嫌いにならねえし……）

野村は、また二つばかり、頭を叩いた。

母親が、あまり強く勧めるので、彼も、

「そんなにいうんなら、サクちゃんを貰ってもいいけれど、もう二、三日考えさせてくんねえよ」

と、あの雨の日に、言質《げんち》を与えているのである。あれから、今日で、三日目だ――迷う心を嘲るように、高い梢が轟々と、風に鳴った。鶏舎の方で、ククウと、牝鶏の声が聴えた。卵を産んだのを告げる声だ。

養鶏は母親の係りだが、野村は、その手助けをする気になって、卵を集めに、鶏舎へ行った。

やがて彼は、十個ばかりの卵を笊《ざる》に入れて、帰ってきた。

（いい卵だなア）

大粒な、色のいい卵殻を、野村はジッと眺めていた。彼の眼に、ズラリと卵の列んだ「ルナ」の冷蔵庫がアリアリと浮かんだ。

野村は、魔に憑かれたように、戸棚の板戸を開けて、小麦粉の袋を引っ張り出した。饂飩《うどん》などつくるために、自家で碾《ひ》いた粉だから、薄黒く、ザラザラしているが、野村の眼には禁輸の舶来粉よりも美しく見えた。

（あア、口惜しいな、バタがねえ）

たとい、人造バタにしろ、農家の納戸に見出される道理はなかった。野村は、地団駄を踏んだが、次ぎの瞬間に、胡麻油の壜に、眼をつけた。

「材料も、道具も要らねえ。出来ても、出来なくても、俺ア菓子をつくるんだ！」

野村はそう叫んで、威勢よく、丼鉢へ卵を割り始めた。


また、一週間ほど、日が経った。

「勇蔵の奴、どこをホッつき歩いてるだんべえ」

もう刈入れも済んで、野良で、食事をする必要もなくなったので、家族は、炉端で午飯を食べてる時に、母親がそういった。野村一人の姿が見えなかった。

「兄ンちゃんは、なんだか腹立ててるようだねえ」

ユキは、心配そうに、いった。

「おらが叱ったからだんべかな……。それでも、あア卵を無駄に使われちゃア、おらもやりきんねえからな」

母親は、弁解するように、呟いた。

「でも、あの菓子ア、美味かったぜ。あんな美味え菓子は熊谷にも売ってねえぞ」

平蔵は、丸いカステラのような菓子の味が忘れられなかった。

「ほんとだ。おらもこれから毎日食えるかと、愉しみにしただに……」

と、ユキは些か怨めしそうに、母親を見た。

「阿呆！　百姓が卵や麦粉を、おらが家で食っちまって、どうするだッ」

母親は、子供達を叱りつけたが内心では、もし野村がサクとの縁談に、彼女が期待するような返答をしてくれたなら、卵ぐらいのことで、あんなにガミガミ罵りはしなかったのだと、考えていた。

野村は、その時分に、荒川堤防の枯葉の上に、大の字になって臥ていた。

菓子製造を封じられてから、野村は、毎日、外に出てばかりいた。家にいると、檻の中に入ってるように、苦痛を感じた。広い空と土を眺めてると、まだしも心が紛れた。

矢も楯も堪らない郷愁に駆られて、あんな危険を冒してまで、この村落へ帰ってきたのであるが、さて故郷に腰を落ちつけてみると、別種な新しい郷愁が、泉のように湧いてきて、手の下しようがないのだった。

竈《かまど》を利用して、菓子を焼いたのも、その郷愁がさせる業だった。毎日のように、熊谷の菓子屋の飾棚を覗きに行ったのも、こうして堤防で空想に耽るのも、みんな同じ理由からだった。

貧弱な材料で、スポンジケーキをつくりあげたのは、彼にとって新しい自信を加えた。時局の影響で洋菓子の材料は甚だしい制限を受けているが、この上条件が悪くなっても、些かも悲観の必要はないと、彼は明るい暗示を受けた。そればかりか、満洲の小麦粉や台湾のピーナッツを用いる新菓の幻想に、相次いで彼の心が躍った。

野村は、再び、空想の洋菓子舗の設計を始めた。彼はそれを限りなく広い大空の中に、描いては消し、消しては描いた。あらゆる機会が既に失われたのは事実だった。だが、彼は少しも屈せずに空想の翼を伸ばした。

彼は、ふとあの懐かしい「パン屋の主人として」が、読みたくて堪らなくなった。

(あれは遠山さんに貸しっ放しにきてしまった……)

野村は、死んだ児を思い出すよりも寂しく、その本の行方を考えた。彼はそろそろ空腹を感じたが、家へ帰る気にはどうしてもなれなかった。

「オーイ、勇蔵さん。そんなところにいたのか。随分、探したぜ」

その時、村の郵便局長が自転車から降りて駆けてきた。

「どうしたんです」

「どうしたも、こうしたもあるもんか。君、うめえ運が転がってきたぞ」

局長は、野村の肩を叩いた。

処女春秋

小岩井日出子は、今日も、塙真次郎の退出時刻を見計らって、丸の内の大東京銀行付近へ、自動車を駐めていた。

いつかの夜、銀座裏の鋪道で、

「それじゃア、あたし、絶対にあんたを放すことはできないわ――」

と、塙に宣言したのは、嘘でも、空威張りでもなかった。彼女はその翌日から、夕汐に漁師が網を張るように、塙の帰宅を待ち伏せ、晩餐を共にしたり、映画見物に出かけたり、一刻も側を手放さないように、努めた。日曜や祭日は、朝から目黒のコートへ誘い出して、塙の体がクタクタに疲れるまでは、ラケットを放そうとしなかった。

要するに、彼女は塙が町子と逢う限られた時間を、全部奪ってしまう計画に相違なかった。それは、一目瞭然の事実だった。

ただ、解らないのは、彼女がいつも同伴者を連れてることである。それも、塙と同性の若者ばかりで、殊にあのフランス帰りの美術批評家Mという男は、頻繁に彼女と携えて、姿を現わした。

今日もその例にもれず、停止してる車の中に、折り目の立った縞ズボンの足を組んでいた。黒い山高帽、チョビ髭――まるでチャップリンが、出世をしたような男である。

「夕靄《ゆうもや》が湧いてきましたが……。ご覧なさい。一寸、晩秋のシャンゼリゼエの面影がありますよ」

Mは、煙草を持った手で、窓の外の風景を指した。なるほど、街路樹が黒く、巨大なビルが霞んだ夕景は、外国の絵ハガキに似ていないこともない。

「そう」

と、日出子は気のない返事をして、退出時のゴッタ返す鋪道に、眼を放さなかった。

「ねえ、小岩井さん」

「なによ」

「僕は、ヨーロッパの近代的令嬢には、二つの型があると思うんですがね」

「煩《うるさ》いわね、幾つあったっていいじゃないの」

日出子は、剣もホロロな挨拶をした。だが対手は、蒼白い顔をしていながら、案外呑気な質《たち》とみえて、悄気もせずに、

「でも、僕は、あなたが完全に、その一つの型に属するのを、興味深く思うんですよ」

「そう、何型?」

日出子は、他人事《ひとごと》のようにいって、鋪道を眺め続けた。

「純然たる半処女型――微妙なる複合体ですよ。男ごころのあらゆる隅を知り尽して、大胆

不敵な振舞いをするが、自分の純潔は堅く守ってる。僕はあなたが、パリでいろんな噂を立てられながら、それが事実無根であることを、よく知ってますからね。つまり、あなたのような令嬢は、外面的には妖艶《コケットリー》の極を究めながら、内面的には……」

と、調子に乗ってお饒舌《しゃべ》りを続けてる間に、日出子は、いつの間にか車扉を排《お》して、鋪道に降り立った。雑沓の中に、逸早く塙の姿を認めたからである。

「また、待ってたんですか」

と、塙は苦笑して、立ち止まった。

「だって、お約束よ」

日出子は、鼻を鳴らせて、寄り添った。

またしても、Mの姿を、車中に見出して、塙は、一寸、いやな顔をした。

「やア、塙君……」

Mは、それでも、鷹揚に帽子を脱いだ。その調子が、どうやら銀行員なぞ俗物であると、軽蔑してるようで、塙は小癪に思った。最初に会った時から、彼はMという男を虫が好かないのである。

日出子を間に挟んで二人は席に坐った。

「築地よ」

彼女は運転手にそう命じた。車は、夕靄の街を、走りだした。

「そんな所へ行くのは、困るなア……。今日は僕、少し用があるんですよ」

塙は、ブッキラ棒にいった。

「そんな所って、どんな所だと思ってるの」

「また、いつかのように、ヘンな家で、酒でも飲むつもりなんでしょう」

「嘘よ、今日はただ、一緒にご飯を食べるだけよ。ねえMさん？」

日出子はMの顔を覗き込んだ。彼女の態度は、カメレオンのように、よく変った。Mと差し向いの時は、あんなにすげなく扱うのに、塙が現われてから、急に狎々《なれなれ》しいところを見せるのである。まるで情人の一歩手前の関係ででもあるような――

塙は、それに知らぬ振りを装いながら、内心気になってならなかった。

「ほんとに、ご用がおありんなるの」

日出子は、冷静な調子でいった。

「ほんとですよ」

塙は、反抗するように答えた。

「そう、じゃア、ご飯を食べたら、早く帰してあげるわ」

塙の腹を探るように彼女はジロリと眺めた。

それは塙の口実でも、虚勢でもなかった。今日の午後に、町子から銀行へ電話が掛ってきて、帰りに「ルナ」へ寄ってくれと頼まれていたのだ。遠慮深い町子が電話をかけて来る以上は、よくよく面談の必要に迫られたからであろう。それでなくても塙は、最近彼女の許を遠退いてることに、苛責を感じてならなかったところだ。

「ええ、きっと行きますから……」

と、戦《おのの》く声で、答えてしまったのである。

いつか、テニスへ行く途中に、新宿駅で彼女と逢った時も、やはりそうだった。塙は町子の前に、居たたまれないような気がして、あんなソワソワと、極度の混乱を見せたのである。

思えば、日出子達と銀座裏のバーへ行った晩こそ、呪わしかった。三チャンという軽薄な男の言葉を聞いて、反省もなしに、暗い疑惑へ堕ちた彼は、既に最初の過失を犯していたのだ。それは、やがて第二、第三の過失を呼ばずに措かないのである。

だが、もし日出子がいつもあの晩のような執拗な、熾烈な求愛を続けたなら、彼は以前の時と同じように、却って容易《たやす》く彼女から離れ得たかも知れなかった。今度の日出子は反対だった。彼女は次ぎの日から、常に塙と行動を共にしながら、あの晩のことは忘れたように、淡泊な態度を見せた。むしろ塙と二人になるのを怖れるように、必ずMのような男を同伴して来るのである。彼は、町子に済まない済まないと思いながら、結局、日出子の誘いに乗るのは、同伴者があるのを、せめての申訳と思うからであろう。

「そこよ」

日出子が声をかけると、車は「ふぐ御料理筑紫亭」と書いた家の前へ止まった。

芙蓉の花弁を裂いたような、河豚の刺身を、箸に挟みながら、

「まア、こんな美味しいものを、召上らないの」

日出子は、嫣然として、塙を顧みた。

「塙君は、とてもフランスへは行けんですね。河豚を気味悪がるようでは、蝸牛《エスカルゴ》は食えんですよ」

Mは、すぐ日出子の尾に蹤いて、そんなことをいった。

塙は、初めて河豚というものを食べるので、どうも手が出なかった。こんな料理が立派に営業しているのは、中毒の憂いのない証拠だと思うが、やはり気味が悪かった。

「なあに、今に食べますよ」

その癖、彼はそんな負け惜しみをいった。そうして、飲めもしない杯を、頻りに口に含んだ。

（ああ、こう迷っちゃいかん）

野村勇蔵が故郷で呻吟したのと、同じ言葉を、塙も心に呟いた。彼も野村に負けない煉獄の中を彷徨してるのだった。

彼は、先刻から、度々、腕時計を見た。それは、町子との約束を思い出した時の半ば無意識な動作だった。早く町子のところへ行かねばならないと思いながら、鎖で縛られたように、彼はこの座が立てないのだ。

塙は、小岩井誠から、町子の父親が立会い実験を求めるに至った顛末を聞いていた。それを町子に対して、ひどく済まなく思っていた。そこへ、吉郎の馘首《かくしゅ》事件が起きた。彼は経理課長に運動してみたが、結局無駄だった。それも気怯《きおく》れの一つだった。

だが、何よりも、町子に申訳ないのは、われともなしに日出子に惹かれてゆく、自分の心だった。彼は少しも日出子を愛してるとは思っていなかった。むしろ、再び彼を蠱惑《こわく》の網で包んだ美しい蜘蛛を彼は憎んだ。それにも拘らず、今度は、それが反動的に、町子への愛の昂まりとならなかった。

今もMに酌なぞして貰って、喃々《なんなん》と話し合ってる日出子の姿を、塙は悩ましげに見ていた。軽く酔いの出た顔は、平常より一層媚《なまめ》かしく、不行儀に横へ投げ出した脚は、スキ焼を食ってる外国人女優のような美しさがあった。

「そうするとMさん、マリイ・ローランサンの画因《モチーフ》というものは……」

わざと、塙には眼も呉れないで、日出子はフランス語混りに美術談を始めていた。

いつも、こうであった。骨を折って塙を連れ出しながら、日出子は他の男とのみ話すのだった。塙は彼女の真意がつかめなかった。

Mは、いかにも勝利者然として日出子を占有していた。塙は、いいようもない不快を感じて、徒らに杯を重ねた。そうして時々思い出したように、腕時計を見た。

やがて女中が、チリ鍋を運んできた。

「これなら塙君でも、食べるでしょう。刺身はピカソだが、この方はアマンジャンぐらいで、よほど通俗的なるものですからな」

またしても、Mは気障なことをいって、日出子に笑いかけた。

「つまり、銀行員向きだと仰有るんですね」

塙は、われ知らず杯を重ねたせいか、いつもに似げない暴《あら》い調子でいった。

「ハッハハ、いや、そういうわけじゃありませんがね」

「どういうわけです」

「どういうわけッて……弱りますね、そうムキになられちゃア」

Mは、礼儀を知らない男は困るといいたげに、眉を顰《ひそ》めた。

塙は、無言で、Mの顔を睨み続けていた。どうしてこんなに腹が立つのか、自分でもわからなかった。この懊悩が今夜、総決算を求めているような気持がした。

日出子はニコニコと、面白そうに、二人の様子を眺めていた。依然として、蒼ざめた顔でMを睨めてる塙と、それを冷笑《わら》うように横を向いて、煙草を燻《くゆ》らせるMと――座は、チリ鍋の沸《たぎ》る音が、聴えるほどに、白け渡ってしまった。

塙は、突然、席を立ち上った。Mはドキリとした顔を挙げた。

「僕は失礼します」

彼は、帽子をつかんで、廊下へ出た。

(そうだ。これからすぐに町子さんのところへ行けばいいのだ。彼女にすべてを語り、すべてを詫びれば、泥沼に堕ちたようなこの頃の悩みは、きっと救われるだろう)

灯影の映るほどよく拭き込んだ廊下を、彼は大股に進んだ。ス、スと、後方から、支那縮緬の衣摺《きぬずれ》が聴えた。

「真ちゃん」

あの晩以来の塙の親称を呼んで、日出子が行手に立ち塞がった。

「Mさんが、不愉快なんでしょう――Mさんを帰せばいいんでしょう」

彼女は、ジッと、塙の眼を覗き込んだ。

「いいですよ……。僕一人で帰りゃアいいんです。あなた方は、ユックリ、パリの話でもなさい」

「まア、真ちゃん、怒ってるの」

「………」

「少くとも、あなたは誤解してるわ」

「なにをです」

「あたし、Mなんて大嫌いよ」

「どうですかね」

「いつもあたしに、煩く付き纏うの。今日だって、いくら巻こうとしても、放れないのよ」

「巧くいってますね。あの男なんかも、あなたのパリの情友達《アミ》の一人なんでしょう」

塙は激したあまりに、それだけはいうまいと思った言葉を、口にしてしまった。

「まア、酷い！　真ちゃんは、あたしをそんな女だと思ってたのね。あんまりだわ」

勝気な女が、キラリと、涙を光らせたのを、塙は驚いて眺めた。

「いいわ。Mとあたしがどんな関係だか、あんたに見せてあげるわ。もう一度、お座敷へ入らっしゃい！」

日出子は、グッと塙の腕をつかんだ。

「Mさん、帰って頂戴！」

日出子の剣幕の凄まじさに、Mは茫然として、返事もできなかった。

「どうぞ、すぐに――」

「ど、どうしたんですか、一体！」

「塙さんと二人で話したいからよ。あなたは早く帰って下さればいいの」

日出子は、怒った交通巡査のような仕草で、出口を指した。

「そうですか、いや、失礼しました」

口さきだけは冷静に、しかし、頬のあたりをピクピク震わせて、Mは帰って行った。

日出子は黙って、塙を自分の隣りに坐らせた。

「真ちゃん、わかってくれて？」

日出子は、塙の手の甲へ、自分の掌を重ねた。

「Mばかりじゃないわ。どんな男にだって、あたしは、ああする権利を持ってるんだわ。もし真ちゃんが望むんならば、あたし……」

「僕は決して……」

「いいえ、あんたはあたしの外国時代の下らない風評を信じて、急にあたしに冷淡になったんじゃないの。あたしはわざと今まで、それを弁解しなかったの。いまにあんたが、あたしのような娘の生き方を、理解する日がくると思ったからよ。それなのに、あんたは軽率な男ね。子供のような感傷に囚われて、あんな職業婦人《ミジネット》と……」

それを聴いてか、聴かずか、塙は無言で冷えた杯に、グッと手を伸ばした。

「愛するっていうことは、あんたの考えてるような、そんな他愛のないもんじゃないわ。観念や理想で愛したり、結婚したりするのは、村の道学者だけよ。ほんとに幸福に突進する勇気のない人達だけよ」

なんといわれても、塙は首を垂れたまま、一言も返事をしなかった。その代り、腕時計の時間を見ることも忘れたように、頻りに杯に手をやった。酒に弱い彼が不思議に酔わないで、紙のように白い顔をしていた。

「Mさんは、きっとあたしの絵の悪評を書くわ。だけど、ちっとも関やしない。絵なんて、いつ止めたっていいんだから」

と日出子は、呟くようにいって、

「ねえ。真ちゃん。今夜は、あたし達の最後の夜になるかも知れなくてよ」

「どういう意味ですか、それは」

塙が、弱々しく、口をきいた。

「あたし達、もう、ある限界まで来ちまった気がするの。あたしがこれだけあんたに理解を求めても、無駄だとしたら、もう永久にお別れした方がいいんじゃない?」

彼女のカールした睫毛が二、三度瞬いた。品のいい、高い鼻に湿った陰影がさした。

「日出子さん、僕アどうしていいんだか、自分がわからなくなった」

不意に塙はそういって、餉台《ちゃぶだい》に突ッ伏した。恐らく、無理した、酒の酔いが、一時に発したからでもあろう。あらゆる混乱の負担に堪えきれなくなったからでもあろう。やがて彼は、夢心地のうちに、生暖かい雨のように降ってくる日出子の唇を感じたが、それを拒む力はなかった。


五時、六時、七時、八時……時が経つに従って、町子は、売台の近くへ、椅子を躙《にじ》り寄らせた。厚い壁を隔てて階段を降りてくる客の跫音《あしおと》が幽かに聴えてくる。ドサドサと、入り乱れた音の時は耳を外す《そら》が、一人の靴音が静かに踏み降りてくると、町子は、売台へ体を伸ばさずにいられなかった。その度に椅子を動かすので、平常の位置より二尺も窓際に乗り出した膝頭が、仕切板に衝突してしまった。

塙のくるのは、いつも五時頃だ。

銀行から真っ直ぐに、新宿へくれば、大概、その時間になるのである。だが、もう年末に近いから、残業があるのかも知れない。或いは丸の内界隈で夕食を済ませてくるのかも知れない。とにかく、

「ええ、きっと行きますから……」

と久し振りに聴いた懐かしい声は、受話器の中で、ハッキリそういったのだ。約束の固い

塙のことだ。いまに、きっと姿を現わすに違いない。

（まず、吉郎のことを……。それから、父の立会い実験のことを……。できれば、なるべく穏便にしたいのだけれど、それから、それから……）

それから、語りたいことは、山ほどある。それは用事ではないが、用事以上のことだ。店先きでは、話し切れないかも知れない。そうしたら、塙さんに映画でも観て時間を潰して貰って、帰りに駅で待ち合わせればいい。

町子は、九時までは、まだそんなことを考えていた。

だが、いつか階段の跫音は昇る人だけになった。続々と帰ってゆく客ばかりで、入ってくる客の足が絶えた。十時過ぎた証拠だった。

さすがに、町子は気になってきた。

（おかしい！　どうなすったんだろう）

塙の性質として、もし違約でもする場合には電話なり速達なりで知らしてくれない筈はないのだ。それも、来ないところをみると、閉店間際に駆けつける見込みがあるからではないか知ら。

町子は、いつもよりユックリ売上げを算え、いつもより二十分も長くブラインドをおろさずに置いた。

やがて否でも応でも、店を閉めなければならぬ時になった。それでも、町子はあきらめ切れなかった。

彼女は、「ルナ」の入口に寒々と肩を窄《すぼ》めながら、立っていた。いつも裏口から出入りするので、なんだか気が咎めたが、彼女は一心に往来の人影を透かしてみた。

その人影も、いつか疎《まば》らになった。露店があちこちで、品物を納い始めた。遂に玉電の終発に間に合う、ギリギリの時間がきた。

（きっと、どうかなすったんだわ。それでなけりゃア……）

町子は、大通りの片隅を、駅の方へ歩きだした。新婚匆々の純真な妻や、或いは三十年も愛し合った老妻は、良人の帰宅が遅いからといって、悪所へ行ったなぞと妄想を起さない。自動車に轢かれたのではないかと心配するのである。町子だって同じことだ。その晩、塙の犯したような所業を、夢にだって想像しないのだ。ただ、胸が迫って、涙が流れるだけである。

町子は、その翌日、銀行へ電話をかけてみた。

「塙さんは、今日、欠勤です」

銀行の交換手は、そう答えた。

（ご病気だわ、きっと）

彼女は即座にそう思った。急に気分が悪くなって、彼女に違約を告げる遑《いとま》もなく、アパートに帰ったに相違ない。腹痛か、感冒か——どちらにしても、アパートの一室で、看護する人もなく臥ているだろう塙の姿を想像すると、町子は、胸が切なくなってきた。そうして、すぐにでも中野へ行って看病がしたかった。今までは、ひとつの慎みから、塙の私室へ足踏みすることを避けていたのだが、病気となれば、そんなことに関っていられなかった。

彼女は、一、二時間開店を遅らせて、「ルナ」の支配人の叱言を食っても、塙のアパートへ行く積りであった。新宿駅前の公衆電話を出て、再び構内へ戻ろうとしたが、

（あ、いけない、今日は配給日だったわ！）

それを思い出して、彼女は地団駄が踏みたくなった。普通の問屋さんと違って、専売局のお勘定は忽《ゆるが》せにできなかった。今日ほど彼女は、境遇の不自由を呪ったことはなかった。

結局、彼女はもう一度、電話機にとりつく他はなかった。

「塙さんですか、おいでになりますよ」

紫水荘の管理人らしい声が、そう答えた。そうして町子が容体を訊こうと思っているうちに、引っ込んでしまった。

町子は、勿論、塙が電話口に出て来ようなぞとは、期待していなかった。果して、再び、管理人の声が聴えて、

「もしもし、あなたの名前は」

町子は自分の名を告げてから、塙の様子を訊こうとすると、皆までいわせないで、

「いえ、塙さんは、もうお出かけですよ。先刻《さっき》のは、間違いです……。お出先き？　さア、わかりませんね……お帰りそれもわかりません。はい」

町子は、力なく、受話機を掛けて、外へ出た。危く弁当包みを置き忘れるところだった。

すべては、冬の海の霧に包まれてしまった。なにもかも、見当がつかなくなった。

（なんか、あったんだわ！）

深い霧の幕を透して、町子は、朦朧と黒いものの姿を、認めないわけにはいかなかった。病気でないとすれば、何事かがあったのだ。銀行を欠勤しなければならぬような、なにかの事件が、塙の身辺に起きたのだ。昨日の不参と、今日の欠勤との間には、必ず関係がなければならない――

といって、町子にはなんの推測も、想像も許されなかった。それだけ彼女の不安は深まった。霧の中の船が、不断に汽笛を鳴らすように、町子も手を束《つか》ねてはいられなかった。駅の売店で、封緘《ふうかん》ハガキを買った彼女は、待合室の隅で鉛筆を舐め舐め、書きだした。

塙さん
あたしは心配です。昨日はおそくまでお待ちしました。

そして、今朝……。

その手紙を、町子は速達で出した。返事はなかった。

銀行とアパートへ、一、二度宛、電話をかけた。一度も、塙の声は聴かれなかった。だが、吉郎の復職を運動する必要はもうなくなった。正式に銀行から解雇通知がきてしまったのである。最後の月給や解雇手当の支払票も送られてきた。圭介が激怒して、吉郎が泣いて――もう一幕済んでしまった。

済まないのは、町子の気持だけであった。あらゆる推測の道が断たれれば、疑惑の辻に立往生する他はない。

時には、彼女は、塙の心変りを想像しないではなかった。その仮定を立てると悲しくもスラスラと謎が解けるのだ。日出子に心を移すような男とは考えられないが、二人の境遇や教養の差異や、塙の母親の反対や――悪いことばかり頭へ浮かんでくる。だが、次ぎの瞬間には、

（もしかしたら……）

（まア、あたしはなんていう女だろう！）

自分の心を叱りつけてやるのである。

心変りなんてことを思っては、塙さんに申訳がないし、自分の心にも済まない。

「あなたは僕を信じて下さい。いつまでも、いつまでも……」

遊仙園の庭で、塙は堅くそういったではないか。

「あたしは塙さんを信じています！」

同じ日に、自分の全生命を賭けて、小岩井日出子に宣言したではないか。

信じるということは、かりそめの心ではないのだ。信じる心は、デパートの正札のように、一夜でつけ替えられるものではないのだ。塙の口から絶望の宣告を聞かないうちは、兎《う》の毛ほどの疑いを起しても、恥かしいことだ。

町子は、そう思って、いつも押し潰《ひし》がれそうになる心をグッと堪《こら》えた。

それは或る日の午後だった。三チャンという男が彼女の店へバットを買いにきた。彼女は

「ルナ」の常連のその男に顔馴染みはあったが、塙と面識があろうなぞとは、夢にも知らなかった。

「煙草屋さん、いやに憂鬱だね」

「あら、そうですか」

町子は強いて笑顔をつくった。

「同情するよ、ヘッへへ」

「なにをですの」

「なにをですとは、君も心臓だね」

「だって、わからないんですもの」

町子がいい加減にあしらってると、対手は、小憎らしいという顔つきで、

「なるほど凄えや。ビクともしないんだからね。塙さん顔負けとございだろう」

「塙さん？」

町子は驚いて鸚鵡返しをした。

「塙さんは彼女と京都の紅葉を見物し、君は目下新人物色中かい？　どっちもよくできてらア、ヘッへへ」

三チャンという男は、「バット」の煙を残して階段の方へ去った。

散りぬるを

「どうじゃい、こりゃア……？」

　圭介は眼を細くして畳の上の品物を眺めた。直径一尺二寸ばかりの、銀色の大きな独楽のようなものである。

「これんなかへ、水銀を入れるのかい」

　暇で困ってる吉郎が、玄関兼自室の三畳から、這い出してきた。

「これ、触るんじゃないッ」

　と、忽ち一喝を食わせて、父親は、茶人が銘器でも手に入れたように、銀色の肌を撫ぜながら、

「こんなに図体が大きいが、貫目はたった七百二十五グラムしかない。新合金て奴は、便利なものだな」

　圭介は頗《すこぶ》る機嫌がいい。今日鉄工場へ催促に行くと約束より二日早く、シルミンの勢輪が仕上っていたからだ。

「なるほど、そんなに軽いから、いつまでも回るんだね」

　吉郎は、わざと愚劣なことをいってみる。揶揄ではない。不名誉な馘首事件以来、とかく、

父親に頭が上らない彼が、一種のお世辞を使うつもりなのである。

「バカをいいなさい、水銀の能率を高めるために、軽くしてあるのだ。ちょいと、ここをのぞいてご覧」

果して圭介は例になく、吉郎を対手《あいて》にし始めた。勢輪の中央の捻蓋《ねじぶた》を開けて、明るい方へ向けながら、

「この穴から、水銀を入れるのだが、肝腎なところが、透かして見える——。舌のようなものがいくつも飛び出しとるだろう」

「あア、見える、見える」

「あれが、この発明の眼目みたいなものだよ。初めは水銀の先生、下へ溜っているが、速度が増してくると、居たたまれなくなって、上へ昇ってくる。その時に、水銀も一緒に、素晴らしい勢いで、回転しとるのだ」

「電車が走れば、乗客だって同じ速力で走ってるわけだからね」

「その理窟よ。でも、水銀の奴が、重い体でもって、今の舌みたいなものに、体当りを食わせるんだな。つまり……すると、衰えかけた回転の速度が、また盛り返してくる。いよいよ、体当りは烈しくなる。いよいよ速度は増してくる。遠心分離の張圧力というものによって、そうなるんだ」

圭介は、ツルリと、鼻を撫ぜ下した。

「すると、初めちょいと回しとけば、いつまでも回ってるんだね」

「そうはいかん。初めのうちは、水銀に力をつけてやるために、時々、ほんの少しのエネルギーを補給してやらにゃいかん。だが、時間が経つに従って、その補給の量も、回数も、次第に少くなる。遂には、殆んどその必要を認めない状態に達してくる。そこで初めてこの勢輪の真価が発揮されるんだよ」

「そこで、ひとりでに、いつまでもグルグル回る勘定なんだね」

「そうだ、グルグル、いつまでも……」

圭介は思わず、会心の微笑を洩らした。晩秋の薄れ日の座敷に、クッキリと彼の顔が輝いた。

「うめえことを、考えたもんだなア」

と、吉郎の声を背中に聴きながら、彼は仕事場へ立って行って、

「この通り、半馬力のモーターも、自動調速器も、電力計も、みんな揃っとるんだ。水銀の先生が顔を見せさえすりゃア、それでもう……」

翌日から圭介は、吉郎を助手に使って、実験模型の組立てにかかった。

モーターや調速器を掩う函は、もう木組みができているので、釘や膠《にかわ》で止めればよかった。勢輪の軸を、調車やモーターに接続するのが、最も手間のかかる仕事だが、また最も圭介の好む仕事でもあった。彼は時々、コミ上げてくる歓喜に襲われて、

「ヤンハレ、山にイ登る、いつ登るウ……」

と、例の田舎唄を口誦《くちずさ》んだ。

「ねえ、お父ッつァん、実験の時にゃア、塙さんにも知らせるんだろう」

吉郎は、ハンダ用の鏝《こて》を、父親に渡しながら、そういった。

「あたりめえよ。なんしろ、出資者だからな。だが、あんな料簡のわからん奴はない。小岩井誠という野郎が、俺の仕事にケチをつけてるのに、金を出そうという気持が、おかしいよ。いくら、町子に惚れとるにしてもだな……」

「だけどね、お父ッつァん……そいつも、すこし怪しいと思うんだ」

「なにが」

「つまり塙さんの愛がだね」

「ナマいうねえ」

と、圭介は笑ったが、吉郎がそれから述べたことは、聞き捨てにならなかった。

「姉さんに気の毒だから、実は、いわなかったんだがね……」

と、吉郎は、塙が銀行の帰りに、素晴らしいモダンな令嬢と待ち合わせて、銀座なぞに現われるということを話した。

彼はそれを、此の間、退職手当を貰いに銀行へ行った時に、仲間の給仕から聞いてきたのだ。

「嘘だろう、あんな真面目そうな男が……」

「嘘なもんか、大勢、見た人があるんだ。銀行じゃア、とても評判なんだぜ。なんしろ、対手は凄いシャンで、名の売れた女だから、すぐわかっちゃうんだ」

「名の売れた女」

「うん、女画家でね。いつか、新聞に写真が出てたじゃないか。そら、湯島の小岩井病院の娘で……」

「なんだって？」

圭介は、鏝を投げ出して、キッとなった。

その湯島の病院へ、彼は二度も小岩井誠を訪ねて、面会謝絶を食ったのだ。塙の相手になる令嬢なら、年齢の点から考えて、それは、あの小癪な青二才の妹と、すぐ推定されるのだ。

「そうか」

圭介は、長い溜息を吐いた。さすがに彼は吉郎に、その女と立会い実験を挑んだ男との関係を語る気にならなかった。しかし、彼の心の中で、小岩井誠に対する憎悪は、俄かに、二倍になった。

「そうか……。塙という奴は、見込み違いだったな。そんな奴に金を借りたなア業腹《ごうはら》だが、実験が済んだら、倍にして叩っ返してやるからいい。だが、町子は、一体それを知らんのか」

「さア……姉さんは悧巧だから、感づいてるかも知れないよ。だって、この頃、いやに考え込んでるもの」

「そういえば、町子の奴、急に元気がなくなったな」

と、いってるところへ、玄関の格子ががらりと開いた。

「お父ッつァん、おるかい」

と、玄関に立ったのが、福田老人だけかと思ったら、(いけない!)苦手の庄崎未亡人が、続いて入ってきた。吉郎は、もう逃げるにも逃げられず、座敷へ案内した上に、茶菓まで運ばなければならないのである。

「これが吉郎で……」

と、圭介から紹介されると、未亡人は、マジマジ顔を眺めて、

「まア、立派なお息子さん、お父様にソックリですね」

「わたしゃア、こんな鼻をしとらんですよ」

「まア、なにをおっしゃるの。お鼻が高くて、ほんに役者みたい……。これから小母さんと仲好しになりましょうね。此の間は、お土産をスッカリ忘れちまって、ご免なさいね。これは、おちかづきのお印に……」

と、熨斗《のし》のついた紙包み――茶の間に引き下って封を切ってみたら、シャープ鉛筆と万年筆のセットが入っていた。

(こんなもんで、ご機嫌をとろうと思ってやがらア)

吉郎は腹の中で、そう叫んで、金色燦爛《さんらん》たる文房具を横目で睨んでいた。

座敷の方では福田老人が、

「いやどうも、重いのなんのって、大汗を掻いたよ」

と、小さな風呂敷包みを、解きにかかっている。

「ほんとに、福田さんが、ヨロヨロしながら、お歩きになったくらいでね。こんな小さなものが、あんた、六貫目からあるっていうんですからね」

と、庄崎未亡人が、側から、大袈裟な声を出した。

圭介は、それに生返事をしただけで、眼は一心に福田老人が固く締った結び目を解く手に、吸いついている。

「いざ、近寄って、首実検なされよ」

と、福田老人がフザけて、風呂敷の端を撥ねると、一斤入りのガラス砂糖壺のような容器の中から銀色がキラリと眼を射た。

「やア、なんともはや……」

圭介は、声を塞《つま》らせて、二人の前に、両手をついた。待ち焦がれた水銀が遂に手に入ったのである。

実験材料の一番大きな難関が、突破できたのである。

「なんの、君、これというのも、庄崎さんのお蔭じゃよ。たったこれだけで、五百円以上――それも売り惜しんで、なかなか手放しゃアせん、水銀も、こうなると、立派な貴金属じゃて」

圭介は、今度は、庄崎未亡人に向って、深く首を垂れた。

「いいえ、あたくしは、ただ保証に立っただけで……。でも、ほんとに相場を聴いて驚きましたよ。そんなわけで問屋さんも貸賃《かしちん》は少しお高いけれど、五十円欲しいと、仰有っていました」

「結構ですとも」

「それから、君、期間もできるだけ早く――実験が済んだら、その翌日にでも、返却してくれろということでのウ」

「いや、承知した」

圭介は、実験さえできれば、どんな条件でも、ものの数でなかった。


水銀が手に入ってから、圭介は、足許に火が点いたように、活動を始めた。

町子が、どんな顔色をしていようが、それはもう彼の問題ではなくなった。娘の恋愛だの、結婚だのに、関わっていられる時ではないのである。いや、そんなものは、この実験さえ成就すれば、みんな幸福な解決へ進むに違いないのである。

彼は、五反田の発明研究会館へ行って、知合いの主事に、公開実験の場所として会館の一室を借入れることを、交渉した。そうして五日後の十八日の午後に、部屋の約束が決まると、彼は誰よりも先きに、小岩井誠宛に、通告を発した。

決闘状は、時と場所を知らせればいいのだ。圭介は、湧き立つ胸を抑えて、青罫紙へ片仮名交りの簡単な文章を書いた。それを、三軒茶屋の郵便局で、内容証明にして貰った。

「おい鼻吉、この文句で、三通、手紙を書いてくれんか」

彼は、今度は反対に、丁寧な長い手紙を書いたが、同じ文句の招待状を書くのを面倒がって、吉郎に代筆させようとした。

宛名は、「発明新報」のY記者と雑誌「発明界」の編輯部であった。圭介は、都下の新聞記者全部を招待する計画を、費用の点で棄てなければならなかった。勢輪やモーターが、予想の倍もかかったからだ。しかし、専門ジャーナリスト二名と、発明研究会館の主事とが列席してくれれば、発明仲間に対する宣伝力は充分だと考えた。その他の列席者は、庄崎未亡人と福田老人であるが、これは招待状を書く必要はなかった。煩いほど、口頭で繰り返してるからだ。

「後の一通は？」

吉郎は、最後の宛名を訊いた。

「塙《はなわ》真次郎だよ」

「塙さん来るかなア……」

「なんでもいいから、出して置け。当日は、お客の接待に姉さんにも行って貰うんだからな」

「おや、姉さんも行くの？　だって店を休むわけにゃアいかないぜ」

「だからお前が店番に行けばいいやな」

「ちぇッ……僕は見に行けねえのかい」

血湧き、肉躍るという風に、吉郎は、立会い実験のことを考えていたのだから、店番は不平だった。

「その代り、お前には、実験の予習を見せてやる」

「へえ、そんな事をするの」

「きまっとるよ。公式試運転の前に、汽車だって汽船だってみんな予習運転をやるもんだ」

「家でやるのなんか、つまらねえな」

吉郎は、手紙を書き了えてから、仕事場の父親の側へ行った。圭介は、積算電力計を模型にとりつけてる最中だった。

「お父ッつァん、一寸頼みがあるんだがね」

父親が、器用にペンチを使う手先きを眺めながら、吉郎は、沈んだ声でいった。

「鼻吉め、飛んでもない野郎だ。こんなことを、俺にいやアがったよ」

と、圭介は、その晩、町子に一通り、公開実験の決定を語ってから、そういった。

「どんなこと？」

町子の声は、力がなかった。寒い夜更けの風に吹き晒されたせいか、血の気のない頰に、後れ毛が乱れていた。

「満洲に行きたいというんだ」

「まア」

「なアに、此の間うちから、職工になりたいの、航空兵を志願するのと、いろんな熱を吹いとったんだが、今日は内地にいるのが嫌になったなぞと吐《ぬか》してね」

「気紛れにいったんでしょう。遊んでるのがつらいもんだから……」

「俺も、そう思ったんだ。だが、話の様子が、どうも妙だから問い質してみると、俺の今度の発明が不成功に終ったなら、なにも満洲まで行きたくはないという……」

「まア、ヘンですね」

町子は、身に余る悲しみの荷を背負っていながら、吉郎のことになると、やはり、気になった。

「あいつ、なんでもかんでも知ってやがるんだ——。庄崎さんの一件までね。町子、お前が喋りはせんだろうな」

「真逆」

町子は、寂しく笑った。

「あの女は、どうしても好きになれんというのだ。あんな女と一緒に暮したくないというのだ。発明が成功すれば、お父ッつァんはあの女と一緒になるだろう、だから……」

「困りますね」

父親の言葉を遮るように、溜息を洩らした。

「公開実験にケチをつけるようなことをいやアがって癪だから、横ッ面を引ッ叩いてやったが……」

「また、そんな……」

「考えてみると、困ったことだよ。お前から、なんとか、いい含めてやってくれんか」

さすがに、圭介も、暗然たる面持ちだった。

「ええ、よござんす……。もう、臥てるんでしょうね」

「うん、引ッ叩いたら、飯も食わずに飛び出して九時頃に帰ってきたが、すぐ臥ちまやアがった」

町子は、座敷の方を、透かして見た。電燈を消した八畳の隅に、頭からスッポリ夜具を被った姿が、哀れげに見えた。

なんとはなしに、町子は、溜息ばかり出た。庄崎未亡人に好意をもてないのは、自分だって、やはり同じことだ。しかし、父親の晩年を慰めるのに、自分や弟の手では及び難いものを、あの未亡人はもってるのだから――

「ただね、お父ッつァん、あの方、発明の結果なんかに係わらないで、嫁《き》て下さるとほんとにいいんだけど……」

町子は、つい、本音を吐いた。結婚の条件というものは、なぜこんなに複雑なんだろう。世の中が悪いのか。人間の心が、悪いのか――

「なアに、どっち道、おんなじようなもんさ。実験も、後五日経てば、済んじまうからな」

と、事もなげに、圭介はいって、

「時に、町子、実験の日に塙さんにも来て貰うように、通知を出したぜ」

「………」

町子は、横を向いた。一滴の涙が、糸を曳いたからだ。

三チャンという男が、土塊《つちくれ》のように投げて行った言葉を、町子は、それほど気に止めたわけではなかった。

（真逆、塙さんが、そんな……）

たとい、最近の塙の行動が、いかほど不可解にしろ、銀行の欠勤が事実であるにしろ、また、京都が、彼の故郷であるにしろ、彼が〝彼女〟なるものを連れて、紅葉見物に出掛けてるなぞとは、バカらしくて信じられないではないか。魚は樹に登れない。聖人に万引はできない――

だが、その翌日だった。

帳場へ配達された彼女宛のハガキを、女ボーイが持ってきてくれた。三色版のアクどい赤と黄が、メリンスの模様のように、樹葉を染めていた。〝日本第一高尾の紅葉〟と、青い活字が浮き出ていた。

表面には、達筆なペンの走り書きで――

塙さんが、今、ロビーでお母さんと京都弁で話をしてる隙に、一寸貴女に報告を書きます。なぜなら、あたしは不意打ちが嫌いだからです。例の信仰と知識の問題は、やはり原則のとおりに、どうやら知識が勝ちましたわ。いずれおわかりになるだろうと思うけれど、とりあえず御報告まで。

京都ホテルにて
あなたと賭をした女より

突然降ってきた大きな石に、頭を砕かれたように、町子は、その絵ハガキが、手から床へ落ちるのも、知らなかった。

(あの女だった！　やっぱり、あの女の仕業だったのだ！)

叢《くさむら》の中に、蛇が匿《かく》れていたのを、町子は忘れていたのだ。いや、忘れたのではない。彼女は塙を信ずるのあまり、それを見まいとしたのだ。

(もしも、そうだとしたら、塙さんは、あんまり弱い人だわ。あんまり情けない人だわ。ほんとに、そんな人だったのだろうか……)

町子は、井の頭の茶亭で、最初に聴いた愛の告白を、憶い出さずにいられなかった。あの時に、塙は小岩井日出子への気持を、あれほど率直に語ってくれた。町子は、むしろ塙の心弱さのうちに、頼もしさと美しさとを感じたのだった。

(あんな正直な、あんな純潔な人が……)

人間の約束、魂と魂の信頼――それはそんなに脆く、崩れ果てなければならないだろうか。

「ね、ご覧なさい。あたしのいった通りでしょう――。すべては現実の力に支配されるのよ！」

勝ち誇った日出子の笑い声が、町子の耳朶《じだ》に、鳴り響くように思われた。

（いいえ、そんなことがあるもんですか！）

町子は、必死になって、抵抗した。

（塙さんに逢って、塙さんの口から、それを聞くまでは……）

打ち砕かれた心の中から、女の最後の力を振り搾って、彼女はそう叫んだ。

町子は、あらゆる努力を尽して、涙を堪えた。父にも弟にも、店のお客にも、胸に漲《みなぎ》る悲しみを見せまいとした。だから彼女は、吉郎に就いての相談を、父親からもちかけられても、話に乗ろうと努めるのである。ただ、塙のことをいわれれば、横を向いて、ソッと眼を拭うほかはなかったので――


立会い実験の日は、明後日に迫った。

「近来の痛快なる事件ですね。当事者としての抱負を聴かして下さい」

「発明新報」の記者が、圭介を訪ねてきた。そんなことに不慣れな彼は、ひどく昂奮して、発明経歴を話す時に、自分のもっている特許番号をとり違えたりした。そうして、口汚い言葉で、小岩井誠を罵倒した。

「ハッハハ、ところで、小岩井理学士はあなたのことを、慾の深いドン・キホーテだといってましたよ」

「なにをシャラ臭い！」

と、いったものの、彼は、高等学校時代に聴いたに違いない、その外国古典小説の名も、既に忘れ果てていた。

「とにかく、この問題は、第三旬号で大きく扱います。これから、小岩井さんの談話を、とりに行きますから、失礼……」

記者は、すぐに帰って行った。

(周《あま》ねく、天下に拡がって欲しいもんだ。それだけ、あの青二才の恥が大きくなるし、それだけこっちの宣伝になる理窟だからな)

圭介は、勇ましい武者振いを感じるだけで、実験の結果に、毫末《ごうまつ》の不安を持たなかった。ようやく出来上った実験模型に、機械的な障害のないよう、細心な点検をする積りでいた。ただ、公開実験は百万人の前でも行いたいのに、予習実験の方は、吉郎以外の誰にも、見て貰いたくなかった。それは発明家特有の処女のような羞恥からであった。

記者が帰って、暫らくして、福田老人が訪ねてきた時、彼はあわてて、出しかけた模型を、押入れの中へ戻した。

「いよいよ、明後日かい」

福田老人は気が揉めて、彼を訪ねてきたらしい。

「わしもそうだが、庄崎さんが、ひどい意気込みようでのう。まるで、自分の発明のようじゃ。当日は例の相続人候補者の青年まで連れて、会館へ行くそうじゃ」

「ハッハハ、気が早いね。そんな準備までしとるのかい」

圭介は、それだけ彼女が、結婚の準備を急いでる気持を、チラと感じたように思った。

「だから、あの女のことは、もう安心してええよ。充分、貴公にゴザッとるんじゃからの。たとい、実験が失敗したところで……」

「おいおい、老人、口を慎めよ」

圭介は、顔色を変えた。

「どうかしたかい」

「失敗とは、何事だ。俺ア、さっきも新聞記者に話したが、今度の発明ほど慎重に、それこそ石橋を金槌で叩きまわしたことは……」

「わかったよ。わしのいうのは、ものの譬えじゃよ」

「譬えでも、よくない」

圭介は青筋を立てて、呶鳴りつけた。

「そうか、それは、飛んだ失言をしたのう」

温和な福田老人も、些かムッとした気色で、間もなく、帰り支度を始めた。

圭介は、ようやく一人になったのを、待ち兼ねたように、押入れの襖を開けた。発明の仕事の前には、親友はおろか、娘も息子も、庄崎未亡人の面影さえも、無意味に思えるのだ。愛情に震える彼の手が、重い模型を曳き出してから、やがて、水銀の壺の方へ伸びた。

もう、トップリと、日が暮れていた。

吉郎は、此の頃、外出ばかりしているので、家の中は、圭介ただ一人だった。

反射蓋をつけた電燈が、汗が一ぱい滲んだ圭介の額を、キラキラと射出していた。

（はてな）

彼は小首を傾けて、また、スイッチのボタンを押した。そうして、秒針のある旧式な懐中時計を、一心に睨み始めた。

次ぎの間の電燈から、コードが引いてあって、模型のモーターと、一般用の積算電力計に接続していた。スイッチを入れると、水銀を入れた勢輪がおもむろに回転を始め、所要の電力量が、電力計の小数位指表《テスト・ダイアル》の小さな窓に、表われる仕組みになっていた。ごく僅少な電力の消費しか予想しないのだから、そのダイアルさえ見ればよいわけであった。

圭介は、先刻から、これで三回目のスイッチを入れているのだ。彼の計算では、五秒以内に、勢輪が全速度に達しなければならなかった。全速度に達すれば、自働開閉器が電源を絶つから、電力計の動きも止まるわけであった。

（また、二十五秒かかりやアがる！）

彼の血走った眼は、時計と電力計と、蜜蜂のような唸りを立てて回転しだした勢輪との間を忙《せわ》しく往来した。

五秒の予想が、二十五秒を要するのだ。そうして、電力計の白い帯は、既に四ワット時《アワー》も、黒い目盛りを上昇させているのだ。

（こんな筈はない！　一回の試験に、一ワット時も、必要とせんのだ）

圭介は蒼い顔をして、スイッチを切り、外函を外して、もう一度機械を点検してみたが、どこにも故障は見当らなかった。

（すると……計算の誤りか？　そんな筈はないんだが……）

もし計算の誤りとすれば、立会い実験を明後日に控えて、致命的な打撃とならなければならなかった。

彼は瘧《おこり》に襲われたように、ブルブルと、五体を震わせた。

（なアに、どんなことがあっても、明後日までに間に合わせる！）

彼は自分の発見と考案そのものに就いて、何等自信を失わなかった。発明の生命は、そこに宿っているのだ。計算や設計の錯誤は、いくらでも修正ができる。ただ、時間が差し迫っているのが、いかにも残念であるが――

既に、水銀を入れて、ひどく重たくなった模型を、ウンウン唸りながら、彼が押入れに納めようとしてる時に、

「やア、実験を始めたのかい？　見せておくれよ、お父ッつァん」

吉郎が帰ってきて、仕事場の入口に、立った。

「煩せえ、あっちへ行ってろ！」

圭介は、ピシャリと襖を閉めて、机に対《むか》った。厚い藁半紙の綴りを、彼は手函から引っ張り出して、尖った鉛筆のさきで、畳の目のように書き列ねた数字や記号の跡を、一つ一つ追って行った。

町子が、店から帰ってきた時、圭介はまだ晩飯も食べずに、仕事場に籠っていた。

「お父ッつァん……此の間の吉郎の話ですがね」

襖越しに声をかけても、なんの返事もなかった。サラサラと紙をひるがえす音が、聴えるだけだった。

圭介は、ハッと眼覚めた。いつか、仮睡《まどろ》んでしまったらしい——。雨戸の隙が明るくなって、外を往く轍《くるま》の音が聴えた。

今暁の三時まで、彼は精根を傾けて、計算の誤謬《ごびゅう》を探した。幸か不幸か、遂に彼の眼は一つの誤算をも、発見しなかった。その安心のために、一時に疲れが出た。机の上の藁半紙に頬をつけて、彼は居汚く眠りこけてしまったのである——

圭介は、彼が自慢するとおり、数学の技術に於てなら、決して人に劣るものではなかった。彼は正確に物理の公式に従い、精密に数字の計算を成し遂げた。その一つ一つに、何の誤りもなかった。ただ、彼が予想したように、無限に増大する勢力《エネルギー》を獲るためには、一つの計算と、もう一つの計算の間を繋ぐ橋が必要であった。彼はその橋を架ける代りに、河を跳び越してしまったのだ。その勇気は、恐らく彼が学問の重荷を背負っていないために、生まれたに相違ない。橋を架けることさえむつかしい大河を、彼が一跳びで渡ろうとしたのは、三十五年前に習った、中途半端な物理学の知識の災いであった。化学の知識に至っては、またそれに劣っていたかも知れない——

ハッと眼を覚ました圭介は、仕事場の雨戸を、ガラガラと繰り開けた。

銅を磨いたような朝日が、遠くの榎の大樹を染めていた。トタン屋根に薄い水霜が降りていた。空気は刺すように冷たいが、空の青さは眼の覚めるようだ。快晴の続く季節になってきたのだ。

圭介は、この美しい朝に向って大きな伸びをした。

（あア、いい気持だ！）

彼は、少しの疲労も感じていなかった。計算の誤謬のないことがわかれば、後の問題は簡単だ。恐らく、開閉器かモーターの故障にきまっている。そんなものの修繕は明日の実験までに、充分間に合う見込みが立つのである。

（そうだ、いよいよ、明日だ）

昨夜ほんとに臥なかったから、まる一日飛んでしまったような気がする。もう、明日か。やるぞ、明日は！

吉郎が職を失ってから、遠山一家はスッカリ寝坊になった。圭介は、台所に行って、紙屑竈に火を点けようかと思ったが、どうせ子供達が起きるのは八時頃だと考えると、その前に、実験模型に手を触れたくなった。

彼は、静かに、押入れの襖を明けた。

そこに、昨夜置いたままに、昔の自鳴鐘《じめいしょう》のような、模型の姿が現われた。圭介は力を籠めて、それを曳き出そうとして、ふと、木函の下に散ってる異様な水玉を見た。それは、蓮の葉の上の朝露のように、キラキラと此処彼処《ここかしこ》に煌いていた。圭介は手を伸べて、水玉に触れた。

「水銀だ！」

彼は、思わず、叫んだ。

眼を近付けると、勢輪は、古い流し台のトタンのように、腐蝕していた。その穴から、水銀は残らず流れ出して、押入れの床に散乱し、大部分は節穴から、床下へ吸われたようであった。

圭介は、茫然として、そこに立ち尽した。彼は、新合金シルミンの含有するアルミニュームが、いかに水銀に弱いかを知らなかった。

町子は、八時前に床を離れた。

顔を洗いに、台所へ行くと、竈に冷たい釜が掛ったままで、ガラス戸の安全栓も、抜いてはなかった。

（あら訝しい。お父ッつァんは、今朝に限って……）

だが、彼女はすぐに父親が昨夜、晩くまで仕事をしていたことを、憶い出した。彼女は、眠っているだろう父親を、眼覚さないように、物音を立てずに、朝飯の準備を始めた。

やがて、吉郎が起きてきた。

「姉さん、親父は？」

彼は新聞を片手に、不審そうに立っていた。

「まだ、お臥寝《やすみ》よ。昨夜、とても晩かったんだから」

「ヘンだなア。今、門へ新聞をとりに行ったら、仕事部屋の窓が、スッカリ開いていたぜ」

「じゃア、今、起きたところよ」

「そんなことないよ。だって門も玄関も、鍵が外れてるし、親父の下駄もないんだもの」

それを聴いて、町子も、少し不審になってきた。そういえば、一時間ほど前に、門の開く音を、夢うつつに聴いたように思われる――

「散歩かも知れないわ」

ふと彼女は、そう考えて、香の物を刻み始めた。

やがて、味噌汁も、飯もできた。時計は、九時を打った。

「腹が減っちゃった。僕だけ、先きへ食おうかな」

吉郎は、時計を見て、いった。

「お待ちなさい。じきにお父ッつァんが帰ってくるわよ」

「ほんとは、親父と一緒に、食いたくねえんだ……。すぐに、暴力を振うんだからね。あんなわからねえ親父って、あるもんか」

「吉イちゃん」

と、町子はそれを窘《たしな》めて、

「あんなにいったのに、あんたはまだ解らないの。お父ッつァんの気持を、ちっとは、あんただって、察して上げるものよ」

「そりゃア、気の毒だとは思うさ。だから、親父が発明の方で苦労するんなら、いくらでも労《いたわ》って上げたいよ。僕ア、一日も早く就職して、家の生計を助けようと思って、ずいぶん運動してたんだぜ。だけど……」

吉郎は、二、三度、眼を瞬《しばた》いたと思うと、ポトリと、涙を落した。

「だけど、あの女だけは、どうしても好きになれねえんだから、駄目だ」

「また、そんなことを……」

そういって、町子は、首を垂れた。平常の彼女なら、此の上いくらでも、弟を説得する力があった。だが、心に受けた深い傷が、彼女を弱らせていた。ややともすると涙ぐんでくる自分を、紛らすように、時計を見て、

「あら、もう十時だわ。いくらなんでも、散歩じゃないわね。福田さんか、庄崎さんの家へ、行ったのかも知れないわ。さア食べない？」

彼女は、吉郎を促して、餉台《ちゃぶだい》に向うことにした。

弟の茶碗に、最初の飯を盛ってやろうとする時だった。町子は、ふと、門の外で、がやがやする人声を聴いた。

「遠山さん……もし、遠山さん！」

啻《ただ》ならぬ声と共に、格子戸が開いた。

（あッ……）

と思ったが、口は利けなくなって、町子は、棒のように、立ち竦んだ。

スエーターの上に、作業服を着た男が、海老のように丸くなった圭介を、両腕に抱えて、入ってくる後から、巡査の黒服と、物見高く中を覗き込む、近所の人の顔、顔――

「お父ッつァん！」

町子は、乾いた喉から、無理に声を絞った。

「とにかく、臥かして……」

巡査の指図を聴いて、吉郎は、慌てて、八畳に布団を敷いた。

「お父ッつァん！」

町子は、枕許で再び呼んだ。

「お父ッつァん！」

吉郎も、続いて叫んだ。

額から後頭部にかけて、厚く繃帯に巻かれた圭介の顔は、紙のように白茶けて、処々に、土埃が粘りついていた。深い眼窩の中に、静かに瞼が閉じていたが、顳顬《こめかみ》はピクピクと、速い脈を打っていた。半ば開いた唇は、泥のような色に変っていた。烈しく吐く息が、プーンと、鼻を掩いたいほど、酒臭かった。それも、ただの酒でなく、焼酎の悪臭だった。

娘と息子が、何度呼んでも、圭介の返事は遂に聴かれなかった。

「病院で手当を受ける時までは、たしかに意識があったんだがね」

と、巡査が、いった。

「お名前も、番地も、ご自分で、チャーンと仰有ったんです……」

作業服の男も、済まなそうに、いった。

「父は、一体、どうしたんでございます」

町子は、やがて、キッと、顔を挙げた。

「済みません……。なんしろ、アッという間で……おまけに、ひどく酔っておいでになったもんですから……」

作業服の男は、蒼い顔をしてシドロモドロのことをいった。

「まア、君は黙ってい給え……」

巡査が、代って、説明をしてくれた。

作業服の男は、運送屋のトラックの助手だった。彼等が朝の仕事に出るために、空車を飛ばして、三軒茶屋の大通りにかかると、道の片隅をヨロヨロ歩いていた酔漢が、イキナリ、車の前へ蹌《よろめ》いてきた。折り悪しく電車が走ってきたので、大きなカーブを切るわけには行かず、アッという間に、跳ね飛ばしてしまったというのである。轢いたのではないから、負傷は軽いと思われたが、担ぎ込んだ病院の診察では、後頭部を激しく打ったので、脳内の出血が甚だしいらしく、生命は覚束ないということであった。

「運転手は、署に留置してありますが、その男のいうところによると、自分の過失ではない、たしかに自殺だというのですが……。なにか、お心当りがありますか」

と、巡査に訊かれて、町子は即座に答えた。

「いいえ、決して、そんな……」

明日の実験を、あれほど待ち焦れていた父親ではないか——

町子は、どうしても父親の容体を諦めきれずに、吉郎を医者に走らせた。巡査と助手は、やがて帰って行った。町子はたった一人になって、もう一度、父を呼んでみた。すると、圭介の色ざめた唇から幽かな呟きが洩れた。

「な、回っとるだろう……無限に……無限に、回っとる……」

圭介は、負傷した日の夕暮れに死んだ。

最後まで、彼の意識は、恢復しなかった。しかし、彼の顔は、いかにも平和な表情を浮かべ、いかにも愉しげに囈語《うわごと》をいい続けた。彼は夢幻の国へ行って、ついにあの大発明を成し就《と》げたに違いなかった——

通夜をしながら、町子よりも、吉郎の方が多く泣いた。オイオイと、声を揚げて泣いた。町子は、涙の乾いた女のような、顔をしていた。

（シッカリしなくてはいけない！）

絶えず、彼女は自分の心にそういって聞かせていた。

福田老人が飛んできて、亡友の枕許で、吉郎に負けぬ大きな泣き声を立てた。

やがて町子は、老人を仕事部屋へ連れてって、彼女が不審を感じている実験模型の状態を示した。

「ふウむ……」

福田老人は、ジッと、勢輪の腐蝕の箇所を眺めていた。

「ええかい、このことを、誰にも話すんじゃないよ……。お父ッつァんの恥になるからの」

彼はそういって、涙を拭った。

町子は、やはりそうかと、思い当った。たとい、自殺ではなくても、父がこんな災禍を招くほど泥酔した原因が、ほぼ読めた気がするのだった。早朝から酒を呷《あお》るなんて、平素の父親には、決して無いことだったから――

(可哀そうな、お父ッつァん!)

腸から滲んでくるような涙を、町子は抑え兼ねた。

庄崎未亡人は福田老人よりも、数時間遅れてきたが、遺骸に取り縋《すが》って泣き咽《むせ》ぶ様子に、町子も吉郎も、過去の反感を一切忘れかけたくらいだった。

だが、暫らくして、茶の間へくると、彼女は町子に囁いた。

「あのう、水銀のことでございますがね。あれは早速、問屋へお返し下さいましね。さもないと、保証人のあたしが……」

彼女が帰ってから、福田老人と吉郎が、懐中電燈を持って、床下に潜った。其処此処《そこここ》に散りこぼれてる水銀の玉を、二人は必死になって、ガラス壺に採集した。しかし、明るい光線の下に持ち出すと精々三分の二の量に充たないほどだった。他は、微粒になって見えない場所に散乱してるらしい。

「……ざっと、百五十円がところ、足りんよ」

福田老人が吐息をついた。

「小父さん、あたし月賦でもお返ししますから、庄崎さんのご迷惑にならないように……」

町子は、強い口調で、いった。

「そんなことより、葬式の金があるかね」

「はア」

と、答えたが、前日の煙草の売上げが、二十何円あるだけであった。

「姉さん、僕んところに、三十円ぐらいあるぜ」

吉郎が、側から口を出した。月給と解雇手当が、まだそれくらい残っていた。

「わしも、及ばずながら、なんとかする――遠山は、古い友人じゃもんな」

福田老人は眼を瞬いた。

或る星の下に

「ルナ」の煙草店の中に、坊主刈りの頭が現われてから、今日で三日目だ。

「毎度、ありがとうござい……」と、景気よく、喉を飛び出さねばならぬ言葉が、途中で引ッ掛って、出ずじまいになる。金勘定に慣れないから、お釣銭の出し方が遅くなる。それにも増して、お客様の反感をそそる理由は、夏蜜柑の皮のような満面のニキビと、筍のような偉大な鼻にあるかも知れない。

正直なもので、吉郎が店に立つようになってから、覿面《てきめん》に売上げが減った。煙草のお客は、殆んど男性ばかりだから、どうも仕方がない。その代り、少女ボーイの間には、町子よりも、遥かに人気があるとのことである。

町子は、家に臥ている。

父の葬儀を終るまでに、彼女が頭と心を使わねばならぬことが、あまりに多過ぎたのである。水銀の不足額は、結局、百七十円の債務となって、町子が月賦で償還することを、福田老人の尽力で、辛うじて薬種問屋が承知した。まだ、父親の遺骸が家にあるのに、彼女は証書に判を捺したり、質屋通いをしなければならなかった。なぜなら、水銀の使用料五十円は、即時支払いを要求されたからである。亡き人の肌の温みが、まだ残っているような衣服も、町子の夏冬の一張羅も、ことごとく箪笥から消え失せた。

彼女が心秘かに当てにした親類は、遂に一人も影を見せなかった。母親の血筋は、殆んど死に絶えていたが、父の郷里には生活に不自由のない親戚が、一、二軒残っていた。しかし、圭介の日頃の偏屈が祟っているのか、弔電と僅かな香奠《こうでん》を、送ってきただけだった。

町子は、それでも、福田老人や庄崎未亡人に、一銭の庇護も受けないように、あらゆる努力を払った。とにかく、葬式だけは、無事に出すことができた。その代り、骨壺を抱いて、火葬場から帰ってきた晩、彼女は烈しい頭痛を起した。熱が、九度近く昇っていた。

父親が不幸で、三日店を閉めたのを「ルナ」の支配人から、既に速達で、文句が来ているところだった。

休店が続けば、恐らく町子のもってる権利が、他人に譲られてしまうに違いないのである。彼女は嫌がる吉郎を頼んで、店番の身代りを立てるより他はなかった。

だが、町子の病気が、疲労からきた感冒であることは、まだしもの倖《さいわ》いだった。吉郎は姉の頭を冷やしたり、お粥を炊いたり、生まれ変ったように、小マメに働いた。熱はもう七度台に下ったが、彼は姉に当分の休養を薦めて、床を離れさせなかった。

「ありがとう、吉イちゃん。これから二人、シッカリやってこうね」

と、姉がいった。

「うん、到頭二人っきりになっちゃったからね」

と、弟が答えた。

だが、実をいうと、吉郎は、店番というやつがあまり嬉しくなかった。売上げが減ったばかりでなく、どうもお客という奴が、小癪に障るのである。

今日も、一人の青年が、ノッソリと店先きへ立って、

「おい、君」

と、声をかけた。背のズングリした、眼のクリクリした、不愛想な男である。

「なにを上げます？」

吉郎も負けずに、不愛想な顔をして、客に答えた。

（此奴も、今頃『ルナ』なぞにくるんだから、どうせ有閑野郎だろう。親から立派な学校を

卒業させて貰っても、ブラブラ遊んでやがるんだろう。フン、虫が好過ぎるぞ！）

　こんなことばかり考えてるから、吉郎の煙草は売れない筈だ。

「いや、一寸、訊きたいことがあってね」

　客はマスクを掛けた口を、モグモグ動かせた。

「煙草は要らないんですか」

「要らねえ」

　ヘンな客だ。そういえば、オーヴァーの襟を立てて、ソフトを眉深《まぶか》に冠って、四辺を憚ってる様子が、普通ではない。

　或いは私服の刑事が、何かを調べにきたのではないかと、吉郎は気味が悪くなった。

「この店は代が変ったのか」

「いいえ、前のとおりです」

「しかし、前には……」

　と、いって、客はモジモジと、いい淀んだ。もし、ほんとに私服だとすると、よほど気の弱い刑事さんだ。ことによると、専売局の調査員かな――

「ええ、此の間までは、名義人の遠山町子が店へ出ていたんです」

「そうだ、その遠山町子さんだ。どうしたんだ――どうして、店へ出ていないんだ」

　と、聴かれて、吉郎はしばらく、返事に迷った。ウカウカしたことをいって、姉の迷惑になっては困る。

「君、遠山さんは……結婚したんじゃないかい」

客は、苛立った様子で、再び聴いた。

「結婚どころか……」

と、吉郎は、つい釣込まれて、腹立たしそうに、

「……病気で臥ていまさア」

「病気？」

客の声の色も、変った。

「でも、風邪だから、じきに、癒ります」

「そうか……そんならいいけど」

客は、下を俯いて、売台に手を置きながら、何か、もっと多くのことを聴きたげに――それがまたしきりに躊躇されるように、モジモジと、靴など動かしていた。

吉郎は、もう対手が、刑事だとも、専売局員だとも、思わなくなった。

「失礼ですが、あなたは誰方《どなた》ですか」

彼は、勇気を出して聴いてみた。

「俺かい？　……それより、君は誰さ」

いよいよヘンな男だ。

「僕は弟です」

吉郎は、ブッキラ棒に、答えた。

「君が、遠山さんの弟？」

対手は、吉郎の鼻を、不審そうに眺めていた。

「ええ」

「そんなら、遠山さんのことを、なんでも知ってるわけだね」

「当りまえですよ。でも、そんなことを訊いて、どうなさるんですか。姉に、なんの用がおありになるんですか」

と、吉郎が威丈高になるに従って、その男は、いよいよマゴついて、

「いや、俺ア……俺ア、君の姉さんに、俺の大切な本を貸したんだよ。それを、返して貰えばいいんだよ」


その男は、野村勇蔵であった。

彼は、昨日から、再び東京の土を踏んでいた。幡ヶ谷の以前の下宿が、倖いまだ明いていたので、そこへ行李を解いて、今日は「ルナ」の閑散時の二時頃を見計らって、訪ねてきたのである。店の者に逢うのが、どうも恥かしいので、ご苦労にマスクなどで顔を掩《かく》しながら――


だが野村は、もう以前の野村ではなかった。

火傷で入院している間の苦悩も、故郷にいた時の煩悶も、今はことごとく彼の胸から拭い消されていた。彼は噴き溢《こぼ》れるような新しい勇気を懐いて、力強い足を都門に踏み入れたの

である。

それ許りではない。

彼は、生まれて初めて見た大金——千五百円というものを、懐中に握ってるのである。この金が、彼にあたらしい勇気を湧かせた原因ではなくても、すくなくとも、その動機となったのは、争われないことだ。

荒川の堤防で、彼が悶々と、枯草の上に臥ている時、村の郵便局長が、自転車で彼を尋ねてきた件は、その章で既に書いたが、

「勇蔵さん、今、本局から通知がきたんだが、君の預けた債券が当ったぞ。しかも、たった一枚のあの事変貯蓄債券がよ！」

と聴かされた時には、野村は茫然として、返事もできなかったのである。

彼は東京から持って帰った十五枚の債券を、すぐに郵便局へ保管手続きをして置いた。十四枚はことごとく勧業債券で、一枚が事変貯蓄債券だった。昨年の暮れは金回りが悪くて、たった一枚しか買えなかったのだ。それが、一等割増金に当籤してしまったのである。

広い河原の上の空に、野村が、描いては消し、消しては描いた空想の店舗は、不意に一条の金色の光芒に射られて、ハッキリと外郭を浮き上らせることになった。

（もう、俺ア迷わねえぞ！）

野村は、債券の当籤を知った時に、成功の神様から「往け」と、命令された気がした。

再び上京の決心を、息子から聞かされて、母親は大いに嘆いたが、

「その方が、結局、家の幸福なんだ、お母さん、見ててご覧よ、今に……」

野村は自信の笑顔を以て、彼女を説き伏せた。その代り、彼は十四枚の債券を母親に置土産にすることにした。

現金が手に入るまでには、二十日ほど時日がかかった。その間に野村は、毎日一心に、洋菓子店「ヤマト」の開店計画に耽った。今まで、彼が予想していた開業資金は、二千八百円であった。それは、彼が尊敬する大村屋の開業資本の七百円に、それ以後の物価騰貴率の四倍を掛けて、生まれた数字である。その額には、まだ約千三百円ほど足りないが、もうそんなことを気にしていられなくなった。

それよりも、差し当って野村の欲しいのは、唯一無二の相談対手「パン屋の主人として」であった。大村屋主人のその著書は、どこへ行っても売ってるに違いないが、野村は自分が何遍か読み返して、手垢の浸み込んでいるあの一冊が欲しかったのだ。どの頁にも、どの行にも、形なき備忘の文句が書き込んであるように思えるからだ。

(あの本さえ、遠山さんに返して貰えばいいんだ。他に用はねえもんだ)

少くとも、自分では、野村はそう思っていた。

俗諺《ぞくげん》にもいう通り、金運好ければ女運悪しで、それを逆にいえば、野村勇蔵も町子に失恋したればこそ、債券に当籤したのかも知れないのだ。成功の神様は、色情だの恋愛だのを、どうやらお気に召さぬらしい。野村が満願の日まで、女に見向きもせずと誓った癖に、名前入りのデコレート・ケーキを町子に贈ったりするものだから、神罰立ちどころに下って、大火傷をしてしまった——。とそんな風に考えていたのは、誰よりも、当人の野村自身なのである。

（だから、あの本さえ返してくれれば、それでもう、用はねえんだ。第一、遠山さんは、どうせじきに結婚しちまうんだからな。塙っていう男と……）

着いた晩に、下宿の三畳で、野村は、しきりにそんなことを考えた。

それは、負け惜しみでも、やせ我慢でもなかった。われに大望あり矣——遠山町子と塙真次郎が、相合い傘で行こうが、腕を組もうが、コチトラの知ったことに非ずと、彼は心の中で呵々哄笑《かかこうしょう》したのである。

だが、翌日は、そうは行かなかった。

「ルナ」を出てから、野村は、なるべく新宿に近い裏通りに、手頃な小店舗の貸家を、探して歩く積りだったが、なんだか、急に億劫になった気持で、食堂新道の小さな支那料理店へ飛び込んだ。

「ワンタン、一つ」

好きなワンタンを誂えるのも、考えてみると、もう二月振りであった。早いものだ——いつか町子をワンタン屋へ誘って断られたが、あの晩以来食べないのだ。そうだ、あの晩だ。柵に沿った道で、あんな風景を見たのは——

野村は、濡れた、紙屑のようなワンタンを、陶匙《れんげ》で掬いながら、追想に耽った。

（二カ月の間には、いろんなことがあるもんだなア。俺は千五百円儲かるし、遠山さんは、お父ッつァんに死に別れたそうだし……）

吉郎と話の末に、ふと、喪中ということを聴いて、野村はどれだけ驚いたか知れなかった。しかも路上の危禍と知っては、ほんとに同情しないでいられなかった。

吉郎は、野村が、以前に「ルナ」にいた菓子職人だとわかると、急に親しみを見せて、

「すると、いつか姉にお菓子を下すったのは、あなたでしょう……。あれは、とても旨かったですよ」

と、それからそれへ、話が伸びて、二人は売台を挟んで、一時間も語り合ったのであった。

「親父も可愛そうだけれど、姉だって、ずいぶん気の毒ですよ。当てにした縁談は、ブチ壊れるし……」

「え？　あの塙って男との……」

「おや、あなたも知ってるんですか。あの人との婚約が、絶望的になったんですよ」

「どうして？」

「どうしてって、塙さんが心変りをしたんですよ。好きな令嬢ができたらしいんですよ。やっぱり、インテリは駄目ですね」

吉郎は、生意気なことをいった。

野村は体を乗り出して、詳しく顚末を聞こうとすると、遠くに支配人の姿が見えたので、慌てて、「ルナ」を飛び出してきたのである――

(気の毒なもんだ)

野村は、ワンタンの汁が、顎へ流れてるのも知らずに、考えていた。

「まア、驚いた。野村さんが……?」

翌朝、吉郎の話を聞いて、町子は眼を円くした。

もう平熱に下ったが、咳が除《と》れないので、彼女はまだ寝床の上に坐っていた。

「田舎に帰っていたんだってさ」

「そうお? 道理で、行方が知れなかったわけだわ……。元気だった?」

「うん。なんだか、もの凄く元気だよ」

「あたしのこと、怒ってやしなかった?」

「ちっとも」

「また『ルナ』へ帰ってきたのか知ら?」

「さア、どうも、そうじゃないらしかったよ」

とにかく町子は、野村が無事で元気で、東京へ帰ってきたのが、嬉しかった。自分の責任が、半分減ったような気がした。

「でも、姉さんに貸した本が入用になったんだって。――今日、店へ取りに来る約束になってるんだ」

「そう。あの本なら、もうスッカリ読んだわ。とても、面白かったわ。茶の間の押入れに入ってるから持ってって上げてよ。よく、お礼をいってね」

もう、そろそろ、吉郎が店へ出て行く時間であった。彼は、弁当箱と一緒に「パン屋の主人として」を、風呂敷へ包んだ。

「ご免」

その時、玄関で、声が聴えた。

「あら、野村さんの声だわ？」

町子は、再び、驚きの眼を瞠った。吉郎が、玄関へ飛んで行った。

「あんたに、町の名を訊いたけど番地の方はウッカリしちゃってね。今朝、七時から探し回ったんだよ。恐ろしく、わからねえ処だね」

と、野村が吉郎に話す高声が聴えて、やがて、素晴らしく大きな果物籠を抱えた姿が、ノッソリと敷居際に現われた。

「まア野村さん……」

町子は、寝床の上で、居ずまいを正した。

野村は、自分も、三尺ばかり座を退って、安物サージのズボンの膝を揃え、四角く両手を張って、

「遠山さん、暫らくでした。あの時は、まったくどうも……」

と、額を畳につけた。

「まア、なんですの」

「入院中、あんたにあんなに親切にして貰って……それだのに、僕ア……」

野村は、重い果物籠を抱えてきたからでもあろうが、額に汗を滲ませていた。

「あら、そんなこと……」

「あん時ア、少し、ヒガんでいたもんだからね……。だけど、もう、いいんです……。もうキレイサッパリなんです……。それどころかあんたに、とても済まねえと思ってるんです」

彼は、また、頭を下げた。

「そんなことより、火傷の方は、もうスッカリお癒りになって？」

「その方も、キレイサッパリ——薄く痕が残ってるだけです。『ルナ』にいた時より、もっと元気になりましたぜ——。元気にならずにいられねえ訳もあってね、ハッハハ。あ、忘れるところだった……。これは、あんたの病気見舞いです」

「あら、お止しなさいよ、そんなこと」

「だって、あんたも僕に、果物の見舞いをくれたじゃねえですか」

野村は、子供のように、口を尖らせた。

「それから……お父さんが、どうも飛んだことでした」

野村は、また、四角に、両肘を張った。言葉は簡単だが、眼にも声にも、率直な感情があふれていた。

「ありがとうございます」

町子は、不覚な涙を、キラリと雫した。父親の死に、こういう風な悔みをいわれたのは、今が初めてだった。福田老人や、近所の人は、それぞれの関係でそれぞれの悔みを陳《の》べてくれたけれど――

「僕も、子供の時に、親父に死に別れたけど、おふくろは、まだピンピンしていますよ。遠山さんは両親とも亡くしちゃったんだから、気の毒ですよ。でも、あんまり悲観しちゃアいけないね。――元気を出しなさい、元気を。人間てえ奴は、不思議なもんですよ。元気を出すと、きっと吉《よ》い事が回ってくるからね」

と、野村は、絶大の自信を以て、町子を励ました。失恋して、火傷した人間にも、債券が当ったのだから――

町子は、その他愛のない言葉に微笑んだ。弟と二人きりで、悲しみの顔をつき合わせている彼女にはそれでも、仄かな明るみが射した。

「ええ、ありがとう」

「一つ、お父ッつァんに、お線香を上げさして下さい」

野村は、床の間に飾ってある白木の位牌の前へ進んだ。そこには白い布に包んだまま、圭介の遺骨が置いてあった。町子が寝込んだ為めばかりではなく、埋葬の費用に困っていたからだ。福田老人にトラック屋から、慰問金をとってやるといったが、町子は堅くそれを断った。なぜといって、父親が自殺を企てたのではないかとの疑いが、彼女の頭に深く刻まれているからである。

「遠山さん、これはほんの少しですが……」

礼拝を了えた野村は、上着のポケットから、御仏前と書いた白紙の包みを出した。

「あら、野村さん、なんなの！　お金じゃないの？」

「ええ、ほんの志なんです」

「お金なら、あたし、頂かないわ」

町子はキッパリいった。

「どうしてです。こういう時に、香奠《こうでん》を出すのは、当りまえじゃねえですか」

「ええ、普通なら、あたしだって頂くわ。でも、野村さんは、あたしが立替えた入院料を、送り返してきたわね」

ここぞと、町子は、その時の鬱憤を霽《は》らした。

「うん、あれかね、あれはその……」

と、野村は頭を掻いたが、

「少しヒガンでいたせいもあるけど、実際、あんたの懐中の苦しいことが、よくわかっていたもんだからね」

「苦しいのは、お互い様よ。今だって、野村さんがラクなわけはないわ」

「ところがね、その……」

野村はニヤニヤ笑った。そうして、得たりとばかりに、債券当籤の由来を話した。

「まア……」

町子は、いつか、債券の問題で野村に、当てのない空想を描くものではないと、忠告したのを、憶い出した。野村の夢は、遂に実現した。ああ、父親の発明は、なぜあんなにも脆く崩れたのだろう――

「野村さん、本をここに置きます。僕はこれから、店へ出掛けますから」

と、吉郎が挨拶にきた時に、野村は町子をつかまえて、夢中になって、開店の計画を喋っていたが、

「あ、待ち給え。そこまで、一緒に行きますよ」

彼は、急に、ソソクサと、帰り支度を始めた。

「ほんとに、遠山さん、悲観しちゃ駄目だよ。悲観てやつが、一番いけねえんだ。早い話が、俺を見なせい。悲観をやめたら、こんな運が転がり込んできたじゃねえですか……。おッと、これを忘れちゃ大変だ」

野村は、「パン屋の主人として」を、ポケットへ捻じ込むと、明るい笑いの声を立てて、帰って行った。

町子は、野村の訪問が嬉しいというよりも、快かった。暗黒な喪の家に、初めて戸外の光線が射し込んだような気がしたからだ。それに、野村が彼女に対して、何の拘泥も持っていないように思えたからだ。あの晩、柵に沿った道にいた男は、やはり野村ではなかったのだと、彼女は考えた。

町子は野村の置いて行った香奠を、仏前に供えてから、封を開いてみた。

（まアこんなに……）

十円紙幣が、五枚入っていた。

（駄目、駄目……。折角、債券が当ったって、こんな無駄使いをしてたら、すぐ無くなっちまうわ。今度逢ったら返して上げなくちゃア……）

と、同時に、彼女は、その五十円で、父の埋葬が行えることも、考えないでいられなかった。

その時刻に、野村は吉郎と別れて、渋谷の裏町を、歩き回っていた。

（どうも、この近辺は、活気があるぞ）

彼は町子の家を訪ねる途中にふとそう感じたことを、更《あらた》めて感じ直した。そこは渋谷の殷賑街を見下す崖の上だった。映画館だのデパートだの、白堊《はくあ》が、ゴミゴミした黝《くろ》い甍《いらか》の上に、聳え立っていた。それは、早春の土を破った、草の芽のような力を感じさせた。

（成功するのは、新宿とばかりも限らねえ）

野村は、腕組みをして、そう考えた。大村屋のことが常に頭にあるので、彼はなんともなしに、開店の場所を新宿を中心とする区域にきめていたのだが、何もそれに執着する必要はないのである。いや同じ盛り場としても、新宿は既に発展の極に達した感じがするのに、この土地はまだ場末の面影が、どこか漾《ただよ》ってるようだ。そこが、つけ目である。新しき大村屋たらんとする商人の努力が、ここにはまだ残されている。

（うん、こりゃア一つ、遠山さんに相談してみよう）

最後に、野村は、そう思った。「ルナ」にいた時分、空想の店舗に就いて、町子は、いつも適切な批評や忠告を与えてくれた。彼女の意見が、一番信頼に値いするからだ。

だが、町子と度々逢ってるうちに、また火傷をしなければならぬような羽目に、墜入《おちい》りはしないだろうか。

（なアに、今日行ったのは、遠山さんに同情したからだし、今度行くのだって、ただ智慧を借りるのだし、それくらいのことで、成功の神様が、罰を当てやしねえだろう……）

「そんなにいって下さるなら、頂いて置きますわ……。野村さん、どうも有難う」

町子は、両指を揃えてお辞儀をした。

「お礼なんか、後回しにして、とにかく一緒に、その店を見て下さい」

セカセカと、野村がいった。

翌日も、野村は、町子の家を訪ねた。彼女は、今日から床を上げて、店へ出るつもりで、髪を結っていた。野村は、町子の顔を見ると、彼女はすぐに、多額に過ぎる香奠を返却しようとした。野村は憤慨した口調で、例の入院料の件なぞを持ち出し、貧乏人の仁義なるものを力説した。そうして、その代り、開店に就いて、彼女の智慧を貸してくれ——実は、昨日既に、手頃な貸店を見付けてきたというのである。

「ええ、じゃア、お店へ行きがけに……」

町子が、そういって支度を始めた間に、野村は吉郎をつかまえて、しきりにその貸店がいかに立派で、いかに絶好な場所にあるかを、吹聴していた。

「吉郎君、君も俺の店で、一緒に働かねえかい。どうせ、小店員が一人要るんだ」

「小僧ですか。僕ア、軍需工場の職工の方がいいな」

「そいつア、いけねえ。たとい、今、いくら収入があったって……」

と、野村が説得に努めてるところへ、

「お待ち遠様」

町子が、久し振りに、キチンと帯を締めて、現われた。野村は「ルナ」の裏口へ入ってくる彼女の姿を懐かしく憶い出した。

やがて二人は、連れ立って、外へ出た。

「でも、よかったわね。野村さん——願いが叶って」

「うん、だから、何事でも諦めちゃアいけねえよ」

いつか、二人の話の調子は、野村が「ルナ」にいた時のような親しさに、帰っていた。

玉電を道玄坂上で降りると、野村はグングン先きに立って、大通りを横切った。やがて細い横丁へ入ると、二階建ての三軒続き、木骨コンクリートの外装の新しい貸店の前へ、足を留めた。二軒は既に約束済みとみえて、貸家札が剝がされていた。

「どうでえ、素晴らしいだろう、遠山さん」

野村は、もう自分の店になったような顔つきで、遠慮なく、ニス塗りの硝子戸を開けた。

「立派なお店ね。お家賃は？」

「六十円だ。敷金が三つ……その他に、権利金が七百円要るんだ」

新築の貸店がガランとした土間には、何の設備もなかった。

「此処を店にして、奥の六畳と台所をツブして、パン竈《がま》を拵えて仕事場にして、二階は喫茶室に改造して、それから『ヤマト』という看板は……」

と、野村が一人で喋ってる時に、ジッと考えていた町子が、口をきいた。

「駄目よ、野村さん、この店は」

「駄目？　なぜ」

「あんた、『パン屋の主人として』の中に書いてあったこと、忘れたの」

「え？」

「一カ月の家賃は一日の予想売上高を、超ゆるべからずって、書いてあったわ。あんた、初めからこの店で一日六十円売上げる自信があって？」

「なるほど、それもそうだね」

野村は、頭を掻いた。

「権利金と敷金を払ったら、資本金が、もう半分以下になっちまうわ。仕事場の設備費、売場の建具造作、材料の仕入れを考えてごらんなさい。とても、それだけのお金じゃ足りないわよ。それに、あの店としたら、店員は少くても三、四人要るし、電話も引かなくては、釣合いが悪いし……」

「少し、計画が大き過ぎたかな」

「少しどころじゃない。あたしは、こんな立派な店から、第一歩を踏み出すのは、着実な方針でないと思うわ。喫茶部なんて、余計だわ。経費も人件費も、できるだけ少くしなければ安くて良い品は売れないわ。大村屋だって、十三円の家賃で、小僧一人使って開業したんじゃないの」

滔々として町子は意見を述べ立てた。

「フーム、遠山さんは、よっぽどあの本を、よく読んだんだね。俺ア、お説教染みたところは、飛ばしちまったよ」

野村は、すこぶる感服した様子だった。

「だって、あんなに長く、拝借したんですもの——。商売って、やり甲斐のある面白いものだってことが、よくわかったわ。でも、煙草屋なんて委託販売は、つまんないわ。製造販売なら、自分の特色をいくらでも出せるから、愉快だわ」

「ホホッ、君が、そんなことを思ってようとは、知らなかったよ」

野村はただ、町子の方が自分より頭がいいと考えてたから、意見を求めたに過ぎないので、彼女が商売そのものを、そんなに愛していようとは、夢にも期待しなかったのである。

「そいつア、頼もしいや」

二人は、横丁を出て、道玄坂の方へ、ブラブラ歩き出した。正午近い初冬の陽が、暖かく二人の背中を照らした。他所眼《よそめ》には、新世帯の買物に歩いてる小市民の夫婦のような印象を、与えないでいなかった。

「野村さん、それくらいの資本だったら、却って小さな店を、居抜きで買った方がよくはない？」

町子は、新しい意見を持ち出した。

「だって、俺の理想の店なんだからなア。万事、新規で行きたいね」

「それはわかるけれど、大村屋式に、売上げに準じて、店を拡張して行くのが、一番安全じゃない？　理想は、製品と経営の上で、いくらでも行われるわよ」

「なるほどね。でも、俺の気に入るような店が、この近辺にあるか知ら……。君は女だから、気の小さなことばかりいうけど、俺ア、この渋谷で相当の店が欲しいなア。なんしろ、地下鉄は通じたし、この土地の将来は、素晴らしいと思うんだがね」

「無論、場所としてはいいわ。だけど、譲店の権利だって、とても高いにきまってるわ。それよりあたしの思うには……」

と、いいかけた時に、町子の側を一台の自動車が、通って行った。坂の一番上なので、速力が非常に鈍かった。

町子は、石像のように往来に佇んで、その車の行方を見ていた。車は、有名なフランス料理店のある横丁で停まった。

「野村さん、あたし、これで失礼するわ」

そういった彼女の顔は、紙のように、蒼白だった。

その自動車の中には、もう二月も顔を見せない塙が、小岩井日出子と膝を列べて乗っていたのだ。

町子は、塙の顔を見た。塙も、町子の顔を見た。塙はすぐに眼を外《そら》したが、小岩井日出子は、塙の肩を突いて、町子と野村の列んだ姿を指《ゆびさ》し、

「ちょいと、ご覧なさいよ。あなたの昔の恋人が、あんな男とあるいてるわ。とても好一対じゃないの」

とでも、いってるような笑いを、洩らしたのである。

町子は、全身の血が逆流するような気持がして、自動車を見送った。やがて、車が向う側の横丁のフランス割烹「三つ星」の前に留まるのを見届けると、彼女は、咄嗟に考えた。

（そうだ、今日こそ、あたしは、塙さんに逢わなければならない。逢って、塙さんの口から、すべてを訊かなければならない！）

彼女は、呆気にとられてる野村を後に残して、速足に大通りを突っ切った。長い間の懊悩と、父親の死によって、萎え果てた彼女の心の、どの隅に匿れていたかと思われるような力が、大股に踏む脚に漲っていた。

町子が、住宅風な、簡素な「三つ星」の入口にきた時、その自動車は、既に空であった。しかし、半ば開かれたドアの中に、今しも吸い込まれようとする塙のオーヴァー・コートの裾が烙《や》けつくように彼女の眼に映った。

「塙さん！」

町子は草履を鳴らして、駆け寄った。

その声を聴いて、塙はグルリと、後を顧みた。だが、その時、

「あら……」

ニッコリと、花のように笑って、小岩井日出子が黒ずくめの洋装の高い姿を塙の前に現わした。それは塙を庇う大きな障壁の役目を果した。

「町子さん、暫らく……」

「あたしは、塙さんにお目に掛かりたいんです。あなたに、用はございません」

だが、もう、塙の姿はドアを排して奥へ入ったきり、見えなかった。

「京都からのハガキ、ご覧になった？」

日出子は、落ちついた調子で、いった。

「…………」

「もしご覧になったら、そんなにお騒ぎになる理由は、一つもない筈だわ。もう、勝負は、済んでしまったの。すべては、もう、確定した事実に過ぎないわ」

「…………」

「京都へ行って、塙さんのお母さんのご承諾を得てきましたの。あたし達は、今月の二十七日に結婚しますわ。そして、二十八日の船で、ヨーロッパへ……。塙さんは、今度日欧銀行のパリ支店へ勤務することになったのよ。うちの父の運動で――というよりも、あたしの運動なのよ」

「…………」

「ご免なさい。あたしは改めて、あなたにあやまるわ。でも、これはあたしの意志というよりも、やっぱり、現実の法則の力だったのね」

あらゆる敗北の底に叩きつけられた女として、町子は両袖の中に顔を埋めた。堪えきれない嗚咽《おえつ》がその中から洩れた。

向う側の電信柱の蔭で、野村が、ジッと、その様子を見ていた。

気の毒な女

（なんて、気の毒な女だ……）

野村は、一番後から、寺の門を出たので、前を歩いてゆく町子の白い襟足が、寒々と、眼に映った。それは、死にかけた白鳥の頸のように、寂しく、力がなかった。

野村の香奠のお蔭で、今日の二七日《ふたなぬか》に、圭介の遺骨は、恙《つつが》なく、地下に埋められることができた。といっても、新しい石碑を立てるところまでは、手が回らないので亡妻のそれを共用して、石工に碑面を削り直すように、頼んだのである。

「姉さん、いつか、お父ッつァんと三人で、あのお蕎麦屋へ入ったね」

通りへ出ると、吉郎が、そんなことを、姉に囁いた。

町子は、無言で頷いただけだった。

「じゃア、わしは、ここで失礼するとしようか」

福田老人が、寒風に禿頭を曝して、帽子を脱いだ。彼一人が、紋のついた羽織を着ていた。

「そうですか……。小父《おじ》さん、ほんとに、有難うございました」

町子は、心から、礼をいった。来るといっていながら、庄崎未亡人は、遂に、寺へ姿を現わさなかった。福田老人と、野村だけが、参詣してくれたのである。

「あ、一寸……」

野村は、小走りに、福田老人の後を、追い駆けた。

「先刻のお話ですね。あれは、僕に引き受けさして下さい」

低声ながら、力強く、野村がいった。

「しかし、あんたにばかり、そう……」

「関いません。では、明日にでも、百七十円お宅へお届けしますから、薬種問屋の方は、何分よろしく……」

野村は、町子に聴えないように、速口で、そういった。

寺の本堂で、福田老人と二人きりで、初対面ながら、遠山一家に就いて、四方山の話をしている間に、例の水銀借金の件を聴かされたのである。それから、今まで、野村は、いろいろ思案した。そうして、その債務を自分が払おうと決心したのである。

（なアに、百七十円ぐらい……俺ア、千五百円も持ってるんだ）

野村は、ひどくセイセイした気持になった。この際、少しでも、町子の負担を軽くしてやることができるのが、何よりも嬉しかった。

(なんて、気の毒な女だ……)

彼は「三つ星」の入口で、あんな光景を見てから、町子の魂の呻きが、いつも耳に聴えるような気がしてならなかった。塙の顔は、彼も前から知っていたが、日出子の姿を一見して、吉郎から聞いていた顚末を、ことごとく了解することができた。

町子は、あれから、裏街伝いに、涙を抑えながら、渋谷駅に出た。すぐ、家へ帰って、夜具を被って寝てしまいたい気持を、ジッと堪えて、「ルナ」へ行くために、省線電車に乗ったのである。どうしても、その日は、店を開けなければならなかったからだ。彼女は、悲しみに気をとられていたので、野村が見え隠れに彼女の跡を蹤《つ》け、「ルナ」裏口の横丁へ曲ったのをみて、ホッと安心したように立ち去ったことなぞ、勿論、知ろう筈はなかったのである。

三人は、バスで、新宿まで出た。

「大村屋の支那饅頭でも、贅《おご》ろうか」

野村は、わざと元気に、町子と吉郎を顧みた。

「ありがとう。でも、あたし、そうしていられないわ」

町子は、駅の大時計を仰いで、あわてて、そう答えた。煙草店を開ける定刻は、疾うに過ぎてるのだ。

「だって、何か食べなくちゃァ」

と、野村は、心配そうな顔をした。

「いいのよ。お午飯抜きは慣れてるわ。それに、此の頃、あんまりお腹が減らないいんだから……」

町子は、寂しく笑った。

「じゃア、吉郎君と二人で行くか」

「ええ、どうぞ吉イちゃんに、ご馳走してやって頂戴……。じゃア、野村さん、今日は、ほんとにありがとう。いずれ、そのうち……」

町子は、軽く会釈して、急ぎ足に去って行った。野村はその後姿を、暫らく見送っていた。

(なんて、気の毒な女だ……)

彼は、また、そう思った。

「野村さん、大村屋なんか贅ってくれなくったっていいんだぜ」

吉郎がそういった。

「遠慮しなくても、いいってことよ。あの店の品物は、俺の研究になるんだからな」

やがて、二人は、大村屋の雑沓する二階の一隅に、漸く、席を見つけだした。

ルパシカを着たボーイに、吉郎は支那饅頭を、野村はパイを註文した。

「どうでえ、君、これくらい流行ったら、菓子屋も悪くねえだろう」

「ほんとですね。僕も、野村さんの弟子になろうかな」

吉郎は、笑いながら、饅頭の皮を剝いた。度々喋ってゆくうちに、次第に野村に親しみを感じてきた。殊に五十円の香奠の件を、姉に聞いてから、尊敬の念さえ加わりつつあるのである。

「吉郎君、姉さんは悲観してるね」

やがて、野村が、シミジミとした声で、いった。

「ええ。近頃、とても元気がなくなっちゃって、ご飯だって、ふだんの半分も、食べやしないんです。親父のことをあれほど想ってようとは、僕も知らなかったな」

と、吉郎も声を落した。

「君、そりゃ、親父さんの亡くなったことばかりじゃねえんだぜ」

野村が物々しくいった。

「え？　すると、なんです」

「塙って男とのイキサツからだよ。いつか君がいったね。ありゃア、やっぱりほんとだった。凄え美人だよ、その令嬢は」

「野村さん、見たんですか」

「あア、一寸ね……。姉さんも、あの時ア、よっぽど口惜しかったろう」

野村は「三つ星」の前の出来事を、マザマザと眼に浮かべて、そういった。

「そうですか、それでわかりましたよ。道理で此の頃、鬱《ふさ》ぎかたが、ひどいと思ってたら……」

吉郎は、野村の話を聞いて、もっともらしく頷いてみせた。

「だけど、君、俺が見てたってことを、姉さんにいってくれんなよ」

「ええ、大丈夫……。だが、塙さんも、ずいぶん酷い人だなア。僕も、最初はあの人が好きだったけれど、今は大嫌いですよ。あの人は人情がねえや。僕が馘首《くび》になる時だって、知らん顔をして、ちっとも尽力してくれないんですからね」

と、吉郎は胸に蔵《しま》ってある不平を述べたが、野村には、通じなかったようだ。

「まア、いいさ。そんな、薄情な男だったら、早く縁が切れた方が、君の姉さんの利益だよ」

「そりゃア、そうだけれど、僕ア、口惜しくって堪らないことが、一つあるんです」

「なんだね」

「塙さんから、お金を借りてることなんですよ」

「ほウ、金を借りてるのかい？」

野村は、パイを食べるのを止めた。

「ええ、親父の実験費に三百円ね」

「三百円？」

「ええ、その時も、僕はヘンに思ったんです。なぜって、その金を銀行で、僕に渡してくれたんですからね。姉に渡したらいいじゃありませんか」

「そうさね」

「どうも、その時分から、姉が嫌になってたんじゃないかと、思うんですよ。ほら、女と別れる時、男の方から金を出すでしょう？」

「手切金かい」

「それそれ。その積りで、三百円出したんじゃありませんかね」

「そうかも知れねえな」

「バカにしてらア。金銭で、人間の心が買えますかッてんだ」

「まったくだ」

「僕ア、姉の気性をよく知ってますよ。黙ってるけど、腹の中じゃア、さぞ口惜しがってるだろうと思いますね。そんな金、早く返してやりたいだろうけれど、親父が実験でみんな費っちゃったから、一文も残ってやしないんです」

「フーム」

と、野村は、両腕を組んだ。

「僕ア、だから、どうしても、軍需工場の職工になりますよ。一所懸命働いて、三百円貯めて、塙さんに叩ッ返してやりますよ」

「おい、君……」

と、野村は、決然と顔を揚げて、

「俺が出そう、その三百円！」

「え？　あんたが」

「関《かま》わんよ」

(なアに、三百円ぐらい……俺ア千五百円持ってるんだ)

吉郎は、讃歎の眼をあげて、野村の顔を見ながら、いった。

「野村さん、あんたみたいな親切な人に、初めて会いましたよ!」

「なアに、君……」

「野村さん!」

「なんだよ」

「姉と結婚してやって下さい。あんたみたいな人と結婚すれば、姉は……」

「冗、冗談いうなよ」

野村は、初日の出のように顔を染めて、テーブルを立ち上った。


「野村さん、いやに、陽気だわね。なんか、嬉しいことでもあるの」

と、下宿屋のお内儀さんに揶揄されたように、野村は、その日の朝から、口笛を吹いたり、「見よ東海の」という歌を謡ったり、ひどく機嫌がよかった。

彼は、郵便局の開くのを待ち兼ねて、四百七十円の金を、引き出しに行った。そうして、持参した封筒に百七十円と三百円とを、それぞれ入れ分けて、内ポケット深く、蔵い込んだ。

遠山家の香奠に五十円奮発したので、今日の引出し額を加えると、彼の預金も既に千円台を割ることになった。

(なアに、関いやしねえ。遠山さんのいったとおり、極く小さな店から始める方がいいんだ。

そんなに、金が要るもんか）

彼は、少しも不安を感じなかった。

その足で、彼は、池尻の福田老人の家を訪ねた。町子の家へ行く時とちがって、番地も、見当もよく聞いて置いたから、難なく探し当てることができた。

「やア、これは、どうも……」

福田老人は、野村から、金を出された時、ひどく恐縮の体《てい》だった。口ではああいったものの、真逆あまり裕福そうにもないこの青年が、現金を持って来ようとは期待していなかったようだった。

「あなたに、ご迷惑をかけんでもよかったのじゃが、折角ですから、頂いて置きます。早速、問屋の方へ届けて、受領書は、遠山の宅へ回しますから……」

「いや、遠山さんへは、知らさねえでもいいです」

「そんなことを……それじゃア、あなた、陰徳が過ぎますよ」

福田老人は、不審な顔をして、語を継いだ。

「一体、あなたと遠山の娘とのご関係は、一緒の店に働いていなすったというだけなんですかのう？」

「ええ、それだけです」

「それにしては、まったくご奇特な……」

と、意味ありげに、野村の顔を見ていたが、やがて、

「いかがです。野村さん、ひとつ、あの娘をお貰いになったら」

野村は、今日も、正月の海老のような顔をしなければならなかった。

「あれは、感心な娘でしてのう。心掛けはいいし……人間はシッカリしとるし……一家を支えるために、婚期を遅らせてしまったのじゃが、いい世話女房になりますぞ、ハッハハ」

野村は、ただ、モジモジするだけだった。

「いや、真面目な話、そうなったら、死んだ遠山も、さぞ悦びましょう。わしも、お馴染み甲斐に仲人の役ぐらい買って出ますがね」

満身に汗を搔いて、野村は匆々に、福田老人の家を退却した。

彼はフワフワと、花咲ける野の上を、浮遊してるような気持がした。昨日、吉郎に、あんなことをいわれてから、彼は、急に、町子との結婚のことを考えるようになってしまったのだ。

（そうだ。俺ア、店を持つまでと、神様に願を掛けたのだ。店はもうじき持てるのだ。そうしたら女房だって……）

昨夜は晩くまで、寝床の中で、そんなことばかり考えていた――

古ぼけたオーヴァーを着た野村の姿が、新宿駅の改札口の付近を、ウロウロ歩いていた。混雑が名物のこの駅も、夜の十時を過ぎると、さすがに人足が減ってくる。終列車で発つらしい数人のスキーヤーが、ひどく人目に立つほど、ガランとした構内を、野村は一心不乱に、何事か考えながら、歩いてると、

「あら、野村さんじゃないの」

と、背後から声をかけられてビックリした。町子が店を仕舞って、帰ってきたところだ。

「どうしたの、今時分」

「いや、その……」

実は町子の帰りを待っていたのだが、彼女の方から声をかけられたのに、些か勝手が違ってしまった。

「……君に、一寸、話があったもんだから……」

「あら、あたしを待ってたの、どうも済みません」

「いや、こちらこそ、済みません」

野村は赧《あか》くなって、いやに丁寧な言葉を使った。

「どんなお話？」

「その……此処では、一寸困るんだ」

「そう。じゃア、ブラブラ歩きながら……」

やがて、二人は、駅を出た。

野村がこれから町子に話そうとすることは、ワンタン屋や何々食堂のテーブルの上では、ちと不向きであった。むしろ、往来の薄闇の中で語った方が、地の利を得てるかも知れなかった。だが、二人の足が、自然に動いてゆく方角は駅構内の引込線に沿った木柵の跡であることは、野村にとって苦痛であった。あの晩の忌わしい記憶が、否でも応でも頭に浮かんでくるからだ。

（ええ、畜生！　もっと他に、暗い道があればいいのに……）

だが、新宿はどこへ行っても、燈火と人影に充ちている。

「遠山さん」

と、野村は、思い切って、口を利いた。

「なに」

「僕は、みんな知ってるんだ。君の黙ってることを、みんな……」

野村の声は、調子外れに、高かった。

「君は、気の毒だよ。ほんとに、気の毒だよ……。あの男、ほんとに、ひでえ奴だね。そいから、あの女も、呆れた奴だ」

同じ高調子で、野村の声が響いた。町子は首を垂れたまま、何とも答えなかった。

「そんな、君……いくら対手の女が、美人で、金持で、教育があるからって、そんな牛を馬に乗換えるような……」

「いいの、もう、野村さん……」

町子が、それを遮った。

「よかねえよ。あの時にア、あんなに甘いことをいって、あんなに君を、可愛がっていたじゃねえか――え、この道でよ。俺ア、見てたんだぜ、チャーンと」

野村は呻くように、叫んだ。

「あら……」

やはり、あの時の男は、野村だったのだと、町子は、胸の中に強い衝動を感じた。

「だからさ……だから、そんな金、叩ッ返してやるがいいよ」

野村は、憤然としていった。

「ええ、そりゃア……」

実をいえば塙に借り放しになっている金のことが、一番骨身にこたえているのは、町子であった。殊に、あの日の絶望と屈辱を味わって以来、恩を被ている口惜しさが痛切に感じられた。

「だから、その三百円、僕に出さしてくれろよ」

「そりゃア、いけないわ。お香奠だって、あんなに頂いてるのに、野村さんばかりに、ご迷惑をかけたくないわ。あたし、自分で働いて返すわ」

町子は、勿論、今日、野村が福田老人を訪ねて、水銀の借金を支払ったことなぞ、夢にも知らなかった。

「そんな、水臭えこといわねえでおくれよ。働いて返すなら、俺に返せばいいよ。実はこの通り、金は用意してきてるんだ」

野村は、内ポケットから、封筒を出した。

「駄目よ、野村さん。そんなことしてたら、あんたの資本金が無くなっちまうじゃないの」

「関わねえったら、実は、俺ア、無尽にも当っちゃったんだよ。運のいい時は不思議なもんだね」

野村は、虚言をいった。そうして、無理やりに、封筒を町子の手に握らせた。

「遠山さん、もう、そんなに悲観することアねえよ。これから生まれ変った気持になって、元気を出して、俺の開業を手伝っておくれよ」

「ええ、ありがとう、野村さん……」

町子は、シミジミと、野村の厚意が嬉しくて、眼頭が熱くなった。

「ところでだ、遠山さん」

「なアに」

「その……実は、俺がいよいよ、店を持つに就いてだね」

「ええ」

「その……どうも、いいにくいな」

「なによ、ハッキリ仰有いよ」

「その……女房を持とうと思うんだ。大村屋のお内儀さんのような、女房をね。俺ア、いつか君にいった通り、神様に願を掛けていたんだが、その店も、いよいよ持てる時がきたんだから……」

と、野村は、そこで呼吸を呑んで、

「遠山さん、俺の女房になってくれねえか。俺ア君のように気に入った女は、生まれてから会ったことがねえんだ」

胸の中の塊を吐き出してしまうと、野村はそれきり黙った。

町子も、なんとも、答えなかった。一分、二分――二人は黙って歩き続けた。

やがて、町子が、いった。

「野村さん……あんたは、女の心っていうものを、まるで、ご存じないんだわ……」

その静かな、悲しげな声が、暫らく、杜切《とぎ》れたと思うと、

「……たとえ塙さんは、あたしのことを忘れたにしても、あたしは、あたしは……」

彼女は、ショールに顔を埋めて烈しく嗚咽をし始めた。

塙との将来は、もう全然諦めている。自分の恋愛が完全に失敗に終ったことを、認めないのではないけれども、一人の乙女が初めて愛した人を、そんなに早く忘れることができるものだろうか。

「野村さん、これは、お返しした方がいいと思いますわ」

やがて彼女は、手に持っていた封筒を野村の方に差し出した。

男と男

田舎へ帰っていた間に、癖がついて、野村は、朝早くから、眼が覚めた。

（あア、到頭、失敗《しくじ》っちゃった……）

寝床の上へ、起き上ると、彼は、水から揚った白熊のように、ブルブルと、首を振った。

昨夜、町子と逢って、あんな結果になろうとは、夢にも、彼は期待していなかった。町子は、愛人を失い、父を亡い、まったく心の寄辺のない女になったのだから、今、自分と結婚すれば、どんなにか彼女は慰められるだろうと、彼は思っていたのだ。自分と一緒になってくれれば、自分は固《もと》より嬉しいし、彼女だって、一切の過去を忘れて、商売の道に新しい理想と情熱を見出すだろうと、思っていたのだ。

（ところが、世の中は、そう簡単に行かねえ……）

女の心は、不思議なものだ。町子は嬰児の骸《かばね》を抱えた母親のように、塙の面影を胸から離そうとはしなかった。

正直なところ、昨夜、野村は無茶苦茶に、腹が立った。あれほど彼が、真心を傾けても、町子はあの薄情野郎に、未練があるというのだ。彼は、ツクヅク塙が羨ましかったと共に、自分が情けなかった。そうして、あの高い木柵に沿うた道は、どこまで自分に祟るのか、腹が立った。

しかし、一晩眠って、今朝になってみると、野村の心には、不思議なほど、怒りの影も残っていなかった。あの初秋の夜に、塙と町子の相擁する姿を見た翌朝は、決してこんなものではなかった。体中から、炎が燃え上って、今にも頭が狂い出しそうな気持だったが――

（あれほどまでに、塙のことを、想っていやがったのかなア）

野村は、昨夜の町子を考えて、むしろ驚歎するような気持になっていた。

（女というやつは、恐ろしく執念深いもんだ。一度思い込んだら、忘れられねえらしい。まるで俺が洋菓子商売を捨てられねえのと、同じようなもんらしいぞ）

野村は首を振りながら、寝床を起き上って、小窓の戸を開けた。霜を帯びた清々しい朝の空気が彼の懐ろに流れ入った。彼は、自分の心をどう決めたらいいかと迷っているように、肌に沁みる寒さも忘れて、ジッと、外の景色を眺めていた。

顔を洗う間も、朝飯を食う間も、野村は、しきりに考え込んでいた。喉元まで出かかってるいい考えがありそうで、それがなかなか浮かんで来なかった。

（ほんとに、気の毒な女だ。それから、やっぱり感心な女だ）

彼は、そんなことばかり、心に呟いた。

（それほど、あの男のことを、想ってるなら、俺ア遠山さんのことを、きれいに諦める。結婚してくれなんて、もう口が腐ってもいわねえ。俺ア、それでいい。俺ア男だ。それに、洋菓子商売ってものがある。だが、遠山さんは……）

町子は、あらゆる希望を失って、地下室の函のような店の中に、青春を埋め尽してしまうのだろうか。

（いくらなんだって、そいつは、あんまり可哀そうだ。なんとかしてやりてえ。待てよ……いい考えがあるぞ！）

同じ朝の九時頃に、塙真次郎は、自室のベッドで、眼を覚ました。日出子が置き忘れて行ったゲルベゾルテの函から、一本抜き出して、彼は長閑《のどか》な朝の煙草を、娯しんだ。

（あア、このアパートとも、あと二十日で、お別れか）

住み馴れた部屋の天井へ、青い煙が昇ってゆくのを、眼で追いながら、彼は、そんなことを考えていた。

あと二十日経てば、帝国ホテルで、日出子との結婚式が挙げられるのだ。その晩、新郎新婦は、ホテルで初夜を迎えることになってる。新婚旅行には出掛けないのだ。なぜといって、二人は、翌日の正午、横浜出帆のA丸で、ヨーロッパへ出発するからだ。熱海や箱根へ行くより、ズッと長い、ズッと愉しい旅行が待ち構えてるからだ。

（外国勤務はラクだというから、休暇には、イタリーの観光もできるだろう。ドイツの音楽も、聴きに行けるだろう……）

塙は、少年時代から、外国の空気に憧れていた。一生に一度は、必ず外遊の旅に出たいと念じていたのに、日出子との婚約に依って、意外にも早く、時期が回ってきた。それは日出子と彼の希望が偶然に一致したからであった。

最初、塙は、単に東京を離れることだけを、望んでいたのだ。彼は日出子と結婚後、町子と逢う機会を、できるだけ避けたいために、そう思ったのだ。彼は大東京銀行の大阪支店へ、転勤の運動をした。京都へ旅行したのも、半分はその目的からであった。しかし、日出子はその旅行中に、ヨーロッパ行きの計画を立てたのである。彼女はもう一度、パリ画壇の空気を吸って、好きな道にいそしみたかったのだから、自分が先きに立って、猛運動を始めた。

倖い、父博士の友人が日欧銀行に関係していたので、首尾よくパリ支店に、塙の椅子を見出すことができたのである。その話が決まると、塙はすぐに大東京銀行を退《や》めてしまった。

(日出子さんはパリ通だから、赴任しても、なんの不便もないわけだな)

塙は、愉しげに微笑を洩らした。ヨーロッパ行きということが伴なわなかったら、彼もこれほどこの結婚を欣《よろこ》びはしなかったろう。いや、それよりも、もし、彼が「三つ星」へ行く途中で、町子と野村と肩を列べてる姿を見なかったとしたら、こんなにノビノビとした気持で、結婚を待つ気持にはなれなかったろう。

それまで、塙は、独りになると、いつも憂鬱だった。悲しげな町子の顔が、彼を責めるように、いつも眼先きへチラついた。殊に、小岩井誠から圭介の死を聞かされてからは、彼の憂鬱は深くなった。

しかし、あの日以来、彼の気持は、ガラリと変った。

(やっぱり、野村との間は、噂どおりだったんだ。彼女にとって、その方が、むしろ幸福だったかも知れない)

と、肩の重荷を卸したように、ホッとしたのである。

さて、今日も、塙は、愉しい忙がしさに、一日を送らねばならなかった。日出子と、銀座へ行って、出発準備の買物をする約束があったのである。

彼はベッドを降りて、髭を剃るために、鏡の前へ立った。すると、

「ご免……」

太い声が、ドアの外で、響いた。

「あッ」

管理人かと思って、ドアを開けた塙は、思わず叫び声を揚げた。

「一寸あんたに話してえことがありましてね」

と、野村勇蔵の円い顔が、決意と緊張を漲らせて、ムッと部屋へ入ってきたからである。

塙は、気を呑まれて、返事をすることもできなかった。

「朝ッぱらから、ご免なさい。でも、話をつけようと思ったら、矢も楯も堪らなくなったもんだからね」

野村は、帽子を脱いで、椅子に腰を卸した。

「な、何の用です」

塙の声は、高く、且つ震えていた。

「そう喧嘩腰にならねえで下さい……。塙さん、あんたはご存じないかも知れねえけれど『ルナ』で度々お目に掛ったと思います。あたしア、あすこで菓子職人をしていた、野村というもんです」

「知ってます。早く、用向きをいって下さい」

塙は、パジャマのポケットへ両手を突っ込みながら、苦り切った顔で、佇立《つった》っていた。

「すぐに、いいます。けど……どうか、誤解しねえで下さいよ。あたしゃア、あんたのところへ、因縁をつけにきたわけでもなけりゃア、喧嘩にきたわけでもねえんですからね。実は、折入って、お願いができたもんですから……」

野村は、声を落すと共に、頭を下げた。

「なんだか知りませんが、一応、伺いましょう」

闖入者の態度が、意外に温和なので、塙は警戒をしながらも、椅子を引き寄せた。

「実は、遠山さんのことなんです。あたしゃア、あんたとあの女のイキサツを残らず知っているんです……。いえ、それだけだったら、なにもこうしてお訪ねする必要はねえんですが、昨夜、遠山さんに逢って、あの人の気持がわかってみると、急に……」

「すると、君は町子さんから頼まれて、来たんですね」

塙は、野村の回り冗《くど》い言葉を、イライラするように、遮った。

「飛んでもねえ。あの女ア、こんなことを、夢にだって知りゃアしませんよ。あたしにしたって、今朝考えついたことなんですからね。それまでア、あんたに会うなんて、考えても忌忌しくって……」

そんな失礼な本音を吐いたのも、野村は、昂奮のあまり、気づかないようだった。

塙は苦笑しながら、

「わかりました。それで?」

「それで、こりゃア、どうしても、あんたにお目に掛ってお頼みするより、仕方がねえと思ったんですよ。男と男ですからね。話が、早くわかるだろうと……」

「だから、その話というのは、なんです。先刻から、君は、同じことばかりいってるじゃありませんか」

塙は、明らかに侮蔑の意を示した。

「いや、どうも……」

と、野村は赧くなって、口籠ったが、やがて、真剣な情熱を、クリクリした両眼に煌《かが》やかせて、

「塙さん、あんたもう一度思い返して、遠山さんと結婚して、やってくれませんか！」

「……野村さん、あなたは女の心というものを、ご存じないんだわ――そういわれた時は、あたしも、ハッと驚きましたよ。なるほど、女の心ってものは、そういうもんかと思って、自分が恥かしくなったね。いいですか、塙さん……あの女は、それほどまでに、あんたのことを想ってるんですぜ」

テーブルを叩かんばかりにして、そういい終ると、野村はグッと半身を乗り出して、塙の顔を凝視《みつ》めた。話し始めると、自分でも驚くほど、野村の舌は、雄弁になった。彼は昨夜の出来事を、包み隠さず、塙に語ったのである。

塙は無言で、眼を伏せていた。彼は、もう野村を侮蔑する気持が無くなったのみか、火を吐くような言葉の前に啞となるより仕方がなかったのである。

「感心な女ですよ。見上げた女ですよ。いくら踏みつけにされたって、ちっとだって、あん

たを恨んでやしねえ。昔のとおり、あんたのことを、想ってるんですからね」

野村の口調には、まるで妹の自慢をしてる兄のような感激があった。

「あたしなんかが、あの女を女房に欲しがったのは、飛んだ間違いだった……。塙さん、あの女を幸福にしてやれるのは、世界中であんた一人だけなんですぜ。そのほかの誰でも、駄目なんだ。あんた、それがわからねえんですか」

と、野村は、また、対手の顔を覗き込んだ。

塙は、苦痛を額に刻み始めたが、やはり、何とも答えなかった。

「それでなくても、遠山さんは、気の毒です。親父は、発明に敗れた挙句、死んでしまうし、弟は失業するし……その上、あんたにまで捨てられたんじゃァ、立つ瀬がないじゃありませんか」

それを聴いて、塙は、堪え兼ねたように、口を開いた。だが、その声は、糸のように弱かった。

「……僕も、まったく、済まないとは思ってるんです……」

「思ったばかりじゃァ、仕様がありません。なんとかしてやって下さい。なんとか、あの女が幸福になるように……」

「でも、……もう、時期が遅れました。今からでは、どうしようもないんです」

塙は額に手を当てて、稍こ《やや》捨鉢な調子でいった。

「なァに、あんた、早いも遅いもありゃァしません。あんたが、その気になりさえすれば、そんな令嬢との縁談なんか、おッぽりだしちまって……」

「そうは行きません。やはり、男の責任というものがあります」

「男の責任？」

「ええ。町子さんとの関係は、飽くまで、精神的なものだったけれど……」

そういって、塙は、口籠った。

「なんだか、俺にゃアわからねえ」

「つまり……現在の僕は、既に結婚してしまった人間と、同様なんです。町子さんと、結婚を云々する資格を失っているんです」

「だけど、塙さん。男の責任というなら……」

と、野村が躍起となって、答えようとする時、ドアが音もなく開いて、小岩井日出子のスラリとした長身が現われた。

「男の責任というなら、猶更のことだ。遠山さんの方が、先口ですからね。順番にして貰いてえですよ。一体あんたは、あの女がどれほど惚れてるか、ご存じねえから、そんなことを仰有るんだ。まア、なんでもいいから、一度あの女と逢ってやって下さいよ。そうすれば、話がわかるんだから……」

と、野村が、必死になって、説得に努めてると、

「真次郎さん！」

「あ、日出子さん……」

塙は、初めて彼女の姿に気がついて、狼狽《うろた》えて腰を上げた。

野村も、さすがに驚いて、口を噤《つぐ》んだ。

日出子は落ちつき払って、ジロリと二人を眺めてから、塙を手招きして、

「此の間の男ね。どうしたっていうの」

彼女は、部屋の隅で、塙の耳に囁いた。塙の弁解するような低声が、暫らく続いた。

「そう……。いいわ、あたしに任せてお置きなさい」

彼女は、後向きになって、ハンド・バッグを開け始めた。やがて、高い靴音が、野村の側に近寄ってきた。

「失礼……。せっかく来て頂いたのに、済みませんけれど、今日は、これから二人で、急ぎの買物に出かけなければなりませんの。どうぞ、他の日に来て下さいません？」

日出子は、わざと、丁寧に腰を曲《かが》めた。

「あたしの方も、急ぐんです」

野村は、ブッキラ棒に答えた。

「それはそうでしょうけれど……。今日のところは、一先ず、お帰り下さいね。いずれ、改めて、お話を伺いますわ。それから、これはほんとに失礼ですけれど、町子さんへお土産に……」

と、いって、彼女は、小さな紙包みを、野村の前に置いた。

「なんですか、これは」

「いいえ、ほんの寸志ですの」

「ご免なさい、開けてみます」

野村はなにか直覚したとみえて、矢庭に、懐紙に包まれたものを開けると、パラリと、百円紙幣が一枚、飛び出した。

「お金ですね、こりゃア……お金ですね」

野村は、見る見る酸漿《ほおずき》のように顔を赤くしたと思うと、体を震わせて、立ち上った。

「大バカ野郎！」

彼は破鐘《われがね》のような、声を出した。

「遠山さんが、こんなものを受取るか、受取らねえか、考えてみても、わかりそうなもんだ。お前さん達ア、女の心も、貧乏人の心も、両方わからねえんだ！　なんにも、わからねえんだ！」

野村は、涙ぐんだような顔でそう叫んだが、突然、内ポケットへ手を入れて、昨夜、町子から返されてそのままになってる三百円入りの封筒を、テーブルの上へ投げだした。

「お前さん達ア、もう、何といっても無駄だ。お金ならば、そこに三百円あります。こりゃア、あの女が塙さんから拝借したお金です。お返ししますぜ」

茫然と佇んでる二人の前を、野村は、帽子を鷲づかみにして、走り抜けて行った。

「済みません。俺ア、飛んでもねえことを、しちまった……」

野村は、両手をついて、頭を下げた。

町子と吉郎が、朝の膳を片付けて、茶の間で一憩《ひとやす》みしていると、野村が飛び込んできたのである。

「まア、どうしたの、野村さん」

「どうもこうもねえよ。俺がお先きッ走りをして、スッカリ話をブチ壊しちまったんだ」

と、いかにも済まなそうに、頸筋のあたりを掻いた。

昨日の朝、彼は塙真次郎と小岩井日出子に「大バカ野郎！」と呶鳴りつけて、アパートを飛び出してくる時は、一斗の溜飲を吐いたように、いい気持だった。しかし、中野駅まで歩いてくるうちに、どうやら、気懸かりになってきた。新宿へくると、そろそろ心細くなった。下宿へ帰って、静かに反省してみると、これは早や、取り返しのつかぬ失敗をしたことに、気がついたのである。

彼が塙を訪ねた目的は、一つとして果されないのみか、対手を怒らしめ辱しめて、町子との間に繋がる一縷《いちる》の糸をさえ、未来永劫、断ち切ってきたのではないか。

（頼まれもしねえのに、オセッカイを焼いて……）

彼は、自分の軽挙と愚鈍さに、ツクヅク愛想が尽きたと同時に、町子に対していかに詫びても足りない気持で、今朝、駆けつけてきたのである。

「ほんとに、申訳がねえよ。つい、我を忘れちまったんだ……。でもあの女から金を出された時にゃア、強請《ゆすり》や物貰いじゃあるめえしと、カーッと逆上《のぼ》せちまってね……」

「痛快！」

と、吉郎が叫んだ。

「痛快どころじゃねえや。……ほんとに、遠山さん、勘弁しておくんなさい」

野村はまた頭を下げた。

「いいえ、そんな……あたし、もう、そのことは、諦めているんですから……」

町子は寂しく微笑んだ。

「だって、あんたは、一昨日の晩……」

「いいえ、野村さん、それは違うの。塙さんのことは、スッカリ諦めていますけれど……。なんといったらいいか知ら……。自分の心を、諦める気にならないんだわ」

「？」

野村は、解せない顔をした。

「あたしにも、よくわからないわ。でも、野村さん、それはたしかに女の気持よ。女の心よ」

「女の心か。そいつばかりは、サッパリわからねえ」

野村が大真面目で、首を振ったので、吉郎が、噴笑《ふきだ》した。町子も明るく微笑んだ。

「でも、野村さん、よく塙さんのアパートがわかりましたね」

と、吉郎が聴いた。

「電話帳で見たんだよ。紫水荘って名前は、いつか君に聞いたからね。だけど、凄く立派なアパートだね。まるで、ホテルだよ。そこへ、あの異人みてえな女が出てきやがったから、驚いたよ。まるで西洋へ行ったみてえでね」

「そこで、野村さんが、大バカ野郎って、やッつけたんですね。それから、どうしたの」

と、吉郎はしきりに、面白がる。

「そこで、俺ア……」

野村は、三百円の件をいおうか、いうまいかと、迷った。

ヤマト・ベーカリー・

その後、野村は、暫らく町子の家へ、足踏みしなかった。

(無暗に、面を出しちゃアいけねえ。遠山さんは、いわば、大火傷をした人間みてえなもんだからな。俺も、身に覚えがある——。ソッとして置かなくちゃアいけねえんだ)

野村は、そう思ったのである。

(それに、俺ア、もう、あの女を女房にもつのは、キッパリ諦めたんだからな)

それを考えることは、彼にとって、限りなく寂しかったが、自分が塙を訪ねた為めに、彼女を決定的な絶望に突き落したと思うと、惻々《いたま》しさが、先きに立った。

とはいっても、彼はあの日限り、心中深く、塙真次郎を軽蔑した。

「ありゃア、駄目な男だ。意気地のねえ男だ。あんな、男らしくねえ男に、遠山さん、あんたのような女は、勿体ねえよ。別れた方が、結局倖せだった」

と、此の間、町子を訪ねた時も、その言葉が、何度、口に出かかったかも知れない。しかし、彼は無理にそれを、嚥《の》み込んだ。またしても「女の心」を傷つけては、大変だと、惧れたからである。

彼は、あらゆる寂しさと牴《もど》かしさを、紛らすように、毎日、渋谷方面へ出て、恰好な貸店を探し歩いた。

固より、表通りに店を出す資力がないので、道玄坂を中心に、横通りや裏街を根気よく探したが、貸家札の出てるような店は、一軒もなかった。町子と見に行った家は、疾うに塞がっていた。地下鉄が開通したせいか、この界隈は急に活気を呈して、空家はおろか、譲店さえ見当らなかった。

それだけに、また、野村は躍起となって、その繁賑の中に割り込もうと、毎日、足を棒にしていたのである。だが、もうどんな裏街にも、目星しい店は一軒もないとわかると、

（ええ、畜生！　十万円ばかり資本金があれば……）

と、大通りに盛業中の菓子店を睨んで、唸るよりほかなくなった。

思案に余って、昨夜、野村は「パン屋の主人として」を、当てもなく開いてみた。すると、大村屋が新宿へ開業した当時の土地の状態を書いた箇所が、眼に入った。

大村屋は、市内電車の終点という着眼で、新宿を選んだのだった。二間間口、三軒続きの

新築貸家二軒分を、二十八円の家賃で借りて、商売を始めたと書いてあった。——しかし当時の新宿の見窄《みすぼ》らしさは、いま何処といって較べてみる土地もない位。ちょっと裏手へ入れば、野便所があり、筋向いの豆腐屋のブリキ板が、風に煽られてバタバタと音を立てていて——

(ほウ、新宿に豆腐屋があったんだね)

野村は、何度も読んだ本から、また新発見をしたように思った。

(大村屋は、そんな時代から、新宿にいたんだ。そんな時代の新宿に、眼を着けていたんだ。すると……俺の智慧はちっと遅れてるぞ)

彼は、既に盛り場となってる渋谷を、崖の上から眺めて、有望だなぞと考えた自分が、バカらしくなってきた。

野村の心に、迷いが起きたので、朝飯を食べ了っても、渋谷方面へ出掛ける気になれず、下宿の三畳で、ツクネンと腕を組んでいた。

「野村さん、お客様よ」

階下から、お内儀《かみ》さんの声がした。

来客とは、珍らしいことだ。いつか職長が訪ねてきたのなぞも、彼にとっては空前絶後に属した。

(ことによったら遠山さんかな)

そう考えて、野村の胸が二、三度大きく波を打った途端に、

「ご免なさい」

と、障子を開けたのは、遠山さんに違いないが、吉郎の方だった。

「いよう、よく来たね」

でも、野村は機嫌のいい声を出した。期待は外れたといっても、不快な客ではない。

「朝早くでないと、家にお出でにならないと思ったもんですから……」

吉郎は、今日、ひどく几帳面な口上で、学生服のズボンの膝を揃え、おまけに土産物らしい風呂敷包みまで持参に及んでる。

「胡坐を掻きなよ……。いやに、畏まってるじゃねえか」

「今日は、実はお礼に上ったんです」

「お礼？」

「ええ。姉に、吩《い》いつかってきたんです。本来なら、姉が上るべきでありますが……」

「止せやい。そんな他所《よそ》行き言葉を使って……」

「いえ、野村さん、ほんとに、どうも有難う。昨日、福田の小父さんが見えまして、スッカリ話を聞きました」

「あア、あのことか。なにも君、そんな……」

野村は初めて、あの百七十円の件だと気がついた。

「姉が、大変済まないといってるんです。あれは改めて、野村さんから拝借したことにして、毎月お返ししたいと……」

「ああ、いいとも。都合のいい時に返して貰えばね」

野村は、貧しい同士の気持を知ってるから、返済の必要はないなぞといって、対手の面子を傷つけはしなかった。

「これはほんのお礼なんですが……」

吉郎は風呂敷を解き始めた。

「つまらねえ心配したもんだね。だけど、どうもありがとう」

和菓子らしい折函に、野村は軽く頭を下げた。

「野村さん」

と、吉郎は挨拶が済むと、急に膝を崩して、いつものような親しさを表わした。

「え?」

「福田の小父さんも、いってましたよ」

「なにをだい」

「姉さんに、野村さんと結婚しろって」

野村は、たちまち、顔を赧くして、暫らく、黙っていた。

やがて、彼は、いい悪《にく》そうな低い声で、

「で……姉さんは、なんて返事した?」

「姉はバカですよ。親父の喪中はとかなんとかいって、逃げようとするんですよ。きっと恥かしいからですぜ」

野村の顔は、もう赧くなかった。

「吉郎君、その話は、二度と姉さんにしちゃアいけねえぜ」

やがて、野村は、決然と頭を挙げた。

「なぜです」

吉郎は、むしろ不服そうに、強く押し返した。

「なぜって……君は、女の心を、知らねえから、そんなことをいう……」

「うん。なかなか、こいつ、理窟やソロバンで、解らねえもんなんだ」

「女の心？」

「へえ？」

吉郎は、呆れたような顔をした。

「なんでもいい。二度と、姉さんにいっちゃアいけねえぜ」

野村は、ひどく強い声を出した。

「ええ、そりゃア、野村さんがそういうんなら……」

だが、吉郎は、まだ不服そうだった。

「いいかい、君……俺の方も、遠山さんと結婚する気はねえんだからね。その積りでね」

それきり、野村は啞のように、黙ってしまった。額に、一本、深い縦筋が刻まれた。

「怒ったんですか、野村さん」

吉郎が、不気味そうに、聴いた。

野村は、無言で、左右に首を振った。

些か手持不沙汰になって、吉郎はソロソロ帰り支度を、始めた。

「どうも、朝早くから、お邪魔しました」

「いや……」

「じゃア、さよなら」

と、お辞儀をして、廊下へ出てゆく吉郎に、野村は気がないように、腕組みを続けた。

「いけねえ。大事な用があったんですよ、野村さん」

と、吉郎の頓狂な声が聴えて、彼は、再び姿を現わした。

「なんだよ、粗々ッかしいね」

野村も微笑んだ。

「店、店！　ありましたよ」

「店が？　どこだい、渋谷かい？」

野村は、まだ、渋谷に未練がある様子だった。

「いいえ、上馬です——自家《うち》の近所」

「なアんだ、あんな田舎か」

「ところがね、福田の小父さんの話によると、今に地下鉄が、三軒茶屋まで延びるんですってね。それから、環状線道路がその店のすぐ側を、通るんだそうです」

「さア、いつの話だかね……」

野村は、気乗りのしない顔だった。

「まアお訊きなさいよ、その店っていうのがね……」

と、吉郎は、熱心に説明を始めた。

それは、現在営業中のパン屋で、小さい店ながら、相当の売上げがあったが、この秋に主人が応召したので、家族達が、一時世帯を畳んで、帰国することになった。パン竃、製造道具、店の建具造作、配達車一台——すべて居抜きのままで、千円といっていたのを、年内に金が欲しいから、八百円までにするというのである。

「餡パンが旨い家で、僕もよく買いに行くんですがね。……その話は、姉さんが、聴き込んできたんです。姉さんはすぐに見に行って、スッカリ乗り気になっちゃって、是非野村さんに知らしてあげろと」

「ほんとにねえ、良人がいてくれたら、手放すような店じゃないんですがね」

と、ネンネコで赤ン坊を背負ったお内儀さんが、先きへ立って、家の中を案内した。

間口は二間半だが、飾窓もなく、極く有触《ありふ》れた店だった。パン類を入れた店先きのケースや、罐や函入りの乾菓子を列べた硝子戸棚も、仕上げが旧式で、ニスが剝げかかっていた。

だが、仕事場は、案外にキチンと造られて、暫らく火を入れないらしいパン竃も、テンピも、鍋も、巌丈で、金のかかった品物ばかりだった。

「ほウ、こんなものがある」

野村は、大理石を貼った仕事台に、眼を留めた。こんな物まで買い込んでるようなら、この店の主人というのも、相当の職人だったろうと、野村は考えた。

「ええ、生菓子も始めるつもりだったんですがね。でも、餡パンの方が、スッカリ当っちまったもんですからね。家の餡パンとくると、ご近所でも評判でしたからね。ねえ、お嬢さん」

と、お内儀さんは、町子を顧みた。

町子と、野村と、吉郎まで一緒に蹤いて、店の検分にきたのである。

「ええ、ほんとに」

「でも、この頃は仕入物ばかり売ってるんですよ。良人がいなくちゃア、どうにも仕様がありません」

と、お内儀さんは、吐息をついたが、なるほど、ケースの中には、形ばかり大きいジャム・パンやメロン・パンが、それも僅かばかり列べてあった。

「そりゃア、まったく、そうですよ。一品でも、自製品で、看板になるものがなくちゃア、商売の面白味ってものがねえからね」

野村はひどく、同感の様子だった。

店と仕事場の間に、四畳半の薄暗い部屋があった。長火鉢の前に母親らしい老婆が蹲《うずく》まっていた。

「この部屋は、陽当りが悪いけれど、二階は、見晴らしがよくって、セイセイしますよ」

と、階段を昇ってゆくお内儀さんの後に、野村だけが、蹤いて行った。

なるほど、六畳の二階は、日当りもよく、粗末ながら、床の間などもついていた。

「家賃は、二十八円でしたね」

「ええ、敷金三つ——いい家主さんで、一月ぐらい遅れたって、文句をいやしませんよ」

と、お内儀さんが、ベラベラ喋ってる間に、野村は硝子戸を開けて、外の様子を、一心に眺めていた。

真ッ白に雪を被った富士山が、ハッキリと見えた。葉を振い落した榎や欅の大木が、精々三十円止まりの貸家部落の上に屹《そび》えていた。そうかと思うと、新築の白い函のような近代住宅が、広い庭園と共に見渡されたりした。

「ねえ、旦那……ほんとに買って下さるなら、七百円までにしときますがね」

と、お内儀さんが声をかけた時に、野村は、渋谷の崖の上で見せたよりも、もっと真剣な顔つきでこの風景を眺めていたが、やがて、

「お内儀さん、夕方までに、きっとご返事します」

と、いって階段を駆け降りた。

町子の出勤時間まで、僅かしかないので、三人は午飯を食う間も惜しんで、協議を凝《こ》らした。

「遠山さんは、どう思う?」

野村は、クリクリした眼玉を据えて、物々しい声を出した。

それは、一種の厳粛な、家族会議の俤《おもかげ》があった。町子も吉郎も、それぞれ緊張した顔を寄せて、考え込んでいた。千円近い金を動かす決断に迫られているのだから、当人の野村は勿論、遠山姉弟も胸がドキドキするのである。

床の間で、圭介の白木の位牌が、この光景を、眺めて微笑んでいるように思われた。

「あたしは、もともと、ああいう小さな店を、居抜きで買うのが、賛成だったんだわ。だけど、場所としていいか、悪いかということになると……」

実際、町子も、判断に迷わざるを得ない。

「いや、今のことをいってるんじゃねえんだ。俺ア、大村屋が新宿へ出たような料簡で、最初の店を持とうと思うんだよ。三十年後の将来を目当てにね。でも、その時分になっても、あの二階から、やっぱり富士山と樹が、見渡されるようだとすると……」

「そんなことは、人間にはわからないわ。それより、現在のあの店を、少しでも盛んにしていく見込みがあるかどうかっていうことだわ」

「あると思うね。この近辺は、とてもサラリーマンが多いんだからね。サラリーマンはインテリだからね。インテリの家庭は、みんなパンや洋菓子が好きだからね」

と、吉郎が、尤もらしく口を挟んだ。

「勿論、俺ア、あの店の餡パンなんかより、もっと気の利いたものを売出して、評判にして見せるがね。しかし、そんなことよりも、俺ア、もっと将来《さき》のことを考えてるんだ……。君達、済まねえけれど一分間、ジッと考えてくんねえか。――この土地で、俺が店を開くのが、いいのか悪いのかってことをね」

そういって、野村は、真ッ先きに、自分が、ジッと目を閉じた。

震災記念日の黙禱のような、一分間が過ぎた。町子が、パッチリ眼を開いた。

「あたし、なんだか、よさそうな気がするわ」

「僕も」

吉郎が続いていった。

「そうかい、実は、俺ア最初からどうも、そう思ったんだよ」

野村が、初めて、笑いを洩らした。無言のうちに、彼等の会議は、一決した。

「だけど、野村さん、あの店を買ったら、あんた一人では無理よ。第一、御飯の世話からして……」

と、町子がいった。

以前の野村だったら、気軽に町子に、共同生活でも申込んだかも知れないが、もうその時は過ぎていた。

「さア、そのことでは、弱ってるんだよ。郷里から、妹でも呼び寄せようかと思っているんだが……」

「野村さん、僕を使って下さい！」

吉郎が、突然、叫んだ。

「僕も、商売が面白くなってきたんです。一緒に、仕事がしたくなったんです。店のことは、なんでもやります。それから、ご飯だって、炊きますぜ。親父に教えられて、僕ア、紙屑でご飯を炊くのがとても巧いんですよ。ねえ、姉さん？」

それから、もう、十日経った。

街々では、歳晩の色が、スッカリ濃くなった。渋谷の殷賑街はいうまでもなく、野村の譲り受けたパン店の付近でも、笹竹や松が、紅白の幔幕と共に、軒を飾った。

野村は、一昨日から、自分の名義となった店の二階に、起臥していた。吉郎も、朝から夕まで、詰めきりで、開店の準備を手伝っていた。町子の移転が済み次第、彼も店へ移ることになっていた。

町子は、家を畳むことを決心したのだ。弟が、野村と一緒に働くようになれば、自分が一軒の家をもってることは、どう考えても無駄だった。

（いっそ、野村さんの店の二階を貸して貰おうか知ら）

自分が貸間料を払えば、野村の家賃の負担も軽くなるわけなので、彼女はそう思ったこともあった。第一、そうすれば、弟と別れ別れに暮さないで、済むわけだ。

しかし、次ぎの瞬間に、彼女は厳しくその考えを否定した。たとい、弟と三人で生活するにしても、野村という男性と、同じ屋根の下に臥ることになるのだ。

（いけない！　飛んでもないことだわ……）

町子も現在の気持は、若い未亡人のそれと、よく似ていた。野村には、従兄のような親しみを感じるが、もし彼の体から男の匂いを嗅ぐことがあれば、彼女の感覚は強くそれを反撥した。男性に対する思慕は、塙という男が、根こそぎ攫《さら》って行って、どこかの遠い海へ棄ててしまったような気がするのだ。それは、もう二度と返らないことだ。風と共に去りぬとでもいうように、去ってしまったことだ。ただ一度唇を合わしただけの関係だが、彼女は、突然良人を亡った妻の心そのものを経験した。一見、受動的のようにみえて、町子の胸には、烈火の焔が燃えていたのである。

彼女は、近日中に、野村の店から二、三町を隔てた、素人屋の二階に移転することになっていた。たった一間の二階で、他に同宿人もいないし、後家さんと子供だけの家庭で、彼女にとって好適な貸間だった。ただ、前の借間人が住み荒してるので、襖と畳を替えてから、引き移ることになっていた。

町子は、此の頃、出勤前の時間を、いつも移転の荷作りに費やしていた。彼女が新居に持って行こうとする道具は、極く僅かで足りた。ただ、父の位牌だけは、吉郎に預けるのは無理だから、彼女が暫らく預かることにした。他の世帯道具は全部、弟と野村の用に提供することになっていた。彼女が荷作りに忙がしいのは、むしろ、その方の道具類だった。

今日は、彼女は、父親の仕事場の整理にかかっていた。押入れを開けると、あれから納い放しになっていた実験模型が、彼女の眼を、烙《や》くように射た。水銀の腐蝕した跡が、生々しく、黒と灰の雀斑《そばかす》を打っていた。

（可哀そうな、お父ッつァん……）

町子の眼に、新しい涙が溢れた。

父親の夢も、娘の夢も、殆んど時を同じゅうして、破れ果てたのである――

（この模型も、あたしが持って行こう）

暫時《しばらく》して、町子は、そう思った。

ペンキ屋が、屋根の看板を、白く塗り潰していた。柳月堂という屋号も、それに因んだ俗悪な絵模様も一刷毛《はけ》ごとに、掻き消されて行った。

「真ッ白い看板にするんだ。それから、ゴジックという字体で、真ッ黒く、『ヤマト・ベーカリー』と書くんだ。それッきりだ」

と、往来へ出て、ペンキ屋の仕事を見ながら、野村が吉郎に話した。

「ずいぶん、呆気ないんですね。まるで薬屋の看板みたいだな」

「バカいいねえ。正直な、ほんとのパンや洋菓子を売るには、こういう看板の方がいいんだよ」

「やっぱり、『ヤマト・ベーカリー』って名にするんですか。この土地にはハイカラ過ぎるって、姉さんも福田の小父さんも、いってましたぜ」

「吉イちゃん」

と、野村も、この頃は、そういう風に、吉郎を呼んで、

「昨夜も、君にいったろう――。俺ア、三十年後のことを考えて、この店を始めるんだぜ。その時分にゃア、この土地もどんなに変ってるか知れないが、そんなことより、俺の商売が、ただの小売店じゃアなくなってるだろうと思うんだ」

「というと？」

「輸出だよ。ビスケット、ソフト・ビスケット、キャンデー類の輸出だよ。俺ア、形ばかりでなく味と品質だって、舶来品に負けねえものを拵えてみせるよ。日本でなくちゃア、ほんとの洋菓子ができねえといわせてみせるよ。そうなった暁、『ヤマト・パン店』なんて、しみったれた名前でどうするかってンだ」

「じゃア、いっそ、『ヤマト製菓』とかなんとか……」

「いけねえ、そいつは行き過ぎる」

野村は、そういい捨てて、店の中へ入って行った。

（なるほど……やっぱり、親父とは、少し違うな）

吉郎は、野村が最後にいった言葉に感動を受けて、そう思った。実は、野村の大望なるものを、時々聴かされると、死んだ父親のことを、思い出さずにいなかったのである。だが、同じ大風呂敷を展げるのでも、どこか二人は仕方が違っているようだと、吉郎は、心ひそかに安心することができた。

「さア、吉イちゃん、店は、君の受持ちだぜ。早く、ニスを塗り給え」

野村は、袖を捲りあげて、パン竈の掃除にかかりながら、吉郎に命令した。

吉郎も、早速ケースのお化粧にかかった。開店費を節約するために、二人は、なるべく人手を借りずに、働いているのだ。

「はい」

「野村さん、お目出度う。なかなか、いい店ですね」

と、「ルナ」で懇意になってる問屋の配達人が、一等粉を三袋担ぎ込んできた。

「ご苦労さん、隅へ積んどいてくれよ……。それから、請求書は?」

「判取りだけしか持ってきません」

「駄目だよ。俺ンところは、現金買いなんだぜ。その代り、値段は引かせるがね」

と、交渉を始めているところへ、三軒茶屋のビラ屋の主人が、註文品を持ってきた。

「大体、こんなもんで、いかがでしょう」

と通称フンドシという細長い白布を、展げて見せると、赤と黒の大字で——「十二月二十七日開店ヤマト・ベーカリー」

その日は、もう、明日に迫ってる。

野村は、こみ上げてくる嬉しさで、居ても立っても、いられない気持だった。

自分の店! それを、彼は、先刻から何度も往来に出て、一人で眺めていた。いい按配に、トップリ日が暮れて人に顔を見られる心配はなかった。彼は、通りの向う側に立って、星空にクッキリ浮き出したわが店の形を、惚々と眺めた。塗り上った看板と、開店ビラが、夜目にも、雪のように浄らかで、「ヤマト・ベーカリー」の八字を浮き上らせていた。半分戸を入れた隙間から、既にケースを充たした商品が、明るく電燈に反射していた。

（ああ、縁起がいいぞ。三日月が出てる！）

冬であるのに、新月は匂うように、白金の眉を描いていた。野村はそれを眺めているうちに、わが店の屋根が、スルスルと大空に向って伸びてゆく幻覚に、捉えられた。五層、七層——限りなく高い宏壮な「ヤマト・ベーカリー」の白堊《はくあ》が、半透明になって、闇に浮く中に、新月がキラキラと、紋章のように輝いている——

「ウフフ……」

野村は、思わず、忍び笑いを洩らして、店の中に入った。

奥の四畳半に、吉郎と福田老人とが、火鉢を囲んで、待っていた。老人の祝ってくれた角樽の栓が抜かれて、大きな鮨皿の側に置いてあった。

明日の開店を控えて、彼等は、前祝いの盃を挙げようとしているのだ。町子が、店を仕舞って駆けつけてくれれば、それで人数が揃うのである。

「そういえば、あの庄崎の奥さんがね」

と、福田老人が、吉郎に話しかけた。

「春になったら、匆々に、再婚するそうじゃよ。特許局の技師のところへ、後妻に行くんじゃそうな。どこまで、特許の好きな女かわからん」

「フン、あのエロ婆め！」

と、吉郎が憤慨に堪えない顔をしたので、他の者は声を揚げて笑った。

「遅くなりました……。野村さん。いよいよ明日ね、おめでとう」

そこへ、町子が、息を切って、入ってきた。彼女は、心許りのお祝いだといって、野村に、小さな造花の花籠を贈った。

「さア、始めましょう。腹がペコペコだ」

やがて、町子の家から持ってきた、圭介遺愛の徳利と猪口とで、酒が注がれた。

「おめでとう！」

「おめでとう、野村さん！」

「今夜は、君、大いに、飲み給え」

福田老人は、自分も大いに飲む積りらしいハリキリを見せたが、野村は、

「いえ、あたしア、今夜は夜明かしで仕事しますからね。あんまり、酔っ払えませんよ」

「夜明かしで？」

「ええ」

野村は、この時初めて、明日の開店と同時に、売出す新菓のことを、一同に話した。

「ほウ、それは、ええ思いつきじゃ。すると、酒はわし一人で頂戴するかな」

老人は、言葉通り、一人で、猪口を傾けた。

三十分も経たないうちに、彼はいい気持に酔って、亡友圭介の口真似などをして、皆を笑わせた。

「いいかね。わしも一つ、ヤンハレを謡《うた》うぜ。――大山の、ヤンハレ、山に登るウ、いつ登

るウ……」

その唄が、まだ終らないうちだった。表の戸を、烈しく叩く音がした。

「野村さん、野村勇蔵さん……区役所からきました」

手にもった淡紅色の紙を、野村は、いつまでも――いつまでも、凝視《みつ》めていた。

（来た！）

彼が思ってることは、ただ、それだけであった。

事変が始まった頃、野村は、この紙が来るのを、今か今かと待っていた。三聯隊のモダン兵舎で朝夕を送ってから、僅か三年しか経っていないのだから、彼の体にはまだ鉄と革の匂いが残っていた。

その上、生まれもった頑健な体軀があった。当然、彼は、真っ先きに召集を受くべきことを、覚悟していた。ところが、半年経ち、一年経っても、その沙汰がなかった。彼より年長で、彼より体格の劣った男に応召があっても、彼はそれに洩れた。やがて彼は、なにか特別の天運に恵まれてるのだと、思うようになった。

だが、来た。遂に、その日は、来た！

「野村さん……」

町子の感動に震えた声が、そう呼んだ。吉郎も、福田老人も、感に打たれて、一言も発し得なかった。

野村と町子は、眼と眼を見合った。町子は何かいおうとして、遂に首を垂れてしまった。

「入隊は、三十日だ。……正月のお雑煮は、兵営で祝うんだな」

野村が、無量の感慨を籠めていった。

「でも野村さん、あんたが入隊したら……」

吉郎が、何か訊こうとして口を挟んだが、野村はそれを、皆までいわさなかった。

「俺ア、銃剣術が得意でね。俺の班で、俺に敵う奴は一人もいなかったよ」

「ほう、そうじゃろう、あんたの体格ならね。——大砲なんか、一人で担げるじゃろう」

なんといっても、福田老人が、一番呑気だった。

「いえ、歩兵です。歩兵上等兵です」

「なるほど、背は、そうお高くないからの……。とにかく、送別のために盃を挙げたいね。おや、スッカリ酒が冷えてしもうた……。町子さん、新しく一本つけて下さい」

「はい」

町子は、早速、徳利を鉄瓶へ入れたが、燗のつく間、一心にもの想いに耽った。考うべきこと——考え纏めねばならぬことが、彼女の胸一杯に拡がっているらしかった。

やがて、燗ができた。

「野村さん、まアご無事で」

福田老人が、音頭をとって、猪口を宙に揚げた。意味は違うが、今夜の二度目の祝盃だった。

「ありがとう」

「野村君、大いに飲もう」

「ええ、大いに飲みましょう」

野村は、一気に酒を干して、福田老人に差した。

その時、町子が、堪え切れなくなったように、訊いた。

「野村さん、この店は、一体、どうなさるの」

「どうもこうも、あるもんか、勿論、中止さ……。あ、そうだ。吉イちゃん、表の開店ビラを、引ッ破いてくれ給え……」

「野村さん……」

町子が、引き緊った声で叫んだ。

「そんなことといったって、女の手一つで、この商売がやって行けるわけがねえじゃねえか」

野村は、烈しく、首を振った。

福田老人がいい気持に酔って、帰って行った後だった。吉郎ひとりが、火鉢に凭れて、二人の話を聞いていた。

「いいえ、できるわ、きっと、できるわ——。野村さん、お願いだから吉イちゃんと二人にこの店やらせて！」

町子が、こんなに激して、大きな声を出すのは珍らしいことだった。遊仙園で日出子と対決した時だって、彼女は湧き立つ胸をジッと抑えることを、知っていたのだ。

たった二時間ばかりの間に、町子は別人になった。

不思議な感情の洪水が、彼女を思いもかけない決意の前へ、連れてきてしまった。

それまで、町子は、明日の十二月二十七日を期として、未亡人の隠栖《いんせい》に似た生活に入る積りでいた。

貸間の畳替えが済んで、明日は、そっちへ移転することになっていたのである。それは、彼女が弟と別れる日であり、野村の開店の日であり、同時に、塙が日出子と結婚する日でもあった。その日を彼女は、自分の青春の告別式だと、考えていた。

翌日から自分の一生を、地下室の煙草小売人として終る覚悟でいたのだ。しかし、淡紅色の紙を手にした瞬間の野村の表情は、彼女の魂を、雷火のように灼かずに措かなかった。

(そうだわ……。お父ッつァんも、このために、死んだんだわ!)

人間の描く大きな夢、理想——それは、限りなく美しく、尊いものだ。そうして、それが空しく挫折した時の無慙さは、どうだ! 父のあの顔! 死顔!

(野村さんを、諦めさせてはいけない。——野村さんの望みを、殺してはいけない!)

あれほどに、野村は、自分の店をもつことを、想い続けていたのだ。その店が、やっと明日開業というところまで、漕ぎつけたのだ。

(あたしが、野村さんの代りになればいい。あたしが野村さんの意志を継げばいい!)

彼女は、ふとそう気付くと、一筋の明らかな道が、眼の前へ開けたように思った。

だが、野村は、それを肯《がえん》じないのだ。女なぞにできる仕事ではないと、いうのだ。

「いいえ、キャラメルと餡パンだけを売っても、この店を守って行きます。野村さんが帰還する日まで、この店を預かっています。それがどうして、あたし達にできないと仰有るの！」

町子は呶鳴るように、叫んだ。

「いや、俺ア、いつ戦死しねえとも限らねえ。帰還なんて、当てにしてくれちゃア困るよ」

「その時がきたら……その時がきても、野村さんの店として、後を継ぐわ」

「だが、俺ア、この『ヤマト・ベーカリー』で、仕入物のパンや菓子ばかり売らせたくねえんだ。こりゃア俺の生命《いのち》を打ち込んだ菓子を売るための店なんだ」

野村はそういって、ポロリと、一滴の涙を落した。

大団円

暁方《あけがた》の四時頃だった。

野村と町子と二人だけが、一睡もしないで、髪までメリケン粉を浴びながら、仕事場で働いていた。

「そんな捏ね方をするんじゃねえッ。だから、固くなって、膨らまねえんだ」

野村の声は、鞭を振るように、峻厳だった。

町子は上気して汗ばんだ顔を、側目《わきめ》もふらずに、鶏卵と粉とバターを合わした塊に、小さな掌の力を籠めた。

「はい」

野村は、ジッと、それを見守っていた。

十二月二十七日に、「ヤマト・ベーカリー」は予定の如く、開店した。町子の主張が勝ったのである。彼女は「ルナ」の店を止め、貸間も断り、毎日野村の店に詰め切っていた。

町子は、野村の心意を汲んで、たった一種類ではあるが、自製品を売ることになった。他は仕入物にしても、その一品で、野村勇蔵の店である面目を残そうというのである。あの晩から今日まで、彼女は野村の側に付き切りで、その製法の伝授を受けつつある。

それは、野村が開店と同時に売出そうと思った新菓であった。フランス菓子のブリオーシュに似た、風味淡泊なパン・ケーキであった。材料も工程も簡単であるが、それだけに、技術のコツがすこぶる困難であったのを、野村は図らずも、あの熊谷在の家で、母親の鶏卵を盗んで菓子を造ってるうちに、豁然《かつぜん》と会得したものである。

教える方も必死、教わる方も必死で、あの晩以来、入隊日の今日まで、殆んど不眠不休で、仕事にかかってるが、素人の悲しさ、町子のつくる新菓は、或る時は石の如く或る時は皮の如く、海綿に似た柔かい感触なぞは、いつになったら生まれることやら、思いも寄らない。野村は人が変ったように激しく叱咤し、町子も泣かんばかりにオロオロするのみであった。

今も、焼型の材料を詰めて、パン竈へ入れてしまうと、町子はさすがに連日の疲れが出て、ペッタリと火口の前へ、蹲《うずく》まってしまった。

「遠山さん……もう、いい加減に諦めるんだな。あんたはやっぱり煙草屋をやってく方がいいよ。この店は俺のお母親《ふくろ》と相談して、いいように始末をつけておくんなさい」

野村の母親は、平蔵とユキを連れて、倅の入隊を見送りに、一番列車で上京してくることになっていた。後、三時間も経てば、彼等の姿が、この店へ現われるだろう。

「ええ……」

町子は涙ぐんで、力無く答えた。

それきり、二人は黙っていた。何処かで鶏鳴が聴えた。

「ああ、もう夜が明ける……」

野村が寂しく呟いた。また、沈黙が続いた。

ふと野村は、鼻を蠢《うごめ》かした。パンの竈の中から、芳香がプーンと、流れてきたからだ。彼はバネで弾かれたように、鉄の扉を開けると、次ぎ次ぎに、テンパンを引き出した。十個、二十個……五十に余る新菓「ヤマト」は黄金の頬を膨らませて、見事に焼き上っている！

「できたよ、君！」

「できたわ、野村さん！」

町子は、われを忘れて野村の広い胸の中に、身を投げかけた。眼も鼻も、揉み潰すように擦りつけて、歔欷《すすりな》く町子の背を、野村の太い腕が、グングンと緊めてゆく。——二人は、もう、肉体の隔たりを意識しなかった。

【付録】水銀事件

新聞小説の「沙羅乙女」を書き上げ、ヤレヤレという気持で新春を迎えて間もなく、文芸春秋社の弘木ユーモア理学士から、お前の小説が科学者からヤッつけられてるのを知ってるか、尤も好意あるヤッつけられ方ではあるが——と知らせてくれた。

僕はその一両日前に、「蟻塔」という科学雑誌を寄贈されたのを思い出した。科学雑誌なぞ貰うわけがないので、一寸ピンときて、早速封を切ってみると、出てる、出てる——山本洋一という人が、「金属の腐蝕と小説」という題で、「沙羅乙女」を問題にしているのである。

あの作中に出てくる、圭介の発明の水銀入り特殊勢輪のことである。僕は新合金シルミンの含むアルミニウムが、水銀に容易《たやす》く腐蝕されると書いたが、山本氏はその条を読んで早速実験に掛ったけれど、一向腐蝕しないというのである。のみならず、水銀がアルミニウムを腐蝕するということは、理研の人達なども信じてる人が多いし、書物にもそう書いてある場合があるが、それは一つの科学的俗説だというのである。実験をしないから、そういう間違いが起るというのである。

「私は科学の常識、それも単に書物及び耳からのそれが、如何なるものであるかを知ったような気がする。それ故金属腐蝕という事柄が取扱われた最初の小説において、かかる誤りの犯されたということは、決して文士獅子文六氏の恥ではない。科学におけるこの方面の知識の不足がこの原因である」

と、山本氏は結論している。

つまり科学界の俗論党を攻撃しているので、お前を叱ってるんじゃないよという意味らしいから、些か安心したものの、やはり気が咎《とが》めるから、早速山本氏にハガキを書くやら、僕の科学顧問にこの由を通知するやら大騒ぎをした。

すると僕の科学顧問から返事がきて、

「山本氏は金属腐蝕学のエキスパートらしいから、彼氏の説が正しいかも知れぬが、自分が十余年前研究室でアルミ板が水銀に侵され、見る見る黴《かび》が生えたようになった事件に遭遇したことは事実である。尤もその水銀に混入物があったか知れぬが、常識的には明らかに水銀であった。僅かな条件の相違で異った結果に到達するのは、科学の世界によくある事である。大勢としては小生の敗け、山本氏の勝ちかも知れぬが、まだ全敗とは参り兼ね候。アッハッハ」

というようなことが書いてあった。

そのうちに、山本氏からも手紙がきた。もしあの勢輪の中に塩水が少しでも入っていたと仮定すれば、直ちに水銀がアルミニウムを腐蝕する現象が起るので、それを一言書けばあの小説は金属腐蝕学的にも満点であると、教えてくれた。

ここにおいて、僕は漸く安心した。科学者のいう水銀とかアルミとかいうのは、科学的に純粋なそれらのことらしい。しかし人生の方のアルミニウムは、塩分や水分の付着する機会はザラにある。台所のアルミ鍋なぞ正にその代表者だが、圭介の勢輪にしたところで彼の粒々辛苦の汗水が内部に溜ったのだと考えてもいい。いや、話がまた非科学的になった。

(『獅子文六全集』第十三巻「牡丹亭雑記」より　朝日新聞社一九六九年)

【付録】映画の「沙羅乙女」

煙草喫《の》みながら、映画を観るのは、至極ありがたい。巴里あたりの映画館でも（劇場は禁煙なのに）喫ましてくれる。「沙羅乙女」は二時間余もかかるから、僕は煙草を五、六本喫んでしまった。

試写室で嬉しいのは、煙草が喫めるだけで、後はどうも居心地のいいところでない。試写へくる人、試写を観る心理というものが、なんだかヘンに窮屈なものである。従って僕は、滅多に試写へ行ったことがない。自分のモノが映画になる時だって、出掛けたことはない。街の映画館で観る方が、どれだけ面白いか知れない。

「胡椒息子」なぞは、去年の大晦日に、中野映画劇場というところで、徳川夢声君と二人で見物した。一緒に話してる夢声君が、忽然として銀幕に現われて、声が聴えてきたりすると、ひどくヘンな気持になった。

自分のモノの試写を観たのは、だから「沙羅乙女」がはじめてである。監督の佐藤氏、脚色の山崎氏とは製作前に一緒に飯を食って、真摯《しんし》な紳士だと感心したが、それで試写を観に行く気になったというわけではない。なんだか今度は、漠然と観る気になってしまっただけである。

*

自分のモノの映画を観て、原作者として云々《うんぬん》という如き気持になったことは、曾《かつ》て一回もない。今度も同じことである。といって、アカの他人のモノと思うわけもなく、いわば親友の戯曲なぞの上演を観る気持と、よく似ている。

僕は「沙羅乙女」の前篇を観て、脚色者や演出者の腕が、獅子文六なんかよりズッと上等だと感じた。煙草屋の描写なんかでも、チェリーの欠乏を取扱って、町子が三箱だけ塙《はなわ》のために、いつも取って置く件なぞ、原作者が当然書くべくして書かなかった怠慢だと思った。それから、調理場の描写や、菓子製造の過程だって、原作よりズッと正確で精緻《せいち》だと思った。圭介の発明した特殊勢輪に対しても、同じことがいえる。

その他の描写でも、調子でも、カットの仕方でも、原作より気が利いたところが沢山ある。

しかし、後篇の方になると、強《あなが》ちそうでもない。どういうものか、後篇になるとセカセカしてきて、前篇のよい描写力がお留守になり、観念的な説明が多くなってくる。殊に後篇の後半になると、その弊が多いようだ。まさに獅子文六と同格にナリ下った嫌いがある。

それにしても、試写を観る前の風評では、前篇が退屈であるとの話であったことを、不思議に思う。ことによったら、僕はツムジ曲りで、風評の方が正しいのかも知れぬ。とにかく僕は前篇を観てる間の方が、愉しかったのは事実である。

＊

役者としては、夢声君の圭介が、僕には一番面白かった。これは友達だから賞《ほ》めるのでない。たとえば「胡椒息子」の父親など、あまり巧いと思わなかった。今度の圭介には、前後篇を通じて、終始感服させられた。恐らくガラが甚だよく嵌《はま》っていたからでもあろう。「綴方教室」の彼よりも、僕は今度の方に好演技を感じた。

千葉早智子さんの芸は、ノビノビしてるところが、いつも僕は好きである。この女優さんの持ってるものは、甚だ女優さんらしい或る物である。僕はよく彼女から、森律子さんを聯想する。律子女史も甚だ女優らしい女優であるが、それを出し切らずに、遂に女史になってしまったのは惜しい。たとえば、サルドウの「マダム・サンジェーヌ」の演《や》れるような女優を、僕は女優らしい女優と呼ぶのだが、日本にはその型が甚だ欠乏してる。みんな喫茶ガールのように少女的で困る。僕は千葉早智子さんが、優秀な正喜劇の女主人公として、充分腕を振われん日を期待している。その意味において、三度もフラフラと、悲劇的脳貧血を起す町子の役は、どうもお気の毒であった。

（『獅子文六全集』第十三巻「牡丹亭雑記」より　朝日新聞社一九六九年）

演技の解説

安藤玉恵

NHK土曜時代ドラマ『悦ちゃん』に出演し、打ち上げの席で筑摩書房の窪さんとのお喋りが盛り上がり、そんなこんなで今、これを書かせてもらっています。

役者をやっているからか、物語を読む際に、どの役をやったら楽しいかしらと考えながら読む癖があります。現実的に言えば、今回だと圭介に近寄ってくる庄崎夫人といったところでしょうか。理解者であり尽くしもしたのですが、圭介が亡くなってひとしきり泣いた後に、すぐお金の話をし出すあたり、キャラとして惹かれます。実際そういう人物、思い当たりますし。でもね、二十歳若く、もちょっと美人で骨格がコンパクトだったら、そりゃ町子を演じたい。健気を絵に描いたような女性、圧倒的なヒロインです。町子になるという本気の妄想で、登場人物とどう芝居(関係)していくのかを考えました。

まず、お父さんとの関係。切っても切れない親子、知り尽くした親子、喧嘩だって慣れたもんです。些細な動作や表情で相手の気持ちを理解します。お父さんが再婚相手のことをまだ町子に隠している時のやりとりなんかは、間を大切にして、コメディタッチに芝居ができそうです。生活のことなど考えず発明に没頭しているお父さんに対する気持ちは、家族という究極の束縛を表現できそう。一方でお父さんが死んだときの涙は、失恋の涙とは違って、悔しいような、圭介の発明家人生を受け入れた結果の諦念であるような、でも娘でいられたことを誇りに思って感謝している涙を流したいと思います。

そして弟。もうすこし少年でいたいのに、家の事情で大人にならざるを得ない弟、吉郎。町子としては、発明家アーティストのうだつの上がらない、かといって憎めない父を、共通の敵として「困った、困った」と言い合える大切な存在。吉郎との芝居では長い間一緒にいた愛着と、信頼しあっているという空気を作りたい。減らず口をきく弟が、やっぱりお姉さん思いだとわかる瞬間は、素直にその気持を受け止めたいと思います。

そして塙さん。女・町子の寝ても覚めても感を存分に出したい。惚れるのわかるわ。ルックスは長谷川博己さんみたいな感じよね、きっと。キザな感じも好印象だし、そもそも生まれが良くてお金あるしね、くやしいけど、時折見せる上から目線も許すわ。会話には絶妙な間が必要でしょう。物理的な距離感がそのまま二人の関係を物語りそうだから、そこも意識的に。線路沿いでのキスシーンは、思いっきりロマンティックな照明で美しく演じさせてください。生涯で一番くっきりと焼き付けられたなまめかしい瞬間として。町子との芝居で、塙さんのピュアな可愛らしい部分も露わにできるといいな。残念ながら塙さん、強引な女に弱かった。お母さんも強気の豪傑な女性だし、シャンな令嬢が上手だったというほかない。アムール虎vs.野うさぎ。町子は負けたけど、日出子ももがいてましたね。

流れのついでに日出子さんとの芝居について考えてみましょう。最初っから敵意むき出しの日出子嬢。彼女だって、自分にないものを持ち合わせている町子は恐ろしいに違いない。日出子さんとのシーンはできるだけ沈黙がいいと思います。向き合って、じっと見つめたりして。気持ちは負けそうでも、ひるまない町子。静粛な時間がお客さんに恐怖を植え付けると思われます。こわいけどやってみたいシーンです。

それから野村さん。スピンオフなら野村さんを主人公にしたいくらい魅力的な男の人。ザ・不器用。イノシシ年生まれに違いない、猪突猛進。高倉健さんのイメージです。野村さんは、動物的に面白いから、どうしても観察しちゃって、町子はなかなか自分の恋心には気づけないんだけれど、その素直な動物性に町子も本音をぶつけられるような感じ、野村さんとの芝居はちょっとお姉さんぶって、からかったりしながらコミカルにやってみたい。めいっぱい親しみを込めて。お客さんがほっとするような、みんなが野村を応援するような、そんな空気が出せれば成功だと思います。

福田のおじいちゃんと庄崎夫人は、見かけも声も特徴的な俳優さんをキャスティングしてもらって、セリフのやり取りを楽しみたい。その中で町子の心の変化だったり、成長を表現できたら面白いだろうな。はぁ。とっても楽しい想像でした。

獅子文六さんが書く言葉遣いは、生まれも育ちも下町の私からすると耳触りがよく、懐かしくもあります。ニュースで流れる標準語と比べると、しっかりと東京弁です。落語的なリズムが多分にあって読みやすい。それに流行の歌謡曲を聞いている心地よさもあります。これを読んでいた昭和初期の読者も、この軽快でポップな感じに引き付けられていたに違いありません。

話はがらりと変わりますが、最後に、この物語の幕切れについて書いておきたいです。衝撃でした。そして残酷だと思いました。応召が、ではなく、この結末をもってきたということが、です。一九三八年に書かれたこの作品、第二次世界大戦開戦の一年前です。ラストは「大団円」というタイトルでしたが、たっぷりの皮肉に聞こえるのは敗戦後育ちの私だからでしょうか。序破急を繰り返しながら、数百ページにわたって物語を楽しませてくれていたのに。すっかり三軒茶屋あたりの住人になりきっていたのに。やっと二人の明るい未来が見えてきたのに。このラスト。小説なんか読んでいる場合じゃないよって？　ぽんと突き落とされたかのような切なさです。でも、正直に言って、召集令状のもつ意味をこんなに考えたのは初めてです。物語が全部なかったことになる、神様からお呼びがかかったのだから。負けを知らなかった日本の、人気の流行作家だからこそ描ける、その時代のヒリヒリとしたリアルを感じさせてもらいました。次は文六さんが描く戦後を読みたいと思います。

（あんどう・たまえ　女優）

協力：宇都宮三鈴
挿絵：大竹彩子

・本書『沙羅乙女』は一九三八年七月二十日から十二月三十一日まで「東京日日新聞」に連載され、一九三九年二月に新潮社より刊行されました。

・文庫化にあたり『獅子文六全集』第二巻（朝日新聞社一九六九年）を底本としました。

・本書のなかには、今日の人権感覚に照らして差別的ととられかねない箇所がありますが、作者が差別の助長を意図したのではなく、故人であること、執筆当時の時代背景を考え、該当箇所の削除や書き換えは行わず、原文のままとしました。

断髪女中　獅子文六　山崎まどか編

新たに注目を集める獅子文六作品で、表題作「断髪女中」を筆頭に女性が活躍する作品にスポットを当てた文庫初収録作を多数含むオリジナル短篇集。

ロボッチイヌ　獅子文六　千野帽子編

長篇作品にも勝る魅力を持ちながら近年は読むことができなくなっていた貴重な傑作短篇小説の中から、男性が活躍する作品を集めたオリジナル短篇集。

コーヒーと恋愛　獅子文六

恋愛は甘くてほろ苦い。とある男女が巻き起こす恋模様をコミカルに描く昭和の傑作が、現代の「東京」によみがえる。（曽我部恵一）

てんやわんや　獅子文六

戦後のどさくさに慌てふためくお人好し犬丸順吉は社長の特命で四国へ身を隠すが、そこは想像もつかない楽園だった。しかしそこは……。（平松洋子）

娘と私　獅子文六

文豪、獅子文六が作家としても人間としても激動の時間を過ごした昭和初期から戦後、愛娘の成長とともに自身の半生を描いた亡き妻に捧げる自伝小説。

七時間半　獅子文六

東京―大阪間が七時間半かかっていた昭和30年代、特急「ちどり」を舞台に乗務員とお客たちのドタバタ劇を描く隠れた名作が遂に甦る。（千野帽子）

悦ちゃん　獅子文六

ちょっぴりおませな女の子、悦ちゃんがのんびり屋の父親の再婚話をめぐって東京中を奔走するユーモアと愛情に満ちた物語。初期の代表作。（窪美澄）

自由学校　獅子文六

しっかり者の妻とぐうたら亭主に起こった夫婦喧嘩をきっかけに、戦後の新しい価値観をコミカルかつ鋭い感性と痛烈な風刺で描いた代表作。（戌井昭人）

青春怪談　獅子文六

婚約を約束するもお互いの夢や希望を追いかける慎一と千春は、周囲の横槍や思惑、親同士の関係からドタバタ劇に巻き込まれていく。（山崎まどか）

胡椒息子　獅子文六

裕福な家に育つ腕白少年・昌二郎は自身の出生から母、兄姉に苛められる。しかし真っ直ぐな心と行動力は家族と周囲の人間を幸せに導く。（家富未央）

バナナ　獅子文六

大学生の龍馬と友人のサキ子は互いの夢を叶えるためにひょんなことからバナナの輸入でお金儲けをする。しかし事態は思わぬ方向へ……。（鵜飼哲夫）

箱根山　獅子文六

戦後の箱根開発によって翻弄される老舗旅館、玉屋と若松屋。そこに身を置き惹かれ合う男女を描く傑作。箱根の未来と若者の恋の行方は？（大森洋平）

笛ふき天女　岩田幸子

旧藩主の息女に生まれ松方財閥に嫁ぎ、四十歳で作家獅子文六と再婚。夫、文六の想い出と天女のような純真さで爽やかに生きた女性の半生を語る。

青空娘　源氏鶏太

主人公の少女、有子が不遇な境遇から幾多の困難にぶつかりながらも健気にそれを乗り越え希望を手にする日本版シンデレラ・ストーリー。（山内マリコ）

最高殊勲夫人　源氏鶏太

野々宮杏子と三原三郎は家族から勝手な結婚話を迫られるも協力してそれを回避する。しかし徐々に惹かれ合うお互いの本当の気持ちは……。（千野帽子）

家庭の事情　源氏鶏太

父・平太郎は退職金と貯金の全財産を5人の娘と自分で6等分にした。すると各々の使い道からドタバタ劇が巻き起こって、さあ大変?!（印南敦史）

カレーライスの唄　阿川弘之

会社が倒産した！　どうしよう。美味しいカレーライスの店を始めよう。若い男女の恋と失業と起業の奮闘記。昭和娯楽小説の傑作。（平松洋子）

ぽんこつ　阿川弘之

文豪が残した昭和のエンタメ小説！　時は昭和30年代、知り合った自動車解体業「ぽんこつ屋」の若者と女子大生。その恋の行方は？（阿川佐和子）

末の末っ子　阿川弘之

五十代にして「末の末っ子」誕生を控えた作家・野村耕平は、執筆に雑事に作家仲間の交際にと大わらわ。昭和ファミリー小説の決定版！（阿川淳之）

あひる飛びなさい　阿川弘之

敗戦のどん底のなかで、国産航空機誕生の夢を実現させようとする男たち。仕事に家庭に恋に精一杯生きた昭和の人々を描いた傑作小説。（阿川淳之）

三島由紀夫レター教室　三島由紀夫

五人の登場人物が巻き起こす様々な出来事を手紙で綴る。恋の告白・借金の申し込み・見舞状等、一風変ったユニークな文例集。（群ようこ）

肉体の学校　三島由紀夫

裕福な生活を謳歌している三人の離婚成金。〝年増園〟の例会はもっぱら男の品定め。そんな一人がニヒルで美形のゲイ・ボーイに惚れこみ……。（群ようこ）

命売ります　三島由紀夫

自殺に失敗し、「命売ります。お好きな目的にお使い下さい」という突飛な広告を出した男のもとに、現われたのは？（種村季弘）

記憶の絵　森茉莉

父鷗外と母の想い出、パリでの生活、日常のことなど、趣味嗜好をないまぜて語る、輝くばかりの感性と滋味あふれるエッセイ集。（中野翠）

甘い蜜の部屋　森茉莉

天使の美貌、無意識の媚態。薔薇の蜜で男たちを溺れ死なせていく少女モイラと父親の濃密な愛の部屋。稀有なロマネスク。（矢川澄子）

貧乏サヴァラン　森茉莉　早川暢子編

オムレット、ボルドオ風茸料理、野菜の牛酪煮……。食いしん坊茉莉は料理自慢。香り豊かな〝茉莉ことば〟で綴られる垂涎の食エッセイ。文庫オリジナル。

幕末維新のこと　司馬遼太郎　関川夏央編

「幕末」について司馬さんが考えて、書いて、語ったことの真髄を一冊に。小説以外の文章・対談・講演から、激動の時代をとらえた19篇を収録。

明治国家のこと　司馬遼太郎　関川夏央編

司馬さんにとって「明治国家」とは何だったのか。西郷と大久保の対立から日露戦争まで、明治の日本人への愛情と鋭い批評眼が交差する18篇を収録。

名短篇、ここにあり　北村薫　宮部みゆき編

読み巧者の二人の議論沸騰し、選びぬかれたお薦め小説12篇。となりの宇宙人／冷たい仕事／隠し芸の男／少女架刑／あしたの夕刊／網／誤訳ほか。

名短篇、さらにあり　北村薫　宮部みゆき編

小説って、やっぱり面白い。人間の愚かさ、不気味さ、人情が詰まった奇妙な12篇。華燭／骨／雲の小径／押入の中の鏡花先生／不動図／鬼火／家霊ほか。

うれしい悲鳴をあげてくれ　いしわたり淳治

作詞家、音楽プロデューサーとして活躍する著者の小説&エッセイ集。彼が「言葉」を紡ぐと誰もが楽しめる「物語」が生まれる。（鈴木おさむ）

青春と変態　会田誠

著者の芸術活動の最初期にあり、高校生男子の暴発するエネルギーを、日記形式の独白調で綴る変態的青春小説もしくは青春的変態小説。（松蔭浩之）

星か獣になる季節　最果タヒ

推しの地下アイドルが殺人容疑で逮捕!? 僕は同級生のイケメン森下と真相を探るが――。歪んだピュアネスが傷だらけで疾走する新世代の青春小説！

えーえんとくちから　笹井宏之

風のように光のようにやさしく強く二十六年の生涯を駆け抜けた夭折の歌人・笹井宏之。そのベスト歌集が没後10年を機に待望の文庫化！（穂村弘）

沈黙博物館　小川洋子

「形見じゃ」老婆は言った。死の完結を阻止するために形見が盗まれる。死者が残した断片をめぐるやさしくスリリングな物語。（堀江敏幸）

注文の多い注文書　小川洋子　クラフト・エヴィング商會

バナナフィッシュの耳石、貧乏な叔母さん、小説にひっそり隠れた〈もの〉をめぐり、二つの才能が火花を散らす贅沢で不思議な作品集！（平松洋子）

星間商事株式会社社史編纂室　三浦しをん

二九歳「腐女子」川田幸代、社史編纂室所属。恋の行方も友情の行方も五里霧中。仲間と共に「同人誌」を武器に社の秘められた過去に挑む!?（金田淳子）

通天閣　西加奈子

このしょーもない世の中に、救いようのない人生に、ちょっぴり暖かい灯を点す驚きと感動の物語。第24回織田作之助賞大賞受賞作。（津村記久子）

君は永遠にそいつらより若い　津村記久子

22歳処女。いや「女の童貞」と呼んでほしい――。日常の底に潜むうっすらとした悪意を独特の筆致で描く。第21回太宰治賞受賞作。（松浦理英子）

この話、続けてもいいですか。　西加奈子

ミッキーこと西加奈子の目を通すと世界はワクワク、ドキドキ輝く。いろんな人、出来事、体験がてんこ盛りの豪華エッセイ集！（中島たい子）

アレグリアとは仕事はできない　津村記久子
彼女はどうしようもない性悪だった。すぐ休み単純労働をバカにし男性社員に媚を売る。大型コピー機とミノベとの仁義なき戦い！（千野帽子）

まともな家の子供はいない　津村記久子
セキコには居場所がなかった。うちには父親がいる。うざい母親、テキトーな妹。まともな家なんてどこにもない！　中3女子、怒りの物語。（岩宮恵子）

虹色と幸運　柴崎友香
珠子、かおり、夏美。三〇代になった三人が、人に会い、おしゃべりし、いろいろ思う一年間。移りゆく季節の中で、日常の細部が輝く傑作。（江南亜美子）

図書館の神様　瀬尾まいこ
赴任した高校で思いがけず文芸部顧問になってしまった清（きよ）。そこでの出会いが、その後の人生を変えてゆく。鮮やかな青春小説。（山本幸久）

僕の明日を照らして　瀬尾まいこ
中2の隼太に新しい父が出来た。優しい父はしかしDVする父でもあった。この家族を失いたくない！　隼太の闘いと成長の日々を描く。（岩宮恵子）

とりつくしま　東直子
死んだ人に「とりつくしま係」が言う。モノになってこの世に戻れますよ。妻は夫のカップに弟子は先生の扇子になった。連作短篇集。（大竹昭子）

回転ドアは、順番に　穂村弘　東直子
ある春の日に出会い、そして別れるまで。気鋭の歌人ふたりが、見つめ合い呼吸をはかりつつ投げ合う、スリリングな恋愛問答歌。（金原瑞人）

ラピスラズリ　山尾悠子
言葉の海が紡ぎだす、〈冬眠者〉と人形と、春の目覚めの物語。不世出の幻想小説家が20年の沈黙を破り発表した連作長篇。補筆改訂版。（千野帽子）

増補 夢の遠近法　山尾悠子
「誰かが私に言ったのだ／世界は言葉でできていると」。誰も夢見たことのない世界が、ここではじめて言葉になった。新たに二篇を加えた増補決定版。

歪み真珠　山尾悠子
「歪み真珠」すなわちバロックの名に似つかわしい絢爛で緻密、洗練を極めた作品の数々。読んだらきっと虜になる美しい物語の世界へようこそ。（諏訪哲史）

ちくま文庫

沙羅《さら》乙女《おとめ》

二〇一九年七月十日　第一刷発行

著者　獅子文六（しし・ぶんろく）
発行者　喜入冬子
発行所　株式会社　筑摩書房
東京都台東区蔵前二―五―三　〒一一一―八七五五
電話番号　〇三―五六八七―二六〇一（代表）
装幀者　安野光雅
印刷所　株式会社精興社
製本所　加藤製本株式会社

ISBN978-4-480-43601-6 C0193